毛百斤打铁

甯普林

——

著

百花洲文艺出版社
BAIHUAZHOU LITERATURE AND ART PRESS

图书在版编目（CIP）数据

毛百斤打铁 / 甯普林著. -- 南昌 : 百花洲文艺出
版社，2021.10
ISBN 978-7-5500-4381-7

Ⅰ.①毛… Ⅱ.①甯… Ⅲ.①长篇小说 - 中国 - 当代
Ⅳ.①I247.5

中国版本图书馆 CIP 数据核字（2021）第 167009 号

毛百斤打铁

MAO BAIJIN DA TIE

甯普林　著

出 版 人	章华荣	
责任编辑	蔡央扬　郝玮刚	
封面设计	肖景然	
书籍装帧	兰　芬	
制　　作	书香力扬	
出版发行	百花洲文艺出版社	
社　　址	南昌市红谷滩区世贸路 898 号博能中心 A 座 20 楼	
邮　　编	330038	
经　　销	全国新华书店	
印　　刷	成都兴怡包装装潢有限公司	
开　　本	880mm×1230mm　1/32	印张　9
版　　次	2022 年 2 月第 1 版第 1 次印刷	
字　　数	230 千字	
书　　号	ISBN 978-7-5500-4381-7	
定　　价	48.00 元	

赣版权登字　05-2021-314

网址 http://www.bhzwy.com
图书若有印装错误，影响阅读，可向承印厂联系调换。

前　言

　　邵东是一个有 130 万人口、地少人多的山区市。为了养家糊口，邵东人祖祖辈辈都在外经商、做手艺，走南闯北，故而邵东成了百工之乡、商贸之城、商品集散之地，全国百强县市之一的县级市。市内有"廉桥药都""中南五金城""世界商贸城""家电城""眼镜城""箱包生产基地""打火机生产基地"等。五金、箱包、打火机销往全球 100 多个国家。

　　邵东五金生产历史悠久，据该市出土文物的相关记载，汉代就有铁器、铜器墓葬，还出土了一件国家一级文物"四虎青铜镈"，说明铜铁业在汉代以前已形成规模发展。邵东地方流传已久的童谣都唱"金打铁，银打铁，打把剪刀送姐姐。姐姐留我歇，床上生狗虱"。（跳蚤，方言叫狗虱，读"狗色"）还有地方花鼓戏《毛国金打铁》。可见邵东打铁业的历史有多长！邵东的五金市场，就是从手工打铁发展起来的。邵东人向来是敢想敢闯，打的铁器除供应本地外，还肩挑、背负、马驮到外地去卖，慢慢地传遍大江南北，形成了剪刀、剃刀、菜刀的"三刀"名牌产品，带动了其他铁货遍地开花，由送货外卖到吸引外商到邵东来进货，经几百年上千年的不断发展，形成了闻名全国的"毛家栗山五金市场"。邵东市政府为进一步发展壮大这个市场，将"毛家栗山五金市场"迁入市内，扩大经营项目，发展高科技生产技术，不断提高产品质量，形成了出口全世界的拳头产品。

本人为五金市场发展溯源，收集有关资料，以本土花鼓戏《毛百斤打铁》为书名写成长篇小说，志在挖掘邵东的历史人文景观，弘扬邵东人吃得苦、霸得蛮、敢为人先的精神，完成我的夙愿。

书中汉朝的主要历史人物、历史事件来源于《中国通史》，可能难免在某些时间点和事物发展过程上，与史实有点出入。为了小说故事发展需要，构思了一个姚万里，有他的坎坷经历和毛百斤的交往，就将毛百斤与朝廷"削藩""算缗"等事务联系起来了，丰富了小说的故事内容。此人是史书上没有的。

此书全是现代语言，尤其人物对话全是白话了，对话中有些成语、熟语，其实形成于汉代以后。为了刻画日常生活细节，书中可能出现了一些汉朝还没有的东西，如鞭炮、状纸、字画、火药等，还有些东西，如故事中牵涉到的城市名称，都用现代名了。故事中所涉物价、工价，均有所夸张，未完全遵照史实。特此说明，并以致歉。

目 录

第 一 回

黄老虎心狠手辣
毛国金家破人亡

在太行山下，有座高墙围着的大院，墙外一圈杨柳环绕，一到春夏，柳丝随风飘拂，泛着绿光，百灵、黄莺歌唱，紫燕欢舞。那不甘落后的蝉儿，亮开冲天的嗓门，意欲盖过它们，从来不知烦地累日长鸣。围墙正中有座高大的柴门，只看柴门就知道是一个大户人家，柴门上书"毛府"二字，柴门外有条小河，自西而东绕门前流过，山是靠背，河是玉带，出门有座石拱桥，恰是玉带环扣，整个院子如坐在一把太师椅中，大家都说此乃出官的龙脉宝地。进得柴门，内有两亩地宽的车马坪，外宾来了，车马可以停放，旁边有饮马槽。里面是一正两横的房子，几重翘角飞檐，雕梁画栋，金碧辉煌，进门一个天井，内坪挨天井是个游庭，游庭中两边有走廊直通后堂，走廊亦是雕花画廊，两边是小天井，后堂比前厅高，神龛上雕龙画凤，金光闪闪。

堂中坐着一个中年人，约莫不惑年纪，头戴儒冠，纶巾飘拂，身穿阔袖长袍，一派文雅学士之貌，正在教两个儿子读书。中年人叫毛颖，他老祖就是毛遂，原是赵国平原君家的食客，秦昭襄王攻打赵国时，平原君到楚国去求援，毛遂自荐前往说服楚王出兵，平原君许其同往。毛遂智慧过人，能言善辩，展开那三寸不烂之舌，口若悬河，以唇亡齿寒的道理，说服了楚王出兵联合抗秦。得到了平原君和楚王的赞赏。平原君将他待为上宾，聘为上卿，高薪任用，他故而置了田地，建了此院。几十年后，其孙毛颖，严遵祖训，刻苦练功、识文，学得了一身本领，文可对付乡党应酬，武可保护家人田庄。他还叫儿子读书习武，文不为官，武不从军，保护好田庄，过清淡的农耕生活。要慈悲为怀，不以强欺弱，不助纣为虐，尊老敬贤，谦虚谨慎，广交善友，做诚实守信的人。毛颖有两个儿子。大儿子叫毛国金，聪明能干，年已十五，文已读完《诗经》《吕氏春秋》，足可应付乡党应酬。小儿子叫毛国卿，刚满十二，读书也很认真。

太行山上有个寨王姓黄，排名第五，人称黄老五。他为人凶狠，故人们取他外号"黄老虎"，生得粗眉大眼，身材魁梧，穿着铠甲，手握连环钢刀，率喽啰占山为王，拦路抢劫，打家劫舍，令一方百姓不得安宁。一夜，黄老虎率喽啰突然将毛颖家围住，扬言要将房子烧掉，要毛颖出来说话。毛颖想，土匪人多势众，不能同他动武，不得不开门迎接，置酒饭款待，请黄老虎坐在上席，喽啰二十多人坐两边。毛颖吩咐家人、丫鬟做饭，烫酒、杀鸡，一会儿酒菜上桌，酒过三巡，毛颖举酒说："大王在上，辛苦了，我敬大王一杯，我这小小庄园，只有田土数亩，供养家糊口而已，无有余钱，还请大王高抬贵手。"

黄老虎说："你老祖父是赵王位下的红人，当了那么大的官，家中没有钱？"

毛颖说："老祖父为官只有几年，修建了这个庄园，财物已剩无几，买了几亩田地，仅供糊口，每年开销难保，常常捉襟见肘，确实没有余钱。"

黄老虎说："好说，你毛大官人家里没钱，看我的弟兄们信不信！"

土匪们像炸开了锅，一下哄堂大笑，七嘴八舌："毛大官人无钱，鬼信！"

"毛大官人，你家没钱，你有老婆，还养这么多美女丫鬟，我们连老婆都没有。"

"没钱没关系，给个美女做压寨夫人算了。"

"没钱不要紧，今晚就睡你家，将你家的丫鬟、侍女陪我们一夜算了。"

…………

后面的话越来越难听。丫鬟、侍女闻言躲进后院去了。毛颖脸青一阵紫一阵，毛国金已握紧了拳头，强压心中的怒气。

黄老虎也哈哈大笑说："兄弟们，要有礼貌，毛大爷是书香之家，不要玷污了他老人家的名气。"

有个强盗接言说："那就拿五千币算了。"

毛颖强忍怒火，心想动手，又怕伤了家人和房屋设施，人在屋檐下，不得不低头。只得向黄老虎求情说："大王，你们在山上，我在山下，说来也是邻居，兄弟们今晚辛苦了，招待不周，请大王多多原谅，家里确实无钱，请饶了我们吧。"

黄老虎说："虽是邻居，不会常来叨扰，今晚兄弟们辛苦一遭，谢你盛情款待，你拿五百币，对你来说不过是九牛一毛而已。"

毛颖说："大王，我家实在拿不出五百币，我也不让你空走一趟，出两百币。"

黄老虎说："两百币，问我的兄弟们肯不肯！"

有一个强盗说："那要问我的刀肯不肯。"

另一个说："兄弟们，毛大爷如此热情款待，我们也要给些面子，我们在这里多住几天，等毛大爷将五百币凑齐了再走也不迟。"

又一个站起说："我们的工价不高，二十个人一天只要两百币。毛大爷愿意出吗？"

还有一个说："我们没时间等，有钱拿钱来，无钱拿命来，看你钱重要还是命重要！"

毛颖说："各位好兄弟，钱财如粪土，仁义值千金，生命诚宝贵，若无'义'字在，生命不值钱，我家确实没有钱，你就是杀了我全家也搜不出钱来，到时岂不钱也没有，义也丢了？江湖

'义'字当先，我愿将所有的钱都拿出来，请兄弟们高抬贵手。"说着进内室拿出所有钱，并将老婆的头饰摘下，不足三百，对大王说，"我实在没有了，大王，你大仁大德，放我一马吧。"

黄老虎没有说话。众人有说装穷的、有说耍花招的、有说耍赖的、骂娘的……说什么的都有，有的将刀敲得山响。毛颖的儿子、丫鬟不敢出来，毛颖的老婆在屋里大哭，毛颖没法，将为家人缝制冬衣的两匹布拿出来，应值百多钱。说："给兄弟们制衣服吧。"

黄老虎看到这种情况，觉得毛颖不是装出来的，就说："兄弟们，毛大人已仁至义尽，就算了吧。谢毛大人，告辞。"收了钱和首饰，撸了布匹扬长而去。

毛颖气愤不已，这帮丧尽天良的，兔子还不吃窝边草呢，太不讲良心了。反过来又想，他们是土匪、是强盗，强盗有良心吗？他们是吃铁屙枪、杀人放火的魔鬼，今后怎么办？他决心练武，将师傅所教的武艺传给毛国金和毛国卿。要所有的家人和长工一起学武，来保护家人安全，保护田园山庄。长工、用人白天做事，晚上一同习武。

毛国金虽然只有十五岁，经土匪这一折腾，心中非常震惊，但不害怕，知道习武的重要。但习武是何等辛苦，开始学站桩、排桩、烈马桩，一个比一个难，站得双腿、腰、膝都痛，痛得解大便都蹲不下，夜里睡不着。但是站桩是学武第一基础功，桩子不稳，学不到武艺，纵能学到几路拳法，也是花架子，实用起来不堪一击。他咬紧牙关，刻苦练习，腿肚子剧痛，睡前用酒揉一揉，练武中难免有肌肉受伤，一边吃药一边练，秋练三伏，冬练三九，经过一年多的工夫，学到了"猛虎下山""十路梅花""三十六解术"等徒手拳法。还学会了"双刀""单刀"，棍和凳的几种施法，拿着什么都可以当武器使用了。

学武容易练武难，练武要持之以恒，常言三天不练手生，毛颖自己也按师傅嘱咐训练，经过一年多的刻苦练习，站桩子更稳动作更快，能精准地打击到位了。

一天，毛颖在赶集，正遇招兵，在圩场上设擂比武，高高的台子上坐着两个官人，一个人在台上吆喝，台下人山人海，他好奇地停了脚步。

虽然祖训文不为官，武不从军，但看看无妨，于是挤进人群。一打听，原来是大臣晁错向景帝建议削藩，各个藩王不服，所以招兵买马，以兵力对抗朝廷，毛颖心想汉朝又要大乱了。看到台上比了一对又一对，还有跃跃欲试的。毛颖想，坪里人头攒动中，定然有高手，强盗、隐士、镖局的镖师、地方武师，各种人物都有，定然是天外有天，今天可饱眼福了，也可对照衡量自己所学。他知道，民间高手不一定去比武，谁愿乱世从军，让自己尸陈沙场呢？只有那些无业游士，希望乱世成英雄，将此当作难得的机遇。习武人都有不服之心，见此场面都想试试。毛颖看到台上接连打下几人，最后一人生得五大三粗，粗貌大相，生着狮子口、老虎鼻，连续将三个人打下台去，还在大喝："还有谁来？"

毛颖觉得这个人的武艺不过如此，这是每个人试胆量、试本事的机会，输了赢了无有大碍，去不去从军由自己决定，不妨上去试试。当台上喊到八九遍时，他跳上台去，拱手说："我来向先生学几招，请先生手下留情。"

壮汉见来了一个白面书生，觉得不堪一击，于是也拱手说："好说、好说！"说着就猛拳进攻，毛颖只防不攻，对方见打不着他，就加快了步伐。毛颖见对方进攻愈来愈急，桩子自然松弛，抓住他一个前冲拳提脚的瞬间，将身一偏，双掌迅猛一击，将对方推下台去，自己跳下来，头也不回地走了。他这一举惊倒很多人，一出手就能制服对方，比武一天来还是第一人。镖局的镖师、台上的考官，尤其是太行山的土匪黄老虎，惊得目瞪口呆。黄老虎心道：这不是毛大爷吗？如此手段，我等不是他的对手。可是去年在他家打劫时，他竟然对我们那么客气，还低三下四向我求情，这是个能屈能伸的仁人志士，若能拉他入伙，应是山寨的福分，他能来吗？不妨回去登门拜访，以重礼请他坐第一把交椅。

黄老虎回到山寨后，将所见情况向兄弟们一说，土匪们个个同意请毛颖上山。大家一致认为，有本事不露，是大仁人，心有大志，遇事不急不怒，是大智慧。去年在他家叨扰，他忍住没有出手，真的打起来，本事再大也要伤人损物，他看得远，舍小财换来大义，换来安宁，心胸如此宽大，应有远大志向，他能落草为寇吗？如果不来入伙，能原谅我们所犯吗？常言君子报仇，十年不晚。有恩不报非君子，有仇不报是小人，到时候定然报复我们，唯一办法就是千方百计拉他入伙，否则后患无穷。

兄弟们商量决定再次登门拜访。黄老虎令喽啰担了一担酒，提了鸡鸭鱼肉，还包了五百币，浩浩荡荡来到毛颖家，喊开柴门，直奔堂内，将酒和菜肴放到桌上。毛颖莫名其妙，说："大王，这是为何？"

黄老虎说："不为什么，去年在你家打扰了，使你破费钱财，还那么热情招待，过后我们觉得多有冒犯，今天特率兄弟们来赔礼道歉，请毛大人原谅。"

毛颖见这突如其来的道歉，知道必有奇因。世上没有无缘无故的爱，没有无缘无故的恨。于是说："大王说哪里话来，去年那不成敬意的粗茶淡饭，哪值得大王如此记挂，请大王将钱财礼物收回去，小人当不起。"

黄老虎说："今天来表示歉意，菜酒是自己要吃的，只不过借你家的锅灶，我们兄弟自己会煮，大家高兴，一起来喝杯酒。那几个钱只不过是还给你而已。去年我们有暂时困难，权当向你借用一时，请不要多想，我们是感谢你的帮助。"

毛颖想：他到底有什么目的？但又不好直问，只得说："那些小钱，何必挂齿，谁能打着火把照过前后，谁个没有手紧的时候，我们是邻居，我不帮忙谁帮忙，钱一定拿回去，以后要你关照的地方还多着呢。"

黄老虎立即安排喽啰杀鸡、剖鱼，切菜煮饭，喽啰们立刻忙碌起来。

毛颖说："还是让用人、丫鬟来吧，你们初来乍到，不熟悉，多有不便。"

黄老虎说："今天你们大家都休息，让他们各显神通，等会看看他们的手艺吧。我这些弟兄样样能干，除做菜饭的外，还有缝衣的、做木工的、建房子的，就是少你这样文武双全的人。"

毛颖说："大王过奖了。本人才疏学浅，种田都要请人，肩不能担，手不能提，是窝在家里虚度岁月、不敢出门的人，日暮西山，朽木烂柴一个了。"毛颖心想：他夸我何为？莫非想要我入伙，想架空我，霸占我的财产？心里胡乱揣测着。毛颖见强盗们忙碌，也不要用人和丫鬟帮忙。黄老虎葫芦里卖的什么药，到底是人是鬼，还得拭目以待，小心等着。

等了一个时辰，饭菜熟了，鸡鸭鱼肉搬上了桌子，共摆了五桌，热气腾腾，酒香扑鼻。黄老虎请毛颖夫妇、他们的两个儿子，及两个长工和他坐一桌，用人、丫鬟坐一桌，他的其他兄弟做三桌。坐定后，黄老虎安排每桌一个斟酒的，他自己也亲自把壶斟酒。丫鬟和用人不知如何是好，你看我、我看你，一言不发，都坐着没有动。那些强盗今天变得很礼貌，一个个坐着不说话，等着大王开口。

黄老虎端起一杯酒，站起来说："去年我们困难时期，感谢毛大爷的帮助，今天聊备薄酌，以示感谢，兄弟们一起举杯，敬大爷大娘一杯，干！"

土匪们齐声说："干！"

毛颖和家人没有举杯。毛颖说："大王，你们如此重礼我们受不起，如大王有事与我说，请先说个明白，不才不敢与兄弟们同饮。常言无功不受禄，请恕我无礼。"

黄老虎见毛颖不受拉套，不得不说："久闻毛大爷才高八斗，学富五车，文武双全，足智多谋，山寨想请你去坐第一把交椅，兄弟们愿随你干一番大事，你不要推辞。"

毛颖想，终于说出来了，真是异想天开！于是说："谢大王厚爱，一来本人年事已高，儿子未大，二来手无缚鸡之力，怎能去拖累你们，恕不能从命，请另请高明。"

黄老虎说："先生过谦了，集市上打擂，你一出手将擂主推下台，不用第二招，令多少人目瞪口呆，多少人喝彩，多少人敬畏，令我佩服得五体投地。去年我们兄弟叨扰你，明明我们不是你的对手，你忍在心里，将家里仅有的钱和制寒衣的布都捐了出来，连夫人的头饰和手镯都取下了，忍痛舍财存义。你一出手，我等必然死无葬身之地，但你忍了，你海纳百川，大智大慧，我们只有跟着你才能干一番大事。"

毛颖说："男儿要干一番大事，可钦可敬，应该为国为民，可以从军保家卫国，建功立业，或为地方除暴安良，扶危济困，解百姓于倒悬。岂可占山为王，拦路抢劫，残害百姓，祸国殃民，遭万人恨，引国民共诛之呢？"

黄老虎脸青一阵紫一阵，说："就是想请你上山，带我们走上报国之路，请你不要推辞，只要你上山，我们一切听你的。"

有人喊："去吧，我们大碗喝酒，大块吃肉，何等痛快！"

有人骂他说："就你吃了好死是吧！人家在家里，衣来伸手，饭来张口，夜夜抱美女，怎么会和我们在一起。"

黄老虎怒道："混账东西，从今以后听大哥的，要干大事，不准胡说八道！"

毛颖拱手说："不耽误大家吃饭，我已风烛残年，小儿未大，只有守着田庄，安度晚年，无能干大事了，恕不能和你们上山，你们快吃饭吧，我不奉陪了。"说着进了内室，家人、丫鬟、长工、用人一起离席进了后庭，黄老虎极力挽留，没有留住，毛家没有一个人吃他们的饭。

黄老虎非常气愤，这毛颖看不起我们，心想给他点颜色看，又怕打不过他们，他哪里还吃得下饭，脸色非常难看，喽啰们吓得噤若寒蝉，一个个默默地低头吃饭。

毛颖退入后堂后，觉得自己语言太直，有损斯文，有伤他人之心，立刻感到内疚。见黄老虎没有吃饭，就端了一碗茶出来，对黄老虎说："大王，请用茶，我确实是年老体弱，志气已无，指望平安度过晚年，教儿耕读，守住家业，对得起天地父母，不亏儿孙就算了。请大王理解，大王的好意，我表示感谢。我们作为邻居，可常来常往，有用得着的地方，可互相帮助，请大王不要见外。"又令丫鬟给各位兄弟送上茶来。

黄老虎听了这番话后，心里稍微舒服了一点，说："毛大人说得对，常言人各有志，不能勉强，我虽是个粗人，但能理解，请你放心，我不会放在心里。"口上这么说，心里却汹涌澎湃，想着对付的主意。

饭后，用人帮助收拾东西，毛颖将钱财奉回，黄老虎接过钱财，率喽啰悻悻而去，心想：毛颖凭着自己的本事和丰厚的家业，不把我们放在眼里，我也绝不会让你安宁。喽啰们也个个不平，说毛颖太无礼了。有人说："不识抬举，灭他满门，让他做冤死之鬼！"

"大王，你就这么饶了他？他根本不把我们放在眼里。你能咽下这口气，我咽不下！"

黄老虎说："你们想怎么样？"

"大王，我们的刀是吃素的吗？怎么不问问它呢？"

黄老虎说："你知道个屁！论武功，我们不是他的对手，他饱读诗书，足智多谋，我们更无法与他相比，大家不要胡思乱想，不要乱说，以免传出去惹出祸端。"众喽啰都不说话了。

黄老虎早就有打算，对两个喽啰说："你俩在他屋外蹲守，看有什么人到他家去，我估计赵王刘遂会去找他，那天比武招兵，毛颖突然走了，刘遂在台上看得很清楚，一定会去找他。还有罗岚镖局也会去找他，镖局正在充实力量，如果被他们请去，那将对我们大大不利，看到什么人与他来往，立即回来报告。"

两喽啰说："遵命！"说完下山而去。

两人蹲守了两天，果然看到了罗岚镖局的人去了毛家，立即回去告诉了黄老虎。

黄老虎说："好，我得不到，谁也别想得到！"对喽啰说，"你们没看错吧？"

喽啰说："没看错，我们在路上交过多次手，错不了。"

且说那毛颖送走黄老虎后，心里很不安，一是没有答应入伙，黄老虎不一定会善罢甘休，二是自己言语中对他们有所伤害，担心他们报复，或来杀人灭口，那将是大祸临头，按土匪一贯的做法，自己会有灭门之灾。但又想，没有对不起他们的地方，想必不会做得那么绝情吧。又担心土匪像今天这样常来骚扰，会引起地方怀疑自己通匪，是土匪同伙，那也会身败名裂，官府不会放过自己，百姓也会怨恨自己，到时候跳到黄河洗不清了。怎么办呢？从现在起，叫家人言语谨慎，不要将今天之事说出去，要求家里所有男人，每夜加强练武，以防土匪突然袭击。毛颖悔不该在集市观看比武，悔不该上台打擂，招来这隐患。

一日接到请柬，好友花甲寿庆，毛颖左右为难，不去影响友谊，去了怕土匪夜袭，那天得罪了他们，他们无恶不作，一定会来报复。于是只能让毛国金去，让他带上重礼，自己写一封信让他带去，说明原因。毛国金十五岁了，曾经随父亲去过，毛颖对毛国金千叮咛、万嘱咐，毛国金领父命而去。

就在这一夜，四更时分，黄老虎率领全寨土匪，将毛家大院包围，扎了百多个火把，浇上油，点燃后从围墙外丢进屋里，一会儿院子里燃起熊熊烈火。

欲知毛家人的死活，且听下回分解。

第 二 回

人间哪堪逃荒路
天下何处有我家

"天有不测风云，人有旦夕祸福。"不分贤愚，没有穷富，更无时间地域，福来挡不住，祸来躲不脱。

翌日毛国金回家，见柴门洞开，门口死了多人，房屋全部烧光，只剩土墙，烧死的人无法辨认是谁了。他号啕大哭，立即喊来乡亲帮忙，将家人埋葬。毛国金对乡亲们一一拜谢。

乡亲们说："毛国金，你家为何会遭此大劫？"

毛国金说："各位叔伯，谢谢大家帮我安葬了父母家人，我现在不能在这里久留。这次大劫难是土匪所为，他逼我父亲入伙，父亲当场回绝，于是他们要灭我满门，土匪认得我，我只得远走高飞，远离此地，我的田仍由你们耕种，田租不收了，请帮我清明扫挂一家人的坟墓，冬至祭奠一下祖宗就行了。如果我以后有机会回来，那时再来感谢你们。"言罢对父母坟墓拜了三拜，起身就走。

众人挽留，让他就住他们家中。毛国金说："各位乡亲，人非物件，难免出门活动，时刻提心吊胆，时间一长，最终难免被土匪发现，性命难保，那时怎么对得起父母祖宗，只有远离此地，才能留住毛家香火，谢谢各位好意，就此告辞。"毛国金拱手而去。

话已说得明白，众人不便再留，只得嘱咐珍重，洒泪送别。遭此家破人亡之祸，上天无路，入地无门，为保自身安全，毛国金抛弃田产，辞别乡亲洒泪而行。举目无亲，他身无分文，向何处去呢？闻南方楚地，江南鱼米之乡，气候宜人，就向着南方毫无目的地乱走。当天夜里，住进了一家路边客栈。老板见他年纪轻轻，无大人做伴，一双空手，但穿着工整，身上应该有钱，就让他住了，供他晚饭，给他床铺。第二天吃了早饭，老板向他要钱。

他说："老板，我是落难之人，家遭土匪打劫，东西掳光，房屋烧尽，父母家人死了十一人，独我幸免于难，我身无分文，只能为你帮工相还了。"言罢眼泪双流。

老板看着眼前的少年，不敢相信。问道："后生贵姓，家住哪里，父母是谁？为何遭此大劫，怎么不投亲戚，你要到哪里去？"

毛国金说："我的老祖叫毛遂，曾在平原君舍下为官，买了田地，建了大院，父亲毛颖，遵祖训，文不为官，武不从军，教子读书，守住田庄。谁知祸从天降，太行山土匪逼我父亲入伙，父亲当场拒绝，还训了土匪一顿。土匪怀恨在心，夜袭我家。房屋烧尽，父母亲人被杀光，独我幸免于难。我父亲三代单传，无有亲人了，为防土匪追杀，只得远离家乡，请老板可怜可怜我吧！"

老板见他可怜，相信他所言是真，于是说："你小小年纪能做什么？"

毛国金说："我可以帮你洗碗扫地呀。"

老板说："好，那你留下吧。"

但老板娘反对，她说："他是官宦之子，能做什么？能抵每天的饭钱？我看他身上的衣服值些钱，脱下抵作住宿饭钱。"

毛国金觉得老板娘太过分，有辱他的人格，就说："大娘，天有不测风云，人有旦夕祸福。谁能打着火把照过前后，我也是龙搁浅滩，虎落平阳，何必做得如此寡情。"

老板娘大怒："小小毛贼，出来骗吃骗喝，还敢诅咒老娘！"说着拿起扫帚就打，被老板拦住了，老板说："你是大人，何必跟一个小孩过不去?"对毛国金说,"你走吧,以后在外说话小心点。"

毛国金只得走了出来。老板最后那句话让他记住了,"在外说话小心点。"是自己的语言惹怒了老板娘,他怎么能一下子改得了少爷脾气呢?在家里穿衣吃饭有人伺候,从未动手做过家务,只是跟父亲读书习武。现在什么都没了,由富贵公子变成了乞丐,不觉又痛哭起来。毛国金哭了一阵又走,要离土匪远一些,让他们发现就没命了。前面要进入山林了,树木葱茏,阴森可怖,他放慢了脚步,等待过路人搭伴,等呀等呀,等了好久没人来,又环顾周围,没有人家,只得硬着头皮进去,山路窄了,树木密了,阴了太阳,心忧有野兽出没。突闻怪鸟尖叫,吓得他毛骨悚然,全身起了鸡皮疙瘩,大汗淋漓,但不得不走,恨不立即穿过森林,见到人家。就在这个时候,突然听到一声"站住!"吓得他魂都没了,心想往回走,但脚软手软,已迈不了步。见林中走出两个人,蒙着面,手握大刀,一人说:"留下买路钱来!"

另一个说:"把钱拿出来!"将刀架到毛国金肩膀上。

毛国金吓得脸都白了,说不出话来,看到两人没有杀他的样子,颤颤抖抖说:"好汉饶命!我是落难之人,身上没有钱。"

一个土匪一耳光将毛国金掀倒在地,将他身上搜了个遍,分文未得,说:"穿得这么客气,怎么没钱呢?快说,藏在哪里?"

毛国金说:"我家被仇人放火烧光了,父母家人都死在仇人刀下,我在朋友家未归,幸免于难,为保住性命,只得远离家乡,请二位大爷饶命。"说完放声大哭。毛国金记住了店老板的话,讲话特别小心,所以不敢说土匪二字。两土匪见他伤心痛哭,声声喊饶命,不是装的,不忍心杀他。

一个土匪说:"碰上个倒霉鬼!"

另一个土匪见他穿着新衣,还值点钱,于是说:"脱下衣服,破破晦气。"说着强行脱了毛国金的外衣,进了树林。

　　毛国金没法，起身疾奔，唯恐土匪后悔了追来杀他，不知哪来那么大的力气，一口气走出了森林，看到了前面有个村子，他肚子饿得咕咕叫，立即走进院子去，还没进院子就冲出一条狗，吓得他立即退了出来，饿得实在不行了，必须进院子讨些吃的。毛国金于是在人家菜土里拔了根棍子，以防狗来袭击。他来到一家人门口，见人正在吃午饭，他口水不断往外流，肚子在翻江倒海，坐到门槛上不动了。一个老年人过来问道："小孩，是不是饿了？"

　　毛国金连连点头，已无力说话，双泪齐流。老人见他可怜，立即装了一碗饭给他，他接过来狼吞虎咽起来。

　　老人说："慢点吃，还有。"

　　毛国金说："谢谢，老奶奶，保佑您长命百岁！"

　　老人又装了一碗，递给他说："孩子，因何一个人在外？"老人见他不像乞丐，穿着干净的内衣。

　　饭吃完了，老人说："吃饱吗？"

　　毛国金说："吃饱了，谢谢您！"

　　老人说："你还没有回答我，你为什么一个人在外，是不是和父母赌气？父母打你骂你都是为你好，快回去，免得你父母着急。"

　　一提到父母，毛国金泪如雨注，放声大哭。

　　老人说："后悔啦？后悔了就快回去吧，父母不会责怪你的，以后要听话。"

　　毛国金哭了一阵说："我已经没有父母了，所有亲人都没有了。"

　　老奶奶说："你家怎么啦？难怪你如此伤心。"

　　毛国金见老奶奶是好心人，于是将父亲不愿上山当土匪，被土匪毁家之事说了，最后说："我好苦啊，我以后怎么办？"

　　老奶奶非常同情，长叹一声说："真可怜，你叫什么，今年多大了？在家里做什么？"老人儿子四十岁了，儿媳一直未开怀，想收留毛国金。

毛国金说："我叫毛国金，今年十五岁了。我老祖是毛遂，父亲是毛颖，从小跟父亲习武、读书，其他什么都没做。"

老奶奶说："你在这里休息，今晚住我家，如果我院子里有人收养你，做人家的儿子，你愿意吗？"

毛国金想，做人家的儿子，改名换姓，不行，我要继承毛家香火，不能做不孝之子。于是说："老奶奶，做人家的儿子，我不能改姓，我要继承毛家香火，不能做不孝之子。"

老奶奶说："好孩子，娘爷没白生你，保佑你，找到好的落脚地方，开子发孙，光宗耀祖。"

毛国金当夜在老奶奶家睡了一夜，第二天早晨拜别了老人，手里拿着棍子走了，走哇走哇，走了两天，脚也走肿了，双脚剧痛，只得走一阵坐一会。毛国金又急又饿，实在不行了就到土里去拔萝卜吃，躲在萝卜地里睡着了，突然被人打醒来了，鼻子大出血。

一个大汉骂道："懒猪，为何偷我的萝卜？"

毛国金说："大爷，请不要打我，我是落难之人，已一天没吃东西了，我想办法还你，你要人做事吗？我可以帮工还你。"

壮汉见他既黑又瘦，弱不禁风的样子，说："你能做什么？"

毛国金说："随便什么都行。"经过几天的奔波，他受尽了劳累、饥饿、恐吓之苦，恨不得找个落脚的地方吃餐饱饭。但是壮汉看不上，怕他吃干饭，干不了活，只是摇头。

毛国金说："大爷，我能干活，我读过书，会写名字会计数，还跟父亲学过武艺，我绝不会吃干饭，大爷，我什么都可以做。"

壮汉说："你小小年纪，为什么流落不归家？"

毛国金说："我没有家和亲人。"说着眼泪双流，将父亲得罪土匪之事从头至尾说了一遍。

壮汉见他可怜，顿起恻隐之心，家中开个面坊，正要人手，于是说："见你可怜，起来到我家去，帮我做点小事。"

毛国金怀着复杂的心情来到壮汉家，见一个磨坊，有头驴蒙着眼睛在拉磨，见一个一脸横肉的中年妇女，正在揉着面粉。

壮汉说："这小孩可怜，帮我来做事，只供饭不要工钱。"

那妇女说："他乳臭未干，弱不禁风的样子，能干什么？"

毛国金说："大娘，我什么都能干，有些不会的我跟你学呀！"

妇女说："好，你来帮我和面、切面。"

毛国金说："好。"将一撮面粉倒入盘里，他不知放多少水，连舀四五瓢放入盘里，一和成了糊糊，立即加面粉，将盘加满了，一揉，还是太湿了。老板娘一看，气得大骂："蠢货，只要一瓢水就够了。"

毛国金从来没和过面，只得另拿个盆来，分作两盘再加面粉，然后放到案板上，用擀面棒来擀，不知如何擀法。老板娘夺过擀面棒，一头插入墙壁上的孔里，架到面上，屁股翘上棒头，像跳舞一样擀起来，又快又轻松，擀了一会下来说："蠢货，这样擀。"

毛国金哪里见过，怎么也擀不来，只能用手揉。老板娘一巴掌打在毛国金头上，骂道："蠢货！什么都不会做。"

毛国金双泪直流，说："大娘，我是第一次做事，你教我吧，别打我呀。"

"不打你怎么长记性！"

毛国金只得咬牙忍了，心想：长这么大没被人打过，而今受如此打骂，我怎么落到这步田地。但人在屋檐下，不得不低头，他强忍着悲痛埋头干。经过第一天的细心观察，如何和面、擀面、切面，基本功已经掌握，第二天又单独操作了全过程，已没有差错了。但是老板生意太好了，面供不应求，毛国金每天天没亮就起床，深夜才能睡觉，每天规定要出几百斤面，一天不完成，老板娘动辄打人、饿饭，将毛国金当奴隶。不到一个月，日夜劳累，毛国金得了伤寒病，为了那三餐饭硬撑着干，直到实在挺不住了，倒在案板下。那刘老板和劣妇才将他抬到床上，给他喝了碗姜汤，见他发烧，又咳嗽不止。经毛国金再三请求，才请来郎中，吃了几副药。

稍好一点，刘老板说："毛国金，你这次治病，共花了我五串钱，你来时说定只吃饭，不要工钱，你要想办法还我钱。你到家里去拿还是到亲戚家去借。"

毛国金说:"大爷,我来时就告诉你的,我真的家破人亡了,也没有亲戚,我到哪里去借钱?"

刘老板说:"你现在病好了,明天就上工,从早晨到晚上一更的劳作,抵你的饭钱,晚上二更到三更的工夫抵你治病的钱,每夜两个时辰的工资,要一年才能还清。"

那劣妇接着说:"我们是见你没有父母,无家可归太可怜了,给你饭吃,帮你治病,不要你还现钱,你多做一点工就轻松还了,我们心软,相信好心有好报,换了别的人,早就将你丢到野外去了。"

毛国金没有办法,从那日起,每夜三更才能入睡,一天没完成擀面任务,不是挨打就是挨饿。他实在干不下去了。他想这样下去,我怎么立业?怎么成家?何时才有出头之日?一天夜里他就逃走了。

一天走到天黑了不见一个村子。随着夜幕的降临,各种恐怖也随之而来,山上有猛兽吗?有土匪吗?天已黑了,脚也走不动了,隐隐约约看到前面有个凉亭,亭子里面有个小屋,只得进去。毛国金心想只有在这里过夜了,摸着两页门板,将门关了,但没有门闩啦,毛国金费尽吃奶的力,将桌子慢慢移到门边顶住门板,就在桌上睡下,因路途劳顿,即刻就睡着了。睡到深夜,寒气逼人,衣着单薄,没有被褥,一下就冻醒来了,突闻野鸟哀鸣,野兽夜出觅食或求偶,发出各种怪叫,令人毛骨悚然。只得双手将衣裹紧,缩作一团,再也无法入睡了。恰逢月尾,月出半夜,有光亮从窗户射进来,毛国金实在太冷了,就从桌上下来练武御寒,将父亲教的几路拳法练了一阵,奈何肚子已饿,再也打不动了,又将双手紧抱胸前,蜷缩到桌上,靠着门板发抖,等待天亮。他想起了父母、弟弟,不觉又痛哭起来,怕引来野兽,不敢大声号啕。想起了父亲教过的《诗经》,想起自己流落他乡,受尽饥寒奔波之苦,恰如《诗经》中的"黄鸟"。

　　"黄鸟黄鸟，无集于榖，无啄我粟。此邦之人，不我肯谷。言旋言归，复我邦族。

　　"黄鸟黄鸟，无集于桑，无啄我粱。此邦之人，不可与明。言旋言归，复我诸兄。

　　"黄鸟黄鸟，无集于栩，无啄我黍。此邦之人，不可与处。言旋言归，复我诸父。"

　　反复背诵，借以忘却寒冷，忘却饥饿，忘却苦愁。突然闻怪兽嚎叫，紧接着听到野兽相斗之声，由远而近，吓得毛国金毛骨悚然，接着门板砰的一声，毛国金被震落地上，不省人事了。

　　欲知毛国金死活，且听下回分解。

第 三 回

善徒弟忍辱负重
恶师兄嫉贤妒能

等到毛国金清醒过来，已大天亮了，他摸摸自身，屁股和手肘处有点痛，幸好门没有撞开，再听听外面没有野兽的声音了，立即起来，费尽吃奶的力，将桌子移开。来到屋外迅速离开此地。走到中午，肚子饿得咕咕叫，坐到一家门口不动了，眼睛看着桌上，一副可怜兮兮的样子。一个中年妇女看见了，只道是小乞丐。

于是过来说："是不是饿了？"毛国金点了头。那妇女就装了一碗饭过来，毛国金吃了说："谢谢！恭喜你发财！"

大娘又装了一碗给他，毛国金吃了后，将碗递给了大娘，连说谢谢。

大娘说："你家住哪里？叫什么？家里还有什么人？"大娘听他口音不是本地人。

毛国金说："家住太行山下，我叫毛国金，老祖叫毛遂，平原君位下的小官，父亲叫毛颖……"说着就哭了起来。

大娘听错了他名字，说："毛百斤，你不要哭，说说你为什么落难。"

毛国金就将他的家事从头至尾说了一遍。因口音差异大，大娘有些听不懂，见他年小无家可归，非常同情，于是说："毛百斤，你读过书吗？留下来学打铁可以吗？学门手艺以后可以养家糊口，成家立业呀，愿不愿意？"

毛国金见大娘如此善良，觉得找到了心安的地方，觉得学门手艺，以后好成家立业，确实是个好事。于是说："谢大娘的厚爱，我跟父亲读过书，读完了《诗经》《吕氏春秋》，还跟父亲学了武艺，我愿意学打铁，师傅愿收我为徒吗？"

大娘对中年男人说："老魏，这孩子可怜，收他做个徒弟吧，他读过书，学过武，我看他是个诚实的孩子，你就收下吧。"

魏师傅说："毛百斤，打铁很辛苦，你愿意吗？"

毛国金说："我愿意，我不怕苦。"说着上前跪地就拜，连拜了四拜，说，"师傅，你这里叫什么地方，上面这座大山叫什么山？"

魏师傅见他年纪轻轻问起这个事来，说话好像是北方口音，就说："这里是楚南栗山铺，这山叫九龙岭！"

毛国金说："闻号青龙、黄龙、黑龙、长龙、独龙、老龙，或二龙抢宝的多，此山号九龙，一定有它的来历，请不吝赐教。"

魏师傅说："此山确实有个来历，大禹治水时，河道开通后，将作恶多端的孽龙赶入东海，各路神仙都来帮助。寿福菩萨赶着十条龙路过此处，在此处歇脚，唯恐在路上遗漏，令龙伏到山上不动，让他来数一数，数来数去只有九条，觉得中途遗漏了一条，立即施定身法让九条龙固定，转身去寻找遗漏的龙，一直没有寻到，其实就是他自己骑着的一条没有数。这九条龙就永远在此山上了。故而叫'九龙岭'。"

毛国金说："哦！还真有个奇特的来历。"他想，我就是第十条龙，这就是我安家的地方。

魏大娘说："毛百斤，你今年多大了？"

毛国金说："我今年十五岁。"

魏大娘指着一年轻男子说："他是我儿子，叫魏贵强，比你大两岁，你就叫他师兄吧。以后要像亲兄弟一样，相互学习。"

毛国金拱手说："见过师兄，以后请你多多帮助。"

魏贵强头一偏，说："学打铁，有你的苦吃。"他嘴巴高翘，眼不正视，露出鄙夷之相，没把毛国金放在眼里。

魏大娘说："毛百斤，你去洗澡，把衣服换了。"

毛国金说："大娘，我另外没有衣服。"

魏大娘说："没关系，我给你衣服。"说着，从衣柜里寻出了几身魏贵强的旧衣服，递给毛国金。

毛国金洗了澡，穿上了魏贵强的旧衣服出来，像变了一个人，高鼻梁，大眼睛，两道清秀眉毛，像刚画出来的一样，脸蛋虽瘦，但微翘的嘴角常带微笑，天门高而宽阔，一头青丝扎在脑顶，没有发簪，扎着布条。穿着魏贵强的旧衣服，但非常合身，像量体裁出来的一样。

魏大娘看了后，非常喜欢。说："毛百斤，你虽然穿着短装，倒像个书生。"

毛国金说："不瞒大娘说，在家里本来就是个书生，纶巾飞扬，长袖飘拂，跟着父亲读书习武，从来没做过别的事。"

大娘说："那你现在打铁能行吗？"

毛国金说："行，世上无难事，只怕有心人！到哪个山唱哪个歌嘛，我一定听师傅的话，好好向师兄学习。"

大娘说："今下午休息，一路劳顿辛苦了，明天跟师兄去打大锤。"

由于南方和北方的口音不同，毛国金被大娘听作"毛百斤"了，毛国金毫不在意，听之任之。觉得换了个地方，改个名字也可以，只要大家叫得顺口就行。

晚饭时，魏贵强见毛百斤穿着他的衣服，就来了气，说："谁让你穿我的衣服，给我脱下来！"

毛百斤说："师兄，是师母给我的，我不知道是你的。"

魏大娘说："贵强，本来要给他办新衣服，但来不及，只得将你的旧衣服给他穿，给你办新衣服，如果你不愿意，那就给他办新衣服，旧衣服脱给你。"

魏贵强说："那就算了，让他穿吧。"

魏大娘说："现在还没有房间和床铺，暂时和你睡一床。"

魏贵强说："那怎么睡？"

魏大娘说："暂时将就一下，过几天另打棚子另铺床。"

毛百斤说："师兄，我会好好睡的。"

魏贵强没有说话了，那夜，魏贵强故意将脚搭到毛百斤身上，如果毛百斤移开，他就将双脚压到毛百斤身上，害得毛百斤无法入睡，只得穿好衣服起来，蹲到床角上。

天亮起床时，魏贵强还威逼毛百斤说："这是你自己不入床睡的，你不愿两人睡一张床，如果乱说，就打死你！"

毛百斤不敢说，一连几夜毛百斤就冻感冒了，流鼻涕，咳嗽，发烧。魏贵强说："每夜不入床睡，怎么不病？"说完，鼓起双眼看着毛百斤，言下之意不准他乱说话。

魏大娘问道："毛百斤，你为何不入床睡？"

毛百斤说："我……我，我……"

魏贵强见他欲言又止，唯恐他说出真情，就说："说呀，为何不入床睡？"露出那咄咄逼人的样子。

毛百斤只得说："是我自己不入床睡的，我不愿两人睡一张床。"

魏大娘说："你还放不下架子，明晚给你另开一张床。"

大娘太好了，就在魏贵强房里另铺一张床。睡了几夜，魏贵强天天在母亲面前告状，说"毛百斤夜夜打鼾，跟打雷一样，又哭又说梦话，我实在无法入睡。让他走吧，他是富贵子弟，受不了这般苦"。

魏大娘不信，就问毛百斤："你夜里还哭什么？过去的事就让它过去吧，哭也哭不回来了。"

毛百斤说："我没有哭呀。"

魏贵强说："你在梦里哭，你自己怎么知道，这日子没法过了。"

魏大娘见毛百斤不说话了，又看到他每次说话前，先要看一下魏贵强，又见毛百斤脸上有青紫块，心里明白了几分。

夜里，待入睡时，魏大娘轻轻地潜到屋后听，听到"啪"的一声，魏贵强说："你今天为什么不说你打鼾，为什么不说你夜哭！"

　　魏大娘听到这里，推门进去，打了魏贵强一个耳光，说："原来你是这样欺侮人家的！"

　　魏贵强说："他是你什么人，还打我，好，你留他，我走！"

　　毛百斤说："大娘，还是让我走吧。"

　　魏大娘说："毛百斤你不能走，倒看谁还敢欺侮你！"

　　魏大娘没有办法，只得另打一个棚屋让毛百斤住。

　　打铁是个辛苦事，啰唆事，每天早上起炉火，收工要清理炉火，清理所打成品和半成品，分别堆放，这些都是徒弟的事，以前都是魏贵强做，现在要毛百斤来做。师傅掌钳打小锤，徒弟双手抡大锤，将烧红的铁打薄，师傅掌握技术，用小锤出形状，毛百斤和魏贵强抡大锤打。一个五六斤重的大锤，挥起来要费很大的力气，一天下来，毛百斤全身都痛，一双手掌、手臂痛得无处放，十个指头痛得握不住筷子，合不拢拳。毛百斤咬紧牙关，奋力挥锤，从不叫苦，手打起了血泡，从来不哼一声，直到结茧。

　　师傅常说："吃得苦中苦，方为人上人，像打铁一样，锤子打得好，货就牢固耐用又美观，千锤百炼出精品。"

　　毛百斤记住师傅的话，刻苦干，师傅的小锤出样子，他专心看，烧红的铁在师傅的锤子下，就像泥巴塑人一样，想成什么样子就成什么样子，他非常羡慕。师傅一休息，他就去学掌钳打小锤，学打一些小东西，操练锤法。师傅看在眼里，喜在心中，觉得像毛百斤这样肯学肯钻，很快就会掌握打铁技巧。魏贵强抡大锤就抡大锤，从来不去摸小锤，父亲打各种各样的铁器，他从来不看父亲的操作技巧。

　　一天师傅说："毛百斤学了半年了，贵强一年多了，今天你俩来学掌钳打小锤，我来打大锤。贵强先学掌钳，毛百斤在后，各打一把锄头。"

毛百斤说："我们初学掌钳，恐怕打不出来。"

魏师傅说："你们看了这么久了，我怎么打你就怎么打，大胆地试打。"

魏贵强没有说话，心想，我打不出你更打不出。于是就抓住了钳子，夹出一块烧红的铁，魏师傅和毛百斤打大锤，一锤打下去，震得魏贵强的手发麻，铁钳掌不住，铁偏了，第二锤打下来，铁就跌下了铁砧，魏贵强好不懊恼。

魏师傅说："看了这么久，连铁都夹不稳。毛百斤，你来！"

毛百斤接过魏贵强手中的铁钳，将那块铁夹入炉中，扒些炭盖住，看到那块铁红得泛白时，就夹出来放到铁砧上，师傅和魏贵强挥锤就打，他看着锤落的地方，随时移动铁板，用小锤打到铁板上，示意大锤打什么地方，看到铁变暗红或不红了，就将小锤打到铁砧上，示意大锤停止，随即用小锤炼打锄头边，打出雏形，将厚薄不一的地方打平，烧红再打，接着剪出锄头口的形状，然后选一块厚薄相当的铁，打出锄头裤形，将打好的锄头板子插入锄头裤里，再烧红用小锤锤得天衣无缝，锄头就打出来了，虽然工艺粗糙，但打锄头的工序全掌握了。

魏师傅说："打铁，不是师傅捏着手教，主要是看师傅怎么打，把操作过程记在心里，物件样子是否美观，那就要看你小锤的功夫了，因此要多练，熟能生巧，要专心琢磨。贵强啊，你以后要向毛百斤学习。"

魏贵强噘着嘴，对毛百斤不是佩服，而是怨恨，心里说：要你来逞强！

夜里，魏师傅将贵强和毛百斤喊到身前说："今天你们学了打锄头，打农具都有规矩，你们一定要记住。农具是按一年四季为规矩的，锄头为一年，耙头为四季，四个齿。铁耙十二个齿，为十二个月，大耙二十四个齿，为二十四节气，这就是规矩。其他的东西也有规矩，下次打的时候告诉你们。"

师傅为了让他俩早日学到功夫，让他俩轮流当师傅，先打锄头，每人打五把，各放一个地方。魏贵强趁毛百斤去解手时，将毛百斤的锄头斟了，毛百斤心里明白不敢说。师傅来检查了，夸奖魏贵强，批评毛百斤说："毛百斤，当初是你先学会，为什么比他的货差呢？以后要注意。"

毛百斤只得点头承认，但心里明白，心想：让你偷着换吧，于是毛百斤就暗地里打个记号，魏贵强哪里知道，继续偷换，师傅总是批评毛百斤不专心，毛百斤忍在心里，他的货越打越好，都变成了魏贵强的。魏贵强根本不去锤炼，不去钻研。一天师傅又批评毛百斤，他对师傅说："我俩的货放在一起，是不是师兄拿错了。"

魏贵强说："没打好就没打好，我怎么会拿错。"

毛百斤说："师傅，我的货留了记号，我用钢钻錾了个'毛'字，说着拿给师傅看。师傅立即查看没卖出的货，剩下的货都没有毛字记号，有毛字的都是好样的，师傅明白了，大骂魏贵强。

当夜入睡后，魏贵强将毛百斤喊醒，进屋就一巴掌打去，现在毛百斤不让了，一把抓住他的手，朝后面一反，痛得魏贵强身一软，被毛百斤压在膝下。毛百斤说："师兄，我已让你打了两年了，没回过手，也没有告诉师傅，现在不让了，我也不打你，因为你是师兄，是我的哥，我尊重你，像你这样仗势欺人，在外面要吃亏的，不瞒你，我跟父亲读过书，练过武，你两个魏贵强都打不赢我，把我当兄弟的话，以后不要再打我了。"说着放开了膝盖，魏贵强灰溜溜地回去了。

魏贵强受到警告后，再也不敢打毛百斤了，他想：没想到毛百斤城府这么深，能够忍辱负重，还暗做记号，我让你做，等着瞧吧！但魏贵强知道，毛百斤比他聪明，货打得好，父母看得起他。以后自己的日子怎么过？自己会成他们的出气筒。一定要想办法使毛百斤吃点亏，魏贵强心里时刻打着主意。一天，见毛百斤在将菜刀和锄头淬火，主意有了。等毛百斤去解手了，他立即将毛百斤的刀具回了火。

等了几天，有人来退货，说："魏师傅，你打的菜刀一剁东西就卷了。"魏师傅看了一下记号，是毛百斤打的。当时认为是毛百斤一时疏忽造成的，就换了一把给顾客，并表示了歉意。谁知接二连三有人拿菜刀和锄头来退货，来者说："魏师傅，这些货都是你徒弟打的吧，这样下去，你的招牌就砸了，谁还要你的货。"

魏师傅只得一个一个退钱或调换。一看记号，都是毛百斤的，魏师傅非常气愤，如此下去再也没人上门了。拿着货对毛百斤说："毛百斤，你以前的货都打得好，最近你的刀具淬火都未到位，都卷了口子，退回来的把把都有你的记号，客户意见很大。再也没人来买货了，你看如何是好啊?!"

毛百斤说："师傅，我和以前一样，都是按你教的方法做的，应该不会错。"他拿起退回来的货一看，确实是自己打的，这是怎么回事呢? 里面一定有鬼。

师傅见他不说话了，觉得毛百斤是个聪明人，也不责怪他了。于是说："以后注意，必须按方法淬火，一点都不能马虎。"

毛百斤反复想，这是怎么回事呢? 莫非又是魏贵强搞的鬼? 自从师傅令他们分开各打各的以来，自己都是按师傅教的方法淬火，怎么会出问题呢? 毛百斤于是就多了一个心眼。一天，他装作去解手，魏贵强又将毛百斤的成品一件一件在回火。毛百斤立即喊来师傅看，师傅气得咬牙切齿，拿根铁棍就去打，被毛百斤拦住，夺下了铁棍。

魏师傅骂道："我前世吃多了冤枉钱，做多了孽，养出你这个不成器的东西，毛百斤与你有什么冤仇，你这样欺侮他，刁难他，毁了我的荣誉，倒了我的招牌，给我滚出去，我没有你这个忤逆不孝的儿子!"

师母见丈夫大闹，进来一看，见毛百斤手里拿着铁棍，魏贵强站在对面，还以为是两兄弟打架，就说："你们这是干什么，有事讲得清嘛。"

魏贵强趁机说:"我不是他的儿子,他的儿子是毛百斤,我死了算了!"说着就往毛百斤身上撞去,毛百斤侧身一躲,魏贵强倒在地上。师母上前抱住说:"贵强,你说,你俩到底为什么?"

魏贵强认为这是救命稻草,于是说:"他俩欺侮我!"

魏师傅对师母说:"都是你惯坏的,这个家早晚会毁在他手里!"

魏大娘说:"毛百斤,这到底是为什么?"

毛百斤不好说,怕伤了师母的心,沉默不语。

魏师傅说:"问你的宝宝崽吧,他干的好事,我的招牌彻底让他毁了,我的老脸都没地方搁了。"

师母觉得奇怪,就逼问魏贵强说:"到底为什么?快说!"

魏贵强说:"他打的货卖出去人家都退回来了,把气撒到我身上。"

魏师傅又上前来打魏贵强,被师母拦住。魏师傅怒道:"你养的好崽,欺侮毛百斤,刁难毛百斤,陷害毛百斤,将毛百斤打的货偷偷回了火,今天不是我亲自看见,我还不相信,顾客买的货都退了,将我辛辛苦苦树起来的招牌,彻底毁了!"

师母说:"贵强,你为什么这么做?"

魏贵强说:"你们都看不起我,总向着毛百斤,我哪一点比他差?!"

师母本来就知道魏贵强经常欺侮毛百斤,现在又由嫉妒变成怨恨,竟不顾毁坏招牌的后果来迫害毛百斤,顿时怒火万丈,反转来向魏贵强掀了一个耳光,骂道:"你这不争气的东西!"

魏贵强也大怒,觉得现在大家都嫌弃他了。说:"好!我走!"说着就冲了出去,毛百斤追都没追上。

魏师傅气得声声地恨,师母号啕大哭。一来哭她为何生了个这样的蠢崽,心胸如此狭小。二来后悔不该打他,让他的自尊心彻底丧尽,再也没有退路了。

毛百斤说:"师傅、师母,都怪我不好,我去将他寻回来,他回来了我就离去。"

这时魏师傅和师母都没有说话。师母一面揩泪，一面从身上摸出些钱给了毛百斤，毛百斤接过钱就走了，何处去寻呢？就向着魏贵强走的方向追去，走哇走哇，问呀问呀，不见踪影，无人知道，直走到天黑，见前面有个院子，就去打听，没人看见魏贵强。当夜毛百斤就在一个老大妈家住下。老大娘的儿子回来了，生得眉清目秀，中等个子，十八九岁年纪，当夜和他抵足而眠，两人无话不谈。

毛百斤说："你贵姓？你父亲在哪里？"

洪利元说："我姓洪，叫利元。我是个苦命人，三岁丧父，母子相依为命。你贵姓？家住哪里？你要到哪里去？"

毛百斤说："我比你更苦，我叫毛百斤，今年十七岁，我无父无母无亲人了。"于是将他家的遭遇说了一遍，最后说，"我现在在九龙岭下栗山铺学打铁，与师兄发生点口角，他就出走了，师母要我出来寻找，一天都没找着。"

洪利元说："是不是穿着蓝色衣服，年龄比你大得不多，比你略高？"

毛百斤说："正是，他往哪里去了？"

洪利元说："他向我打听前面有没有街市，有没有旅店，在你前面一个多时辰。"

"他往哪个方向走了？"

"大概往西北走了。"

第二天清早起来，毛百斤就要上路去追，洪利元留他吃了早饭再走，毛百斤觉得魏贵强只比他早走一个多时辰，赶个大早就可以追上，不肯吃了。

洪利元说："请稍等，我拿些干粮给你路上充饥。"说着从柜子里拿了些干粮出来，毛百斤摸出一些铜板给他，洪利元不接。

洪利元说："这点东西不值钱，请不要嫌弃，把钱收起来吧。"

毛百斤拱手说："兄弟，谢谢，我记住你了，日后定会重谢。"说完就走了。

话说那魏贵强那天往西北乱走，他要寻找有旅店的街市，因为他身上有私收的货款，当夜来到桥头铺，这里有条大河，河岸上有很多铺子，街市灯火辉煌，各家店铺敞着门，卖杂货的、卖布的、卖吃的、卖铁货木货的，样样都有。前面有几个漂亮的姑娘，穿着花花绿绿的衣服，魏贵强偷看了很久，她们见男人就拖，拉着说话，有的进了店铺。他想，这里大概就是旅店，于是走了过去，立刻有姑娘拖住了他，他说：“你这里可以住宿吗？”

　　姑娘们个个美丽动人，笑脸相迎，说话声音格外好听。有一个说：“小哥哥，进去吧，新床、新被、新褥子，你是新来的吧，我会让你睡得很快活。”

　　那姑娘上前挽住了他的手臂，走上楼去。魏贵强十九岁了，早已情欲旺盛，怎耐姑娘这一撩拨，下面挺得难忍了。姑娘欲擒故纵，陪他走进房里，里面幽香扑鼻，花架子床挂着绫罗红帐，花床垫垂至床外，上铺红花被子，比人家的新婚洞房还漂亮。

　　姑娘请他坐，床边有两把椅子，坐下后，姑娘立即给他送来一杯香茶，他一面品茶一面张望四周，床当头有个长方桌子，上面放着漂亮的茶壶茶杯，有镜子和梳妆工具，墙上挂着一头尖、一头圆，上面绷着几根线的东西，怪好看的，不知做何用处。转眼看姑娘，生得一张瓜子脸，两道清秀蛾眉，高而笔直的鼻梁，时常挂着微笑的小嘴，一头青丝盘在脑顶，插着龙簪凤钗，穿着八幅罗裙，腰系彩带，走起路来随风飘扬，双乳高挺，一颠一颠格外撩人。魏贵强看得入了迷，茶已喝干了，姑娘上前接过茶杯，说：“先生从哪里来，路途辛苦了，先洗个澡，早点睡吧？”

　　魏贵强回过神来说：“可以。”

　　姑娘说：“随我来。”魏贵强跟姑娘下楼来到洗澡房。姑娘说：“请稍等，我帮你打热水来。”洗澡房里有个放衣服的架子，一条长凳，两个澡盆，别无他物。姑娘提来热水，将门闩了，将水倒入两个盆里。

　　姑娘说：“我来帮你脱衣服。”

魏贵强说:"姑娘,你出去吧,我自己来。"

姑娘笑眯眯地说:"小哥,你是初次来吧,到我们这里来都是姑娘帮你脱衣,陪你一起洗澡,陪你一起睡觉,陪你一起吃喝,还和你一起玩耍。"说着将手伸向魏贵强的小腹,迅速地帮他脱了衣服。

魏贵强红着脸,不由自主地发起抖来。那姑娘迅速地脱光自己的衣服,说:"进盆吧,我先帮你洗。"

魏贵强看着姑娘白玉般的大腿、圆滚的乳房、白嫩光滑的肚腹、肚脐下一撮黑须。姑娘动作敏捷而温柔。魏贵强先是害羞害怕,经姑娘一洗一胡弄,那里一下子挺起来了,心里特别难忍。

姑娘说:"你别急,先穿好衣服,我洗过澡后就上楼去。"

魏贵强初见此情,既害羞又害怕,又担心。经这一折腾,恨不立即上床去。姑娘似乎很懂人心,动作很快,立即洗完澡,迅速穿好衣服。打开门,就挽着魏贵强的手臂上楼了。他看到其他姑娘都挽着男人,有的还打情骂俏,笑语连绵不断。

进房后,那姑娘迅速脱光自己的衣裙,又来脱魏贵强的衣服,一把搂住魏贵强,两人立刻进入极乐世界,如狂风拂柳,似巨浪拍岸,翻江倒海,地动山摇一般,魏贵强飘飘欲仙了,魂飞天外,数次方休。筋疲力尽而睡,太阳入窗才醒来。

魏贵强如在梦中一般,姑娘搂着他说:"小哥,你醒来了,昨夜舒服吗?"

魏贵强说:"舒服、舒服。"

姑娘说:"小哥,今天是走还是再玩一天?"

魏贵强才想起价钱,就说:"姑娘,你叫什么?这一夜多少钱?"

姑娘说:"我叫翠翠,共一百五十钱。"

"这么贵啊?我打一把菜刀才一百钱。"

"小哥,一百五十钱是给老板的,我这么辛苦,你起码也要给我一点吧?"

"你还要多少?"

"小哥，别小气嘛，你说我漂不漂亮？我温不温柔？伺候得舒不舒服？这一百五十钱值不值？"

魏贵强没想到这么贵，但想起那销魂荡魄的情景，又觉得值，于是将身上的钱全拿出来一看，不足四百钱了，于是拿了二百钱给她，说："翠翠姑娘，今年多大了？我要娶你，需要多少钱？"

姑娘说："今年十六岁了，小哥要娶我，我愿意从良，只是我的身价起码二万钱。"

魏贵强说："好，我一定要娶你。"

姑娘说："你好久来娶我？"

"我等几天就回去，我一定要娶你。"

姑娘将信将疑，又不好催他就回去，于是说："我的好夫君，我会好好伺候你。"姑娘想：你身上只有二百钱了。魏贵强想，我不回去，父母一定会拿钱来赎我，他们不答应娶她我就不回去。

魏贵强和姑娘花天酒地，忘乎所以了。老板娘来收钱，说："小哥，玩得开不开心？"

魏贵强见老板娘很和气，说："开心、开心。"

老板娘说："我们两天一结账，这两天你吃住玩，一共五百钱。"

"啊！要多少？"

老板娘说："这么漂亮的姑娘，这么好的房间，这么好的酒菜，你以前见过吗？快拿钱来吧。"

魏贵强说："老板娘，出来很匆忙，没带多少钱，身上还有二百钱，昨天拿了二百钱给翠翠，还有二百钱都给你。"说着递了过去。

老板娘说："那二百钱是给姑娘的，不算，我的床铺酒饭钱就要五百钱，请拿钱来？"

魏贵强说："我身上确实没钱了，等两天给你好吗？"

老板娘说："小小年纪，竟敢到这里来骗吃、骗喝、骗玩，不怕死吗？"

魏贵强说:"我家确实有钱,等两天一定给你。"

老板娘说:"来人!"立即过来两个金刚莽汉,动手就是一个耳光,魏贵强顿时口鼻流血,只得护着脑袋往外走,两个壮汉还追到了门外,魏贵强抱头鼠窜,与毛百斤碰了个正着。

毛百斤大喊:"别打人!"上前拦住了壮汉,"大哥有话好说,别打人。"毛百斤对魏贵强说,"师兄,怎么得罪了他们?"

壮汉说:"你是他什么人?他在这里骗吃骗喝,骗玩姑娘。"

毛百斤说:"欠你多少钱?"

"还欠三百钱。"

毛百斤立即还给他三百钱。

魏贵强反过来指着骂:"老狗婆,我告诉你我有钱给你,你还要打人!"对里面喊道,"翠翠,等着我,我一定来娶你出去!"

毛百斤说:"走吧,哥,这哪是你来的地方?"

见魏贵强还在骂,那壮汉又上前来打,毛百斤一抬腿,壮汉跌了个狗啃屎,另一壮汉立即上前来帮忙,毛百斤在他立足未稳之际,一个扫堂腿,壮汉就倒在另一壮汉身上,老板娘见遇到了对手,就再喊人来。

七八个人拿着棍子,向毛百斤冲来。

欲知毛百斤能否抵挡,且听下回分解。

第 四 回

◆

慈善娘收留苦女
痴情崽迷恋烟花

那翠翠见老板娘喊那么多人去，急忙说："妈妈，快喊人回来，人家出门还带着保镖，他是个有钱人，不能得罪他。"

老板娘说："你怎么不早说？"

翠翠说："我怎么知道他讲的是真话还是假话。"

毛百斤见那么多人冲过来，就说："老板娘，再来人我就毁了这两个人，毁了你的店子，人家给了钱还要来打人，哪有这个道理？！"

老板娘听了翠翠和毛百斤的话，立即将人喊了回去。

毛百斤对魏贵强说："哥，你怎么到那个地方去？那是用钱如水推沙的地方。"

魏贵强说："你不知道，你没过过那种日子，只要有钱，那是皇帝过的日子。那翠翠好漂亮、好贤惠，我一定要娶了她。"

毛百斤说："回去千万别说，师傅师母会气死的。"

话说那魏贵强出走两天了，毛百斤去寻找也没回来，魏大娘只是哭。哭她命苦，生一个秤砣崽，以后再也没有生了，他如果有个三长两短，她的一切希望都没有了，以后的日子怎么过呀，悔不该打那一巴掌。他身上有钱吗？这两夜睡在哪里？吃饭吗？急忙出走连衣服都没换，他的日子怎么过？反过来又想，让他吃点苦也好，知道无钱的滋味，知道弄钱的重要性，受点熬苦才会懂事，就会认真学习，就会安心打铁了。崽今年十九岁了，常言男大当婚，女大当嫁，如果有个媳妇管着他，牛轭上肩了也许懂事快一些，等他回来了，就帮他物色个贤良女子。

毛百斤找到他没有？毛百斤身上只带了几百钱，他比魏贵强还小两岁，比魏贵强懂事多了，又聪明又善良，受过苦难来的孩子懂事早，他一定有办法找着贵强。魏大娘想一阵哭一阵，自气自解自我安慰，昨夜一夜都未睡。

魏师傅只是叹息，想着魏贵强就有气：十九岁了一点都不知事，比十七岁的毛百斤差远了，毛百斤聪明贤良，魏贵强心胸狭窄，嫉贤妒能，接二连三地刁难、陷害毛百斤，使我的招牌毁了，名声差了，全家人都受他的害。毛百斤会找到他吗？他足智多谋，一定会找到他。毛百斤会记恨他吗？不会，他知书达理，心胸宽广，不会小肚鸡肠，一定会抛弃前嫌，两人一定会和好。魏师傅想得也一夜未睡，白天无力打铁，这两天都未开炉。

正在魏师傅夫妇心急如焚、一筹莫展时，毛百斤和魏贵强回来了，魏大娘走上前去，一把拉住魏贵强说："你这个没良心的东西，一句话不顺心就出走，娘爷白养你了，害得我们到处找，你对得起父母、对得起祖宗吗?！害得毛百斤跟着受苦，害得家里几天没开炉，这下你高兴了……"

"好啦，好啦，回来了就好。毛百斤，谢谢你，饿坏了吧，快去吃饭。"魏师傅打断了她的数落。魏大娘放了魏贵强的手，立即去张罗饭菜。

毛百斤和魏贵强吃着饭，魏大娘说："毛百斤，你在哪里找到魏贵强的?"

毛百斤说："第二天早晨在桥头铺碰上的。"毛百斤只讲了这一句，其他什么都不说。

魏大娘说："魏贵强，这两夜你住在哪里？有饭吃吗?"魏贵强按毛百斤的嘱咐，一句话也不说。

毛百斤说："师母，你就别问了，常言'出门五里，当不得屋里'。但世上好人还是多，这两夜我们都住在人家家里，并没有挨饿受冻，你就放心吧。"

任大娘怎么说，魏贵强一句也不回答。

第二天照常开炉打铁。毛百斤想起了自己在桥头铺好大的胆，一时性急就和鸳鸯楼的打手动起手来，如果再来两个人，怎么对付？一定会吃大亏，想到这里，他心里就胆寒，于是就想起了父亲的话："学武容易练武难，不练就会生疏。"于是下定决心，每夜睡前，将父亲所教的拳、棍练一遍。他现在个子长高了，长结实了，经过打铁锻炼，手也越来越有劲了。那天贸然出手，竟能镇住人，只要自己加强训练，招数会更熟练，动作会更快，就能保护自身安全和家庭安全了。

久而久之，魏大娘常见毛百斤房里夜深未熄灯，又听到房里有响动，就轻轻地到屋前去听，从窗子里看去，见毛百斤在练武，大娘并不惊动他，待毛百斤练完，准备睡觉时，她开门进去了。

毛百斤问："师母，你老有事吗？"

魏大娘说："毛百斤，你这功夫从哪里学来的？"

毛百斤说："师母，刚才你都看到了？"

魏大娘说："我见你深夜还没熄灯，就过来看，看到你打拳，耍棍，你向谁学的？"

毛百斤说："我从小跟父亲学的，还跟父亲读了十来年书，读完了《诗经》《吕氏春秋》和一些杂书。"

魏大娘说："你会写名字挂数吗？"

毛百斤说："会呀。"

师母说："太好了，你师傅不识字，有好多赊账忘记了，收脱了好多钱，你教魏贵强识字好吗？"

"好哇，只要他肯学，我可以教他呀。"

毛百斤按师母的吩咐，第二天买来了账册和《日用杂字》。当夜就教魏贵强读书，魏贵强哪里学得进去，每句教十遍都记不住，白天打铁很辛苦，晚上根本没精神去学，学了十多夜就不去了，他也根本不想学，是母亲逼他去的，怎么学得进呢？母亲要他跟毛百斤习武，毛百斤先要他站桩，每夜站一个时辰，站得他全身都痛，后来也不去了。魏大娘说："魏贵强，教你读书你不读，教你习武也不愿学，你到底想做什么？"

魏贵强说："他根本就是折磨人，不教我武术，天天要我站桩，站得我全身痛死了，他这是成心害我，趁机报复我！他学了武术也打铁，我不学武术也打铁，我不学看他怎么报复我！"

魏贵强对毛百斤的成见越来越深，那天毛百斤救他出鸳鸯楼，他认为是父母要毛百斤做的，毛百斤必须得做，没有一点感恩之意，回来后母亲要他学文习武，他认为是毛百斤设法害他的主意，因此怀恨在心。尤其魏大娘遇事就拿毛百斤做比，说："人家比你小，那么聪明，那么贤良，样样比你强。"更使他恼恨在心：这个家里有他在，我就没好日子过了。

魏大娘见儿子什么都不在乎，学什么都学不进，便想他是不是想成家了，十九岁该成亲了，于是想请人为儿子做媒。

事有其巧，第二天突然来了个落难小姑娘，向魏大娘讨饭吃，蓬头垢面，穿着破烂，光着脚丫，她虽然邋遢，但五官生得端正，瓜子脸，大眼睛。眉毛清秀，愁眉苦脸，似有泪痕。

魏大娘想，此女若将她好生打扮，应该还可以，心想留她做自己的儿媳，于是就问道："姑娘你家住哪里？为何一个人出来？"

那姑娘未言先流泪，说："大娘，我没有家了，我父亲得病死了，为父亲治病，借了人家很多钱，父亲死后，母亲带我到债主家去当用人，后来，债主成了我的继父，他要将我卖到烟花楼去，我和母亲都不同意。当夜，母亲就将我送出门，要我离开这个家，日后找到安身之地，再去告诉她。我走了之后，不知母亲要受何种苦难，我好苦啊！"言罢大哭。

魏大娘说："小姑娘，你叫什么名字？今年几岁了？我只有一个儿子，做我的儿媳或干女儿，你愿不愿意？"

小姑娘说："我叫郭香莲，今年十二岁了，只要大娘不嫌弃，我愿意做你的干女儿。"

魏大娘说："好，快进来，我帮你洗个澡，将衣服换了。"

郭香莲洗了澡后，穿上魏大娘的衣服，把头发梳清，扎上发髻，稍加打扮，即如出水芙蓉，只是黑了点，只要生活一好，穿上合身衣服，长大后应是一个美女。大娘心里很高兴。

铁铺下工了，晚上吃饭时，魏大娘对大家说："我今天收了个干女儿，叫郭香莲，今年十二岁了。"接着简单地介绍了香莲的遭遇情况，对香莲说，"这是你义父，这是你哥，叫魏贵强，这是义父的徒弟，叫毛百斤，你以后都叫哥哥就行了。"

香莲口甜，立即说："父亲、哥哥，我不懂事，请多帮助我。"

魏师傅没有讲话，但脸露笑容，他是个不爱讲话的人，贵强板着脸没有说话，似有反感之意。毛百斤说："恭喜师傅、师母。收了个好干女儿，师兄有了个好妹妹，我也有个好师妹，我很高兴。"

师母说："高兴就好，你俩要当亲妹妹对待。"

毛百斤说："师母放心，我会当亲妹一样对待，我没有亲人，师傅、师母、师兄、师妹就是我的亲人。"

魏贵强心里在骂娘：讨好卖乖，在这个家里，谁是你的亲人，不要脸！你有什么发言权！

香莲虽然只有十二岁，但很懂事，每天扫地、洗碗、收拾房间，帮哥哥洗衣，每天送茶到铁铺里来。对父亲、哥哥喊得很亲切，魏师傅很开心。魏贵强从来没应过一声，也没喊过香莲一次。一点不如意，开口就骂，动手就打。有一次送茶给魏贵强，魏贵强说："不要!"并用手一挡，将香莲手中的茶杯碰落打烂了，魏贵强大怒，说，"告诉你不要，你就将杯子砸烂，脾气这么大。"一耳光打得香莲口鼻流血了，香莲退了出去，口说"对不起，对不起"，没有半点怨言，只是暗暗流泪。

毛百斤说："师兄，人家还小，不要打她，她是个多么可怜的人啊!"

魏贵强说:"你喜欢,到你家里去吧,这是我的家,要你来多什么嘴!"

毛百斤再也不好说了,心想:这没有家的、寄人篱下的真不是人!挨打受骂,可怜天下沦落人!何时才有个出头日?毛百斤决心刻苦学习,按一般规矩,学徒三年,要再帮师一年,今年是第三年了,一般的农具都会打了,还有一年多,他决心将所有铁器的制作都学到手,出师后开起自己的铁铺,争取五年建起自己的房子,建立自己的家,不再受此冤枉气了。

毛百斤与郭香莲同病相怜,见香莲挨打、受骂、受气了就去安慰她,见重活就去帮助她完成。有一天,见大家换了很多衣服,还要洗被,毛百斤就帮助她挑了几担水,魏贵强一个人打了一会大锤,就大发雷霆,说:"父亲,这铁不要打了,大家都去伺候你那宝宝女儿就有吃的了。"说完就坐着不动了。

毛百斤说:"我见今天换了那么多衣服,又要洗被子,帮师母挑了几担水,耽搁了,对不起。"说着就拉起了炉杆。

魏贵强说:"怪我母亲心太软,尽收养累赘,连铁都打不成了!"

魏师傅说:"你不帮娘挑水,还不准别人挑,你这不孝之子,亏你怎么讲得出口!快来打铁!"魏贵强不得不懒洋洋地抡起了大锤。

那香莲虽然常受魏贵强的气,但有义父母的呵护,得到了父爱母爱,有毛百斤的关怀和帮助,使她感到无比温暖,日子过得很开心,就像干笋放进水里,看着看着长高了,长水灵了,头发由黄转青,脸蛋由黑转白,脸上有了笑,举止由迟钝变得活泼了,回归了她的童真。魏大娘看在眼里,喜在心中,憧憬着她的未来,常常沉浸在甜蜜之中。香莲聪明贤惠,见什么人说什么话,父亲、母亲、哥哥叫得亲甜,对邻里、对顾客非常热情,都夸魏师傅有个好女儿。魏师傅笑眯眯,魏大娘笑得合不拢嘴,只有魏贵强总是横眉怒眼相对。

常言女大十八变，待到十五岁，香莲个子长高了，人也俊俏了，面似桃花，白里透红，见人微笑，眼睛格外迷人，胸部微挺，臀部微翘，由女童向少女转变了。

一天，魏大娘对香莲说："香莲，我的好女儿，常言道，男大当婚，女大当嫁，你这么漂亮，这么聪明贤惠，我舍不得你，我害怕你离开我呀。"

香莲说："女儿不嫁，永远在你身边。"

魏大娘说："哪有不嫁之理，你真的永远在我身边，就做我的儿媳，和贵强拜堂成亲，可以吗？"

香莲不说话，心里想贵强对她很凶，开口就骂，动手就打，嫁给他一生没有好日子过。但义父义母待她胜似亲生，说不定收留她就是要做儿媳的，不好意思说不愿意，这如何是好呢？

魏大娘说："香莲，你愿意吗？"

见义母催她回答，她于是说："母亲，我现在还小，我什么人都不嫁，等到十八岁再说。"

魏大娘说："常言'男子十五离父体，女子十五管家娘'，结婚年龄是到了，你好好想想，结婚后这个家就由你来管，我只有这一个儿子，一切由你来安排，我和你义父老了，你早点接手学会当家呀。"

"谢母亲，我还小，什么都不懂，想向你学习几年再说"。

"那好，我不强迫你，你好好学习吧。"

魏大娘担心她看上毛百斤，毛百斤比魏贵强聪明、善良，比魏贵强还小两岁，读了书，又会武功，成家后有安全感。时间一长，女人心会变得坚强，到时候自己收养她的一团子心白费了。想到这里她立即去找魏贵强，只要贵强想结婚了，不怕香莲不从。当夜将贵强喊到她房里，说："贵强，你现在年龄不小了，今年就和香莲把婚结了，我想抱孙子了，你意下如何？"

魏贵强说："和谁结婚？和一个四不像的丑八怪结婚？你把

儿子当什么人了，我不要！"

魏大娘说："她哪一点配不上你，聪明贤惠，人也长得不错，为什么不要她？"

魏贵强说："不要就不要，你打死我也不要！"

魏大娘说："男大当婚，女大当嫁，向来是父母做主，你敢做不孝之子？！"

魏贵强说："天下女子万万千，你不为我寻个好一点的，要我和她结婚我就是不要！"

魏大娘说："今天我告诉你，她就是我为你寻来的好女子，你不要也得要，不和她结婚，除非你不是我的儿子。"

魏贵强说："好，你不会做我的娘，我就不是你的崽！"说着从母亲房里冲了出去，第二天就不见人了。

魏大娘气得号啕大哭，魏师傅大怒，说："你昨夜又在逼他，他不读书、不学武就算了嘛，这么多人没读书、没学过武一样生存，只要好好打铁就可以了，逼他做什么？！"

魏师傅以为是为了学文习武，不知道是为了结婚的事。香莲听得明白，知道魏贵强没看上她，心里好高兴，她虽然是个落难女，但根本看不上魏贵强。

毛百斤想，这师母逼他有何用？从小没教育好，他根本就没想过要做个什么样的人，吃不得苦，耐不得劳，这一次肯定又走到桥头铺会翠翠去了。

魏师傅说："现在好了，你到哪里去找他？"

大家都不做声，沉默了好久，魏大娘说："毛百斤，上次你从哪里找到他的？你应该知道他的去处，你能告诉我吗？"

毛百斤想，翠翠的事不能说，但知道他去了哪里，他上次临走时还对翠翠说要娶她，如果自己说出来，师母会责怪自己上次为什么不说，魏贵强肯定又私收了不少货款在身上，让他去吧，不想插这个手。如果自己又去找他，他会说自己干预他的好事，会恨死自己，两人的仇恨会更深。

魏大娘见毛百斤不说话，于是说："毛百斤，你一定知道他去了哪里，还要麻烦你去帮我找回来。"

毛百斤说："我不知道他去了哪里，上次我是第二天早晨在桥头铺碰上的，你不知道找人如大海捞针，到处打听，见人就问，不知道到哪里去吃饭，不知道到哪里去住宿，心里好着急。"

魏师傅说："毛百斤，我知道贵强很多地方对不起你，你不想去，又怕他以后更加怀恨你，但没有办法，你不去帮我找，我找谁去？麻烦你再辛苦一次，多带些钱去，当吃的时候吃，当住店的时候住店，不要苦了自己，回来后我会好好地教训他，以后不会再让他欺侮你，师傅求你了。"

毛百斤见师傅如此求他，实在过意不去，于是说："师傅，你二老待我恩重如山，我哪敢不从，你放心，我一定将他寻回来。"

魏贵强肯定去找翠翠了，毛百斤直奔桥头铺，直入鸳鸯楼，找到鸨母说："我哥来找翠翠了，他身上没带多少钱，请帮我找他来一下。"

鸨母听说送钱来了，立刻喊来了魏贵强。魏贵强见面就说："我知道你一定会来。"

毛百斤说："妈妈，请你出去一下，我有话跟哥说。"

鸨母出去了，毛百斤说："师兄，你就这样舍不得她，她会和你生儿育女吗？你父母会同意吗？师母逼你学武、读书是为你好，他俩急得头黑脸青了，逼我来找你，回去吧，再也不会逼你学文习武了。"

魏贵强说："你不知道，不是为了这个。"

"那是为什么？"

"她逼我娶了香莲那个丑八怪，我会娶那样的女人吗？我要娶翠翠，翠翠也愿意，我这次就跟鸨母说了，她同意放翠翠，只要三万钱。"

"你父母会同意吗？"

"他们不同意我也要娶。"

"如果不娶那丑八怪，另外找个好女人你愿意吗？"

"我只要翠翠，非她不娶。"

"那你也跟我回去，和你父母商量好，将翠翠娶回去呀。"

魏贵强说："你带来多少钱？"

"一千钱。"

"我要五百钱。今夜你也在这里住吧，帮你找个好姑娘，玩几天再回去。"

"不啦，我到对面客栈去住。你和翠翠、鸨母说清楚，明天就回去，和父母商量好，早日来娶翠翠姑娘。"毛百斤说完拿了五百钱给魏贵强，走出了鸳鸯楼。

第二天，魏贵强和毛百斤回到了栗山铺。魏大娘说："儿子，你们回来了，快来吃饭。"

魏师傅说："贵强啊，人家这个年纪做父亲了，你还像个小孩子，一句话不如意就离家出走，何时才能懂点事啊？书不读就不读，武不学就不学，我们不强迫你，你还走什么？"

魏贵强没有说话，毛百斤说："师傅，不是为这个，是师母要他和香莲结婚，他不愿意。"

魏师傅说："香莲哪一点不好，哪一点配不上你？你不愿意，你撒泡尿照照自己，你哪一点比得上她？"

魏大娘说："你不愿意就不愿意，你走什么？"

魏贵强说："你说我不是你儿子，我只有走出去，你有儿子和女儿了，我在这里做什么？"

魏大娘说："儿子，你到底要娶什么样的人？"

魏贵强说："我要娶翠翠。"

魏大娘说："翠翠是哪里人？"

魏贵强不说。

魏大娘问毛百斤，毛百斤说："是桥头铺的，这里去半天路程。"

魏大娘说："哦，你上次也是在那里找到的吧，原来你早就知道了，她人长得怎么样？她家是干什么的？"

毛百斤说："人长得很漂亮，其他情况你问他自己吧。"

魏大娘说："贵强，你说她父亲叫什么？是开店还是耕田？我好托人去说呀。"

魏贵强不说，毛百斤只说了人很漂亮，大娘心里已明白几分，于是说："儿子，不是鸳鸯楼的吧？"

魏贵强说："鸳鸯楼的怎么啦？不是人吗？她愿意嫁，我愿意娶，怎么不可以？！"

魏大娘怒道："你要把我们气死，好人你不娶，你要娶烟花女，你把我们的脸都丢尽了，你走，我再也不要你这忤逆不孝的崽！"

魏贵强说："我不走，你不给我钱我就死在这里！逼我娶亲，又不同意娶我喜欢的人，我在这里活着还有什么意思，我死了算了！"说着就冲了出去，魏大娘要毛百斤去追。毛百斤就紧追不舍，魏贵强就扑通一声跳进路边的大塘里。毛百斤不习水性，就大喊："来人呀，救命呀！"

欲知魏贵强死活，请听下回分解。

第 五 回

◆

王媒婆粉饰丑女
魏大妈扮作红娘

话说那魏贵强跳入塘里，毛百斤心急如焚，自己是个旱鸭子，不会游泳，只得大喊救命。一会来了很多人，入塘将魏贵强救了上来，魏并没有吃进多少水。大家心里明白，魏贵强水性好，这是吓父母和毛百斤的。毛百斤忧心忡忡地陪魏贵强回到家中，师傅师母并没有伤心的样子，他们知道魏贵强是向他们耍赖、示威。唯独毛百斤蒙在鼓里。

关关雎鸠，在河之洲。窈窕淑女，君子好逑。
参差荇菜，左右流之。窈窕淑女，寤寐求之。
求之不得，寤寐思服。悠哉悠哉，辗转反侧。
参差荇菜，左右采之，窈窕淑女，琴瑟友之。
参差荇菜，左右芼之，窈窕淑女，钟鼓乐之。

魏贵强听见香莲读《诗经》，毛百斤教一句，她读一句。心里很不舒服，嫉恨顿生，于是就喊道："帮我打盆水来!"

香莲放下书，应道："好，就来。"

待香莲将水送过去，魏贵强就一个耳光拂过来，说："干什么去了，老半天才来?"

香莲说："我将书放下，很快就来了，你为什么打我?"

魏贵强说："打你怎么啦? 家务事不做，女孩子读什么书，不务正业!"

香莲说:"读书是好事,可以明白事理,学会识字,可以帮父亲计数,我有什么错?"现在香莲大了,胆量也大了,开始回嘴了。

魏贵强见她犟嘴了,立即抬手又想打,她立即朝母亲房里走,躲到母亲身后。

魏大娘说:"贵强,你为什么打她?她是我的女儿,不准你再打!"

魏贵强说:"她家务事不做,跟毛百斤读什么书,女孩子读书有什么用?"

香莲说:"我想习得字为父亲计数。"

魏大娘一听很高兴,说:"贵强,你不如你妹妹,她读书为了帮父亲计数,要你读书你不读,反而不准妹妹读书,你安的什么心?"

魏贵强无话可说,但他想:就是不能让她读书,如果她和毛百斤样样都比我强,我在这个家里还有什么地位?父母会更加看不起我。

香莲想:他总是把我当仇人,不想娶我,想把我逼走,什么东西!我会看上你吗?我现在寄人篱下,受你欺侮,我一定要学好本领,我要跟毛百斤学武,再打我我就不会让步了。于是香莲每夜到毛百斤房里去学武,去读书,她读书很认真,练武很刻苦。毛百斤教给她的动作,她回到自己房里还要练,毛百斤教给她的诗文,她回到自己房里还要读,还要写,每天深夜才睡。

这一切都在魏大娘的眼里,一天夜里,魏大娘躲在毛百斤屋后偷看,只听见香莲说:"哥,如果人家从左侧打来,怎么抵挡?"

毛百斤说:"你退一步,用你的右手抓住他打来的右手,用你的左手向他的右手肘子处击去,他的右手不断也会很痛。"

"如果从右侧打来呢?"

"也是退一步,用你的左手抓住他打来的左手,用你的右手向他的左手肘子击去。"说着两人做了试验。魏大娘听得明明白白，看得清清楚楚。又听毛百斤说："学武要有武德，不是用来打人的，是为了强健体魄，保护自己。要记住，打人撩事是祸根，世上强中更有强者，总会吃亏的。读书要认真，有道是'读书须用意，一字值千金'，你所读的书，都写得出吗？以后计数要写名字。"

"我记住了，我一定学会写。"

"回去把今夜教的读几遍，写一遍。"

"好。我回去了。"

魏大娘立即离开，她想：毛百斤真是一个通情达理、聪明善良的人，看来香莲也不是省油的灯，她学文说是为父亲记账，她问毛百斤怎么打来怎么防，无非是防魏贵强呀！多么有心计的人啊！贵强不要她，她一定会嫁给毛百斤，在毛百斤的教导下，将来能文能武，以后贵强哪在他俩的眼里，贵强以后怎么办？他也太不争气了，文也不学，武也不学，香莲这样有志气的姑娘他不要，却恋上了烟花女。不行，决不能让他娶个烟花女，一定要与香莲结婚，我收养的好闺女绝不能嫁给别人，可是贵强为了不娶香莲，经常打她，她怎么会和贵强结婚呢？而且她学武就是对付贵强的，魏贵强打她，就是要迫使她不敢嫁给魏贵强。他俩还会结婚吗？现在看来魏贵强再打她，就会有亏吃了。

当夜，魏大娘将魏贵强喊到自己房里，对他说："贵强，香莲是个多么好的姑娘，你不读书，她现在跟毛百斤读书，她要为父亲记账，多么善良，多么聪明！她还跟毛百斤学武，学会保护自己，不让别人欺侮，你以后不能再打她了，如果再打她，恐怕你要吃亏了。"

魏贵强想：不打她她怎么会仇视我，怎么会拒绝和我结婚，我要打得她无法安身，度日如年，让她尽快嫁出去。魏贵强于是说："不要劝了，要我娶她万不可能！"

魏贵强一句话回绝了母亲，心想：她一个弱不禁风的女娃，想学武对抗我，我偏要打她，看她有什么能耐。"

香莲经常挨打，将怨气牢记心中，以后时刻主意，尽量不让魏贵强打着，要给他点厉害看看。原来魏贵强经常打毛百斤，毛百斤将他按到地上动都动不得，他以后再也没有打过毛百斤。我一定也要让他吃一次亏，让他尝尝挨打的滋味。于是香莲夜夜到毛百斤房里去练功，她刻苦用功，接受能力特别强，每个动作只要教一遍就记住了。

　　随着年龄的增长，香莲身子也长得结实了，人也更加水灵了，一头乌发扎着发髻，虽未插龙簪凤钗，不插鲜花，但光彩照人，两道蛾眉恰是新月，两汪秋水荡漾，格外迷人，高而清秀的鼻梁下，一张小巧的嘴，时常带着微笑。脸似桃花，白里透红，身着八幅罗裙，酥胸颠荡，肥臀扭摆，步履轻盈，犹如微风摆柳。夜入毛百斤房中，孤男寡女，毫无顾忌。练武之中，挥手踢腿，身手厮磨，能不神往心动？每碰敏感之处，两人眼荡秋波，抿嘴一笑，外表看是平静，内心能无暗流急涌？

　　这一切魏大娘都看在眼里，心想：这才是天生一对，他俩结婚也好，香莲是我的养女，毛百斤是我的女婿，又是徒弟，亲上加亲，肥水没流别人田！

　　过了几天，魏贵强换了一身衣服，觉得衣未洗干净，说："这衣上还有个印子。"上前来打香莲，香莲不等他近身，就一个扫堂腿，将魏贵强扫倒在地，魏贵强大怒，起身又来打，一个耳光掀去，香莲退后一步，右手抓住他打来的手，另一只手猛击他的手肘部位，魏贵强痛得难受，凭着自己的蛮力，抽回手又来打香莲，香莲走，魏贵强猛追，香莲突然转身，又一个扫堂腿，将魏贵强再次扫到地上。魏贵强恼羞成怒，起身拿根扁担来打，香莲一面喊救命，一面躲到魏大娘背后。

　　魏大娘大怒："魏贵强，住手，谁叫你打我的女儿?!"

　　魏贵强说："她在家里吃干饭，连衣服都洗不干净，该打。她好大的胆，我还没有打着她，她反打起我来了。"

　　香莲说："我没有打他，他来打我，我走还不准吗？你自己跌倒了能怪我吗？"

魏大娘心里明白，魏贵强再也打不着她了，她已学到了武功，该是魏贵强吃亏的时候了。于是说："好啦，我都看到了，两个都没打着谁，快去做事吧。"

魏贵强像斗红了眼的水牛牯，气冲冲地走了。香莲也去做她的事了。魏大娘想：魏贵强娶香莲是不可能了，但也不能让他娶烟花女。于是就请媒婆来帮他做媒，让魏贵强早日成亲。

一天，魏大娘请来了王媒婆，魏大娘说："请坐。"

王媒婆说："大娘，别客气，你自己坐。"

魏大娘说："香莲，送两杯茶来。"

香莲送来两杯茶，对王媒婆万福道："大娘，请用茶。"说完莞尔一笑，飘然而出。

王媒婆看着香莲轻盈飘逸的形态，想起她和自己打照面时的笑脸，觉得魏师傅有个好闺女，简直是天上放下来的仙女，令她职业的兴趣来了，于是问道："这个美女！是你的女儿吧？"

魏大娘说："是我的女儿。"

王媒婆说："你这女儿虽生平民之家，却有千金小姐之华贵，虽处穷乡僻壤之地，却有宫廷嫔妃之福分，初看其貌，是旺夫、旺子、旺家的福相，谁娶了她，自有财帛盈廪之时，儿孙满堂之日，好相，好人！"

魏大娘说："王大娘还会看相？你看我怎么样？"

王媒婆说："你要我讲真话还是讲奉承话？"

魏大娘说："请直说无妨。"

王媒婆说："你有福相，财源似水滚滚来，但子系不旺，只消一子还要破相，一女都要认个干妈才消受得住。"

魏大娘说："女儿是我带养的落难女。"

"这个女儿带得好，将来能嫁个好丈夫，你老来全靠此女。"

魏大娘立即将儿子喊来。王媒婆一看说："大娘恕我直言，你孩子应当生在富豪之家，生得风流倜傥，有日用万金之才，应娶上金锁形八字的媳妇，我知道帮你找什么样的儿媳了。"

魏贵强说："谢大娘贵言，我非翠翠不娶，不麻烦你啦。"说完就去打铁了。

魏大娘说："少教养，怎么跟大娘说话！"对王媒婆说，"别理他，自古婚姻父母做主，媒妁之言，天经地义，岂能由他，辛苦你帮我寻个好姑娘，常言瓜像种，女像母，姑娘一定要娘种好，教出来的女儿就贤惠，会相夫教子、孝敬翁姑。"

王媒婆说："有你这样的好婆婆、好家庭，我一定帮你寻个门当户对的、娘种好的、样子好的、身体好的、脾气好的姑娘。告辞。"

一夜，香莲来到毛百斤房里读书，将前一天教的诗背了。香莲说："哥，你所教我的诗都读熟了，并每首诗都写了两遍。但我不懂其意，你能告诉我诗的意思吗？"

毛百斤看一眼香莲，觉得香莲求进了，不理解意思，读来无味，而且读后不知所用。于是说："好，今夜就告诉你诗的意思，我们就从第一首诗起，你一定要专心去理解。"

香莲说："你说吧，我会专心听的。"

毛百斤说："《关雎》这一首诗是写一个男子，看到一个美女在河里拔荇菜，他想娶她，夜里想得睡不着，他决心要与这个姑娘共同度过美好时光。前四句写那个男子，看到一个美女在河里拔荇菜，就想娶她。第二段八句，写男子夜里在床上想她，想得睡不着。第三段八句，写那个男子每天都去看那个美女拔荇菜，决心要娶她，要同她度过美好的一生。"

香莲说："窈窕淑女，君子好逑是什么意思？"

毛百斤说："窈窕淑女就是漂亮美女的意思，好逑就是男女结婚的意思。"

香莲说："寤寐求之，悠哉悠哉，辗转反侧，什么意思？"

毛百斤说："就是到夜里想得翻来覆去无法睡着的意思。"说到这里，毛百斤和香莲的脸都红了，心在猛跳，两人相视了一会，香莲低下了头。

过了一会又说："那参差荇菜，琴瑟友之，钟鼓乐之是什么意思？"

毛百斤说："参差就是长短不一的意思，后两句就是男人和女人结婚，像乐器奏乐一样，两人同起同落共同快乐的意思。"

香莲想，这诗意比喻多么好呀，不知毛哥夜里想不想我，她看着毛百斤，脸越来越红了。毛百斤见香莲这样看着他，一时手足无措，脸也红了，心在猛跳。为避开窘局，毛百斤欲起身离开，香莲一把拉住了他，起身将他搂住，两人一言不发，默默享受着共同心跳的快乐，良久，毛百斤说："师妹，别这样，让人看到了多不好哇！"

香莲松开了手，说："这诗意多好哇，这地方河里有没有荇菜？"

毛百斤说："这里的小河没有荇菜。"

香莲说："我也想去拔荇菜，到底是什么滋味。"

毛百斤笑笑说："傻妹，这是诗人借物寄情，男女相爱是天性，只要两人相互喜欢就行了。"

香莲说："那你喜欢我吗？"

毛百斤说："喜欢，你是我的师妹，当然喜欢。"毛百斤一本正经地说。说完在香莲的头发上吻了一下，说："哥喜欢你，回去睡觉吧。"

香莲怀着复杂的心情回去了，哥到底是什么意思，是好述之情还是兄妹之情？她也悠哉悠哉，辗转反侧了，怎么睡也睡不着。

过了几天，王媒婆来回魏大娘的信了，进屋就说："大娘，你好福气，刘家有个好女，我将你家的情况一说，她父母满口答应了这门亲事。"

魏大娘说："你怎么跟他们说的？"

王媒婆见她不问女的长得怎么样，先问她是怎么说的，就说："你是独生一条龙是不是？"

"是。"

"你儿子长得很标致是不是?"

"是。"

"你还收养了一只凤是不是?"

"是。"

"一切家当都是崽的是不是?

"是。"

"你家铁铺天天进钱是不是"

"是。"

"你魏大爷手艺远近有名是不是?"

"是。"

"你儿子的手艺很精湛是不是?"

"是、是。"

"你做婆的非常慈善是不是?"

"是、是。"

"我这样一说,刘老爷笑得捋胡子,刘大娘笑得合不拢嘴,那刘小姐笑得红了脸,转身笑入房里去了。

魏大娘说:"那姑娘到底长得怎么样?"

王媒婆说:"两道眉毛如新月,两汪秋水荡清波,鼻子高挺两个孔,樱桃小嘴翘两角,瓜子脸上美人痣,乌黑头发罩耳朵,走起路来蹦蹦跳,八幅罗裙盖到脚。十个见了十个爱,打起火把寻不着。"

魏大娘似懂非懂地听着,王媒婆要她记住这些话,她确实记住了。问道:"那姑娘的女红功夫到底怎么样?"

王媒婆说:"三岁就懂事,小儿过家家。四岁知事早,学会梳头发。五岁口子清,会讲乖巧话。六岁学做事,跟娘学纺纱。七岁懂道理,跟父学文化。八岁手脚灵,学把鞋底打。九岁更能干,跟人学绣花。十岁学裁剪,会做衣和袜。十一进织坊,坐上织布架。十二进厨房,煮饭做香茶。十三更贤能,待客有办法。十四更贤惠,家务全靠她。十五样样能,早已能管家。今年十六岁，长得像朵花。"

魏大娘听了很高兴，说："你说的都是真的?"

王媒婆说："当然是真的，你去打听打听，我王媒婆做的媒没有一个不成的，没有一个不般配的，没有一个家庭不和的，没有一个不以重礼谢我的。"

魏大娘说："你辛苦了，待我看看他俩八字合不合，然后请先生择个良辰吉日交换庚书。"

王媒婆说："好，你定好良辰吉日后，告诉我一声，我好禀告对方，告辞。"

魏大娘说："吃了中饭再走吧。"

"不啦，我还要到李家去。"说完就走了。

魏大娘想，媒婆那死人都能说活的嘴，不能全信。当夜就将媒婆的话告诉毛百斤，请他分析一下，媒婆的话是真还是假。

魏大娘说："毛百斤，我对媒婆的话不相信，你帮我分析一下。"

毛百斤说："师母，你说吧，她讲了些什么?"

于是，魏大娘就将媒婆的话说了一遍。毛百斤听了后，沉默了良久，然后说："师母，媒婆讲的这个姑娘，是个又瞎又跛、相貌丑陋的姑娘。"

魏大娘听了大惊，说："不会吧? 她还说会纺纱织布，做鞋绣花，缝衣做袜，煮茶做饭待客人，怎么会是个盲人呢?"

毛百斤说："两汪秋水荡青波，是青光眼，荡秋波才是漂亮眼睛。走起路来蹦蹦跳，不是个跛子是什么。鼻子高挺两只孔，两个鼻孔都露在外面，脸上有个黑痣，你说丑不丑?"

魏大娘听了毛百斤分析，觉得确实有点像，但不能肯定，媒婆怎么就这么不讲良心，但又想到一句俗语，"媒婆不扯哄，媒就做不拢"。

魏大娘说："我还是不相信，我要去访问一下。你说用什么方法去访问?"

毛百斤说："访知情人，不会说；访本人，看不到。只有冒充媒婆去做冰判大人，去给刘家女儿做媒，才能见到她的家庭、她的父母和本人，但你要学着冰判大人的说话方式，人家才能相信你是做媒的。"

魏大娘说："什么是冰判大人？"

毛百斤说："冰判大人就是媒人，你可冒充媒婆帮刘家女儿做媒。"并如此这般告诉大娘做法。

魏大娘将自己打扮一番，交代香莲做家务，自己出门去了，刘家地址已访问清楚了，邻院人都知道他家有个急待出嫁的女儿。来到刘家大院，是个有围墙有柴门的大院，里面一进两横，房屋很客气，进屋看见一个约莫五十的人，就问："你是刘员外吧？"

刘员外说："正是，你是……"

魏大娘说："我姓洪，专做奇媒的人。听说员外有个女儿急待出阁，特来为令爱做媒。"

刘员外说："洪大娘请坐。"急令用人送上茶来。

魏大娘说："您太客气了，请问令爱贵庚几何？能否见上一面，我好与对方说话。"

刘员外说："你说的男人长得怎么样？家境如何？"

魏大娘说："我们做媒的量体裁衣，要什么样的男的就有什么样的男的，要什么样的女子，就有什么样的女子，天上无雷不下雨，地上无媒不成亲。天下男人要娶亲，天下女人要嫁人，管好男女婚嫁事，不枉冰判大人名。管他男才与女貌，全靠冰判一张嘴。"

刘员外听她这一说，确信她是媒婆了，于是说："大娘说的是。"立即喊丫鬟扶小姐出来，魏大娘一见，毛百斤说得一点不错，真的是盲人，起码二十七八岁了。

魏大娘说："姑娘贵庚几何？芳名怎么称呼？"

小姐说："我叫荷花，今年十八岁了。"

魏大娘说："请小姐回房休息吧，我和你父亲商量你的婚事。"丫鬟将盲女扶了进去。

魏大娘说："刘员外，你有何要求，我可以做成此媒，你可给我多少辛苦费？"

刘员外说："要求不高，穷富不论，只要男人勤奋，能养家糊口就行了，你做成后，给男方两亩妆嫁田，给你一百文钱辛苦费。"

魏大娘说："包在我身上，告辞。"说完出门而去，边走边想，这个王媒婆太不是人了，为了这一百文钱，将这样一个丑女说给我的儿子，太欺侮人了，下次来了，要好好地骂她一顿。

魏大娘进屋就喊来毛百斤，毛百斤说："师母，回来了，见到了你的儿媳吗？"

魏大娘说："毛百斤，你是神仙，料事如神，那姑娘既瞎又跛，相貌好丑，年龄起码二十八九了，谁能做成此媒，刘员外是一百文钱辛苦费，原来是个嫁不出去的货，这个王媒婆真坏！"

毛百斤说："这个媒婆不坏，她还讲了点真话，看你怎么识别，这是媒人讲话的技巧。"

魏大娘说："说来也是，各行各业都有各自的技巧。"从此魏大娘更加看重毛百斤了。

几天后，王媒婆来问信了，进屋就问："大娘，良辰吉日选好吗？"

魏大娘说："王媒婆，你好没良心，你也看到过我儿子，你将一个既瞎又跛的丑八怪给我儿子，你眼瞎了，你如此弄昧心钱，你会绝后的！"

王媒婆说："我看了你儿子的相，你儿子命还不如那刘小姐，骂我绝后，你儿子会真正绝后呢。你老来全靠你那个义女，信不信由你，我先讲后见。"王媒婆胡诌一通，骂骂咧咧而去。

魏大娘恼羞成怒，捡块石头向王媒婆掷去，不偏不倚，正中王媒婆头上，王媒婆当即倒地不动了。

欲知王媒婆死活，且听下回分解。

第 六 回

◆

借刀杀人魏公子
含冤丧命毛少爷

话说王媒婆被魏大娘一石击中头部，昏厥在地，魏大娘吓得目瞪口呆，不知如何是好。立即喊来魏师傅和毛百斤，毛百斤探探王媒婆的气息，摸摸王媒婆的手脉，又掐她的人中穴，抓她的腋窝麻筋，一会儿，王媒婆睁开了眼睛，口喊"哎哟"，坐起来了。

魏师傅上前说："王妈，你没事吧？"

毛百斤和魏大娘将她扶进屋里，坐到椅子上。王媒婆说："魏大娘你好歹毒，媒未做成，你就要打死我。我王媒婆就这样好欺负！今天你要给我个说法。"

魏大娘立即赔礼说："王大娘，对不起，我不是故意的，是一时性急所为，没想到真的打中了，我帮你治伤。请原谅！"

毛百斤上前看了王大娘的头，头上肿了一个包，说："大娘，我帮你揉揉，等两天就会消失。"于是拿来了烧酒，将肿包揉了揉。

魏师傅和毛百斤说尽了好话，魏大娘一再道歉，最后赔了二百钱币的医药费，又招待了一顿好饭，王媒婆才高兴而回。

光阴似箭，日月如梭。毛百斤学打铁转眼三年了，所有铁器的打法都已学会，尤其是刀具，剪刀、剃刀、菜刀钢火特别好，刀口不缺不卷，得到了魏师傅的真传。他的小锤打得好，刀面特别平整，刀形美观，格外抢眼，很受顾客青睐，师傅非常高兴。

魏贵强比他先学一年，师傅同样教导，虽与他同学，相差甚远，刀具表面粗糙，形状不美观。魏师傅屡次骂魏贵强，骂他是糊不上墙的牛屎。令魏贵强的逆反心情与日俱增。他想，现在毛百斤和郭香莲两人喧宾夺主了，使我遭父亲骂，挨母亲训，说我没出息。说我讨不到老婆，连王媒婆都瞧不起我，给我寻了个既瞎又跛、十分丑陋的女人，把父母都气坏了，可恨的王媒婆就这样看不起我，我比谁差啦？毛百斤只比我多识几个字而已，还不是跟我父亲学打铁，没有我父亲收留，他不知流落在什么地方。郭香莲那人不像人、鬼不像鬼的肮脏货，现在依靠我父母有点人样了，甜言蜜语讨好我父母，把我母亲给迷住了。他俩读书、练武来对付我，在父母面前刁难我，使父母看不起我。我与他们不共戴天，我要他们死无葬身之地！

一夜，香莲在读珠算口诀，一上一，二上二，三下五去二，四退六进一，五上五，六上一去五进一……毛百斤教她计数、打珠算以来，她将每天打的货分项目记得清清楚楚，卖出多少、库存多少、收入多少、累计库存多少，一目了然。

魏师傅听说香莲学会了计数，想看看她会不会算账。于是把大家都喊来，对香莲说："香莲，你把账本带来。"

香莲说："好，要盘底吗？"

魏师傅说："是，把算盘带来。"

香莲很快拿来了算盘和账本，魏大娘很快收拾了桌子，大家静听香莲报数。香莲翻开账本最后一页，说："前段卖出农具、剪刀、剃刀、菜刀，和一些小铁货，已收现钱一千六百文。现库存菜刀五十六把，剪刀二百一十把，剃刀三百五十六把，还有砍刀五把，门挂子等小货一百六十件。"

魏师傅说："香莲，你怎么不用算就这样详细地报出了各项总数呢？"

香莲说："父亲，我每天将各项入库数都记上了，而且又记了一笔累计数，这样只要看最后一天的数，既知道当天的数，也知道累计数了，这样随时可以掌握账目，多方便。"

魏师傅说："好办法。"

魏师母说："真聪明。"

香莲说："这是毛哥告诉我记的。"

魏师傅说："现在请香莲报数，毛百斤打算盘，看看库存货可卖多少钱了。"

香莲说："菜刀五十六把，每把三十文钱。"

毛百斤说："可卖一千六百八十钱币。"毛百斤算盘打得很快，香莲报完件数和价格，他立刻就报出了收入。

香莲说："剪刀二百一十把。每把十五文钱。"

毛百斤说："可卖三千一百五十文钱。"

香莲说："剃刀三百五十六把，每把一十五文钱。"

毛百斤说："可卖五千三百四十文钱。"

香莲说："门挂子等小货一百六十件，每件十文钱。"

毛百斤说："可卖一千六百文钱。"

"还有五把砍刀每把可卖十五文钱。"

魏师傅说："一共可卖多少钱？"

毛百斤说："可卖一万一千八百三十文钱。"

大娘说："到外地去卖，可价高一倍，可卖两万多文钱，这是这两年的积蓄，平常所收散钱，只能管日常开支。有了这一笔钱回来，可建一个铁铺，毛百斤明年要另开炉了，贵强也要另开炉了，徒弟只有离开师傅才有长进。贵强和毛百斤都成年了，要大量的开支。你俩赶两匹马，押这些货到楚北去卖，你们敢不敢去？"

魏贵强不敢出言，等了良久，毛百斤说："师傅，徒儿愿去，看师兄意下如何？"

魏贵强看看毛百斤，看看父母没有开口。

魏师傅说："你俩不要怕，你俩直到荆州去，那是我的熟地方，那些铁货店、杂货店的老板都认得我，你就说是魏师傅的货，都会要，已几年没去了，按原价结算，要收现钱，不要赊账。"

魏贵强说："我去邀几个师傅一起去，人多安全些。"

魏师傅说："不能邀他们去，各有各的地域，各有各的路线，各有各的价格，各有各的老雇主，不能让他们去滥价。何况他们最近把货送了，他们已没有货送了。你现在二十岁了还怕什么？"

魏贵强还是怕，不敢去。

沉默了一会，香莲说："这个事情一个人去不好办，一来一个人不方便，有这么多货。二来遇事有个商量，卖得快价格可以高一点，卖得慢价格低一点。必须去两人，万一没有人与毛哥去，那就我去。"

魏大娘不知香莲是激魏贵强的，立即说："不行！你一个十五岁的女孩吃不了这种苦。贵强，你去不去？你不去我去。"

魏贵强想：香莲挑衅我，母亲在逼我，出去不知要吃何等样苦。又想：毛百斤能去，我如果不去，父母更加看不起我。不去又怕毛百斤将钱拐走了，又想到这是个好机会，把钱抓在手，可将翠翠赎回来。于是说："我去！"

魏师傅说："好，你俩去一定要团结，遇事两人多商量，第一是钱要小心，留小量散钱放身上零用外，其余放入箩底夹层里或马鞍下的夹层里，路上如遇强盗不用怕，将身上的散钱给他，保住性命为重。"

魏大娘说："呸！呸！狗嘴里吐不出象牙，说破不准，道破不灵，一路平安！"

魏师傅说："这有什么关系？"

魏大娘说："明天是个好日子，租两匹马将货驮了，各人带好自己的换替衣服，来往做一个月的准备，带四千文钱做盘缠。在外面语言不懂，讲话慢一点，谦虚一点，打尖住店都要喂好马匹，不能让马饿着渴着，在外要自己照顾好自己的饮食起居，处处小心。"

当天，魏师傅租来马匹，将货打好包。第二天早晨两人赶着马出发了。按师傅安排的路线，经涟源、桃花源、澧水，过长江，即到荆州。两人遇亭而歇，日西寻店歇息。第一天脚就走痛了，当夜住进客栈里，双脚像火烧一样，又痛又肿，脚板起了水泡。魏贵强进店就倒在床上不动了。毛百斤将货一件一件搬入客房，喂了马，打来水为魏贵强洗澡，弄来针将两人脚板上的水泡挑破。打来饭菜到床前两人吃了，直到夜深才睡。

第二天早晨，两人太阳出来好高才醒来，起床一落地，双脚像刀割一样痛，咬紧牙关将货一件一件搬上马背，牵着马慢慢地走，这一天走走停停。只走得六十里。第三天下午经过一个山下，突然闯出一伙持刀强盗，将二人捆了，将马和货押上老虎寨。只见寨门很高，上面画一个大老虎头，全寨有一丈多高的圆木围墙。强盗搜了两人的身，只得三千多文钱。

那山大王问："两位从何而来？"

魏贵强吓得只是哭，毛百斤说："从昭州栗山铺来，到这里两百多里。"

大王说："你们为何只有这么点钱？还有的钱放在哪里？"

毛百斤说："大王，我们这是盘缠，货还未卖哪来的钱，请大王原谅。"

有个土匪说："大王，杀了他们算了，和他白费什么口舌。"

毛百斤说："大王请饶命，我们这些货还值几千文钱，全给你们。"

土匪将货打开一看，尽是铁货，对大王说："大王，尽是剪刀、剃刀、菜刀和一些小铁货，不值钱，我们拿它没有用。"

又有土匪提出杀了他们算了。

毛百斤说："听说大王最讲义气，我们不是什么富翁、生意老板，我们是打铁的铁匠，打些货在本地卖不脱，准备到荆州去卖，如果卖完了，大概有一万二千文钱，转来再奉献给大王。"毛百斤想法脱身了。

大王说:"你们打铁的人拿不出许多钱,就依你说的拿两万文钱来,放你们走。"

"我们要卖完货才有钱呀。"

大王说:"你们着一人骑马回去,留一人一马和货押在山上,限三天拿两万文钱来赎人。"

毛百斤说:"大王三天时间太少了,回家还要去借钱,最少要五天时间。"

大王说:"五天就五天,五天后不来,我们就'撕票'。"

魏贵强说:"毛百斤,我回去你在这里等我,保证和父亲同来。"

毛百斤说:"师兄,你一路小心,将情况详细告诉师傅,尽快寻钱来。"

大王说:"你们商量好了吗?"

魏贵强说:"商量好了,我回去。"毛百斤只得点点头。

土匪将魏贵强松了绑,牵来一匹马给他,魏贵强说:"大王请你拿些盘缠给我。"

土匪退回两百文钱给他,魏贵强骑马下山去了。

土匪给毛百斤戴上脚镣手铐,把他关进一间黑屋里,那屋只有一条门,屋墙是全树拼拢来的,再大的力气也无法逃脱,门外有人把守,里面先已关了两人。里面没有床,只有地上堆着的草,先头两人用草围着自己御寒,一个少年,一个中年,夜来三人相互交谈中,得知少年是一个员外的儿子,中年是一个田主,都是土匪"吊的羊",和毛百斤一样,在规定时间内,不拿钱来赎人,就要杀头了。

毛百斤想,我的命这么苦,人未成年,家遭大劫,死去父母亲人,没有了家,现在刚学到手艺,又遭此劫。魏贵强回去,会如实告诉父母吗?师傅会去借钱来赎我吗?我是他收养的徒弟,不是他的亲生儿子,师傅师母他俩心好,一定会来救我。师妹也会求父母来救我。怕只怕魏贵强心胸狭窄,几年来,打我,排斥我，刁难我，恨不得置我于死地。现在机会来了，可以借土匪之手杀我了。他会这么做吗？我相信他不会，他做了多少对不起我的事，我没有责怪他，他打我我没回手，他嫖娼我一直帮他瞒着，想必他不会拿我的生命不当事。师傅曾告诉我，铐子的外面那块铁淬了火的，一碰就断，但不敢碰，这么牢实的木屋无法逃出，而且外面有人守着，白天解手都有人陪着，根本无法脱身。厕所也是树拼的屋，纵能在途中碰断镣铐，也逃不出寨门，跳不出丈多高的围墙。

没办法，只得度日如年地等，每天土匪送两餐饭，夜里围着草御寒，草内臭虫跳蚤好多，咬得全身既痛又痒，而且有股怪臭气，格外熏人，根本无法入睡，这五天如何过得去！

再说那魏贵强骑马飞奔下山，好不高兴，天助我也，不费吹灰之力，五天之后就杀了毛百斤，除我后患，解我心头之恨。老子命大，能虎口脱险，大难不死，必有后福。毛百斤，你读那么多书，还学了一身武艺，在这里不敢出手了，有什么用，救不了自己的命。父母瞧不起我，媒婆瞧不起我都是你引起的，现在好了，他们再也不敢瞧不起我，我是家里的顶梁柱，我要扬眉吐气，说一不二，谁敢不听，对他不客气！当夜赶到了桥头铺，进了鸳鸯楼，将马交给鸨母，去会翠翠了。

翠翠娇嗲嗲地说："魏哥哥，你说赎我出去，为什么才来呀？"

魏贵强说："快了、快了，你放心吧，我一定赎你出去。"将翠翠搂在怀里。

鸨母见魏贵强是常客，他有钱，不会扯皮，于是让他去，没拦他也不提钱的事。将马递予走动说："好好喂养。"

魏贵强与翠翠不分昼夜，狂欢至极，白天听弹琴吹唱，观赏歌舞，晚上如胶似漆，疯狂欲死。两百钱币花光了，第五天过了，谅毛百斤已经被土匪杀了，才骑着马回去。

魏贵强回到家里，跳下马就大哭，说："父亲母亲，儿差点见不到你们了。"

魏大娘问："毛百斤呢？你怎么一个人回来？还有货卖了吗？"

魏贵强说："我们遇上了强盗，他们人多，一下子将我们包围了，将刀架到我们肩上，强盗说把钱拿出来，毛百斤说没有钱，要命有一条，土匪大怒将他杀了。问我"有钱吗"，我将钱全给了他们，他们说只有这么一点，我说还有，将马背上的货卸下来，他们以为是钱，都去拆看，我趁机跳上马，飞快地走了，强盗没追上，我就回来了。吓死我了，这是祖宗有灵，保住了我的性命。"

魏大娘和香莲大哭，魏师傅说："在强盗面前，毛百斤是个聪明人，怎么会那样说话呢？"莫非魏贵强将他杀了？魏师傅怀疑了。

魏贵强说："也许他一时心急说出来的，他身上确实没有钱。"

魏师傅觉得可疑，但不知怎么去问，只得说："毛百斤怎么命这么苦，先已家破人亡，救得残生，刚学得手艺，就遭此大劫，和家人一样，还是死在土匪手里。好可怜啊！"

魏大娘见毛百斤太可怜了，就将毛百斤的住房做灵堂，门上写着"当大事"，要为徒儿停灵三日。

话说毛百斤等到第五天，魏贵强还没有来，心急如焚。这时牢门突然打开了，一个土匪说："毛百斤，出来！"

毛百斤来到门口，两个土匪取下他的脚镣手铐，用绳子将他绑了，押到练兵场，场中立着一个柱子，上面有"生死树"三个大字，就将他捆在生死树上。毛百斤心里明白：捆到这个树上有钱就活，无钱就只有死了。魏贵强是要借土匪之手杀我，不会告诉父母，也许他会说我已经死了。我的命怎么这么苦啊，父母兄弟死在土匪手里，我好不容易逃到楚地，刚学好打铁手艺，还未成家立业，又要死在土匪刀下，好可怜呀。不觉双泪齐流，欲哭无声！

土匪头子来了，毛百斤向他求情说："大王，我是个落难的孤儿，魏师傅收留我跟他学打铁，我在栗山铺无亲无友我实在拿钱不出，请饶了我吧！救人一命，胜造七级浮屠，老天会保佑你长命百岁，儿孙满堂，荣华富贵。"

土匪头子说："你的师兄不要你了，不会来了。你另外有钱的来路吗？"

毛百斤说："别无来路，我们的货押在你这里，还值得两万文钱，全给你们，请你饶了我吧。"

土匪头子说："你看来值得两万文钱，我们拿着分文不值。"

毛百斤说："大王，五天时间还没过，路途遥远，又要到处去筹钱，也许今下午才到。"

土匪头子说："那就等到下午申时吧。"突然又问，"你说你是孤儿，你叫什么，家住哪里，父母哪去了？"

毛百斤闻言大哭，说："我叫毛国金，赵国人士，我的老祖是毛遂，父亲叫毛颖，因父亲得罪了地方豪强，被夜袭，火烧大院共死十一人，独我在亲戚家未归，幸免于难，我要保留毛家香火，逃到南方，遇上魏师傅收我为徒，我好苦哇，请大王发发慈悲，放了我吧！"

土匪头子觉得是很可怜，脸有难色。

旁边一个土匪正在磨刀，他说："大王莫信，这些刁人，谁不会编故事骗人，不杀他几个人，谁会给钱？以后还有人怕吗？"

土匪有个规矩，杀人前，让被杀人吃餐饱饭。这天中午，众匪将毛百斤从生死树上解下来，让毛百斤吃了餐有酒有肉的好饭，吃完后，又将他捆上生死树，等待申时的到来。

　　毛百斤等呀等呀，盼呀盼呀，申时已到还不见魏师傅来。土匪头子说："宽限的时间已到，你师傅不会来了，你还有何话要说。"

　　毛百斤说："我无父无母，也无亲戚，没有了牵挂。可叹我毛百斤竟死在这里！"

　　刽子手走上前，将刀高高举起。

　　欲知毛百斤死活，且听下回分解。

第 七 回

◆

土匪打刀为劫抢
楚王制枪抗削藩

第七天，毛百斤和两个货主老板骑着马回来了，看见自己房门前贴着"当大事"，见香莲跪在地上拜，这是为何？不拿钱来赎我，倒为我办起丧事来了？

魏大娘见到毛百斤回来了，大惊！说："毛百斤，你是人还是鬼？"

毛百斤说："我是人，有人盼我死，我没有死，我带两个货主老板回来了，他们要打三百把刀。"香莲立即扑了上去，抱住毛百斤说："你回来了，你没有死？"

毛百斤说："我好好的。"

毛百斤请客人进堂屋，师母喊来魏师傅，魏师傅进来说："你不是……"

毛百斤说："我来介绍一下，这两位刘老板，要打三百把马刀，说好价格是一百五十文钱一把，不知价格合不合适，但这两位老板待我太好了，请师傅同意。如我们一个月打不成，就请那些伙计一起来商量，三百把刀一定要一个月完成，师傅意下如何？"

魏师傅说："三百把刀一个月完成，我们要去买好钢，和大家共同来打造，可以完成。只是这成本太大，不先交钱，恐怕有人不放心，如果打好不要了，我们就太亏了。"

刘老板说："请师傅放心，我们先交钱，在这里坐等。"

魏师傅说："老板待我徒弟好，一百五十文钱一把，我亏本都愿意帮你打，可是我一家打不赢，这个价恐怕其他人不会打，那这个货我不敢接。"

刘老板说："那这样吧，请魏师傅和伙计们商量，只要保证刀口不缺不卷，就做二百文钱一把。"

毛百斤说："二位老板，对不起，我先和你们说了，此事要师傅做主。"

刘老板说："没关系，请魏师傅喊你们的伙计来商量吧。"

魏师傅见货主老板要得急，两百文钱一把，价格不菲，大家应该会愿意打。于是一面备酒菜热情招待，一面将几家铁铺的师傅请来，共六个铁匠，每个分五十把，刘老板当场交了一半钱，大家高兴而回。那魏贵强见毛百斤并没有责怪之意，总是不好意思碰面，于是说："父亲，二位刘老板在这里不好玩，我陪二位到昭州去玩吧。"

魏师傅心里明白，他不好自圆其说，要想办法回避了。于是顺水推舟，对二位老板说："在这穷乡僻壤无处可玩，就由犬子陪你们到昭州去玩，如何？"

两位刘老板说："那好，谢谢关心。"

魏师傅送走刘老板和伙计后，问毛百斤说："毛百斤，魏贵强说你被强盗杀了，你没有死，还揽了一笔大生意回来，这到底是怎么回事？"

毛百斤说："那天我们被强盗抓了后，他们在我俩身上只搜得三千多钱币，就不肯放我们走，把我们抓上山，土匪头子不甘心，说'你们为什么只有这么点钱'，我告诉他我们是铁匠，不是做生意的，自己打的货自己卖，还没卖出去没有钱，'请大王原谅，等我们卖了货再来孝敬你。'他说'你们留一个人和货放这里，回去一个，限三天时间拿两万文钱来赎人'，我说三天时间太少了，起码要五天。土匪说五天就五天。师兄说他回去，要我在那里等，我不得不同意。师兄走后，土匪将我戴上脚镣手铐，关进了黑屋，不知为什么等了五天还不见师兄来。第五天，土匪将我提出来，捆在一根柱子上，等到申时你们还没来，土匪举起刀要杀我了。我说：'且慢，你们的刀那么多缺，那杀起人来人家多么难受。'刽子手说：'死到临头还嫌我刀丑。'我说'你们的刀都要不得，钢火不好，我们打的刀从来不缺'。这句话被大王听到了，于是走过来说，'你们的刀从来不缺?'我说'是的，不信你拿我们的菜刀砍你们的刀试试'。那大王立即从我们的货中翻出一把菜刀，朝他们的刀上一砍，他们的刀缺了，我们的菜刀不缺，我说'再砍你们的刀背'，刀背上显出一条缝，我们的菜刀不卷也不缺。那大王立即给我松了绑，很客气地说，'你师傅贵姓?'我说师傅姓魏，我现在还没有出师。他问打一把三尺长的马刀要多少钱，我说没看见打过，拿菜刀做比较，马刀起码要四把菜刀的价钱，至少要一百五十文钱一把，'如果大王不杀我，我可以帮你打折，虽然我做不得主，但我可以求师傅，当然你们可以和我师傅去商量。'于是他们就派两位刘老板来了。师傅，师兄回来后，为什么不告诉你拿钱来赎我? 差点被他们杀了。"

魏师傅、师母闻言，骂道："这天杀的！这五天时间到哪里去了，回来还说你被土匪当场杀了。"师傅心里明白，这是魏贵强想借强盗之手杀了毛百斤，故意在外面待了五天。这东西心肠太坏了！

毛百斤想：魏贵强的心如此歹毒，这一次没有得逞，下次还会害我，希望能立即出师，离开这个家庭。

话说魏贵强和二位刘老板在昭州城花天酒地，纸醉金迷，进酒肆，入戏院，住青楼，每人带个妓女游山玩水，日夜狂欢。土匪过腻了山寨的枯燥生活，觉得现在过上了皇帝日子，要尽情欢乐，机会难得。

　　那魏贵强心里高兴，毛百斤你算什么，你技术好，你勤快，你爱打铁，让你打个够，你如牛似马一样地打吧，我轻松一句话，到时候父母还是听我的，我多么快活，多么逍遥，多么自由，我过神仙日子，你过牛马日子。有钱的强盗听我的，父母听我的，伙计们听我的，我说合格就合格，到时候你和香莲也必须听我的！你有文化，你有武功，还不是打铁，还不是像牛一样累！

　　魏贵强陪着两位刘老板玩了半个月，三个人臭味相投，成了朋友，他在两位刘老板面前吹牛，说在栗山铺这个地方，他说了算，他和父亲的手艺最好，大家都听他的，他说好就是好，他说不行就不行。为了显示他的威风，他就对刘老板说："现在半个月了，我们回去看看货吧，看质量好不好，看已打了多少。"

　　两个刘老板说："好，去看看好放心玩。"

　　魏贵强陪着两个刘老板来到栗山铺，首先看了他父亲和毛百斤的货，魏贵强说："父亲，栗山的铁匠你是第一，二位刘老板要以你的货做样。师弟，你一定听师傅的话，把货打好！"

　　二位刘老板看了几把，并试了刀锋，觉得满意。接着又看了其他五个店的货，每到一处，魏贵强都以发号施令的口气说话，师傅们在货主面前当然听之任之。但心里面在骂他的娘。什么东西，你知道个屁！但在两个刘老板心里，确信他说一不二，于是待他也特别客气。

　　两位刘老板看了货后，确实满意，就和魏贵强放心去玩了。

　　在第二十五天时，各店的刀都已打磨成功，六个铁匠又自查了一遍，做到了无一次品。二位刘老板复查了一遍，砍铁不缺不卷，便清点数目，进行打包，雇了四匹马，准备第二天就回山。

　　当夜师傅们设宴庆贺时，一位刘老板说："各位师傅辛苦了，我敬各位一杯，干！"

　　师傅们都站了起来，齐道："干！"

　　另一刘老板说："我祝各位师傅生意兴隆，身体健康，万事如意！干！"

魏师傅说："二位在此久等，招待不周，我们都是手艺人，为了赶快把刀打成，没有陪二位游玩，请你们原谅。"

一位刘老板说："魏师傅客气了，令郎一个月来，陪我们看了贵地的名山大川，城乡胜景，在昭州观看了亭台楼阁，玩尽了青楼雅苑，过了一段神仙日子，令我们终生难忘。"

另一铁匠说："感谢二位对我们的信任，我们的货都是过得硬的，如果发现刀口有缺有卷的可以包换，以后我们还会常来常往，以后运货到楚北去，还要经过贵地。"

一位刘老板说："欢迎各位前来游玩。"

魏师傅说："为了帮你们打造刀具，我徒儿暂存你处的货还没有卖，明天随你们同去，还要将货送到荆州去卖，请你们多多关照。"

两位刘老板齐道："那是当然、那是当然。"

他们觥筹交错，欢声笑语，夜深方罢。第二天早晨，两位刘老板、魏贵强、毛百斤赶着四匹马上路了，中途遇亭而歇，遇店而餐宿。两日已到老虎山。

那大王和喽啰都来看，卸下马刀，个个拿刀舞几下，砍木砍铁试试，觉得满意。

大王留着长须，生得面目清秀，卧蚕眉下，眼睛炯炯有神，高鼻梁，中等个子，虽然已入中年，仍不失风流倜傥，谈吐风雅，如不身在此处，谁知道他是匪首呢？

匪首吩咐将刀搬入仓库，请二位刘老板和毛百斤二人进聚义厅，请他们坐下，有人送上茶来。大王说："四位辛苦了，请用茶。"随后陆续送上酒菜，大王为四人斟满了酒，举杯站起来说："四位一路辛苦了，聊备淡酌为各位洗尘。"

毛百斤和各位站起说："大王太客气了！"

大王说："各位请坐。"

一位刘老板说："此次栗山之行，魏老板非常客气，他们从百忙中，专门差魏公子陪我们玩，他们夜以继日地赶货，确实辛苦了。"

另一刘老板说："临行前魏师傅请我们关照，让他们将原来存在这里的货，运到楚北去卖。"

大王说："人待人无价之宝，人待我一尺，我敬人一丈，都是江湖人，应以义字当先。"

毛百斤说："大王真是心宽似海，义薄云天，有好生之德，有济世之才，乃隐匿蒿蓬之鹰，暂困浅滩之龙，借僻壤蓄势，蕴擎天之能，定能干出惊天的大事。"毛百斤见大王谈吐不凡，他好像遇上了知音，抖出久压心里之辞藻，倾吐自己的心声了。

大王大惊，说："后生不愧是毛遂的后裔，年纪轻轻，满腹经纶，凤毛麟角，真乃国之栋梁，曾从何师门下？"

毛百斤说："说来话长，晚生自幼从父而读。五年前，遭仇家灭门，独我幸免于难，自赵逃至楚南，幸遇贤师收留，学习打铁。虽生豪门，实乃贱命，让大王见笑了。"

大王叹道："哎！原来出身官宦之家，书香门第，难怪才华横溢。生在当今，身不由己！秦暴虽除，汉治稍熄硝烟，闻七国欲除晁错，以制止'削藩'之策，以吴王刘濞为首，欲以武力胁迫景帝'诛晁错，清君侧'。天下又将大乱，为民何以聊生！"

毛百斤说："乱世出英雄，正是国家用人之际，是大王为国为民大显身手，干一番事业的时候了！"

大王说："谈何容易，先生前途无量，日后有何打算？"

毛百斤说："晚生心无大志，学好手艺，安度平生足矣！"

大王说："处在乱世，能安度平生者，乃大智大勇也，祝你一路顺风！"

毛百斤和大王侃侃而谈，又说又笑。魏贵强搭腔不上，只和姓刘的喝酒劝菜，心里感觉受了冷落，对毛百斤不知是嫉妒，是怨恨，还是仇视，打翻了五味瓶，总感觉不是滋味。大王似乎有所察觉，就举杯说："魏公子辛苦了，谢你的帮助，我祝你们楚北之行一路顺风，财源滚滚而来！"

饭毕，大王吩咐喽啰将毛百斤的货按原样包装捆好，扎上马背，对毛百斤说："随我来。"

毛百斤和魏贵强随之来到侧屋，大王拿出漆印，说："二位将左手衣袖捋起，在左手手腕上盖上漆印，在长江以南，路上无人为难你们，此印可保半年不脱。"

毛百斤明白，说："谢大王，我们记住了。"盖好后，一看是个"姚"字，说："你就是闻名天下的'姚万里'，久仰大名，今日幸会，真是三生有幸。"

姚万里说："江湖虚嘈也！"

姚万里亲自将二人送出寨外，双方拱手而别。

毛百斤和魏贵强牵着两匹马，日行夜宿，七天方到荆州。只见荆州城墙巍巍，城楼高耸，护城河围着城墙蜿蜒。进得城来，城内楼阁参差，街道很宽，纵横交错，店铺里琳琅满目，卖衣服的铺内五颜六色，格外抢眼，杂货店星罗棋布，五花八门，日用俱全。饭店、酒肆香溢店外，人来人往好不热闹。他两人无心观景，好不容易找到了客栈，将马牵了进去，订好房间，将货物搬入房内，将马交于老板喂料，一路辛苦，两人胡乱吃了点东西，就上床入睡了。

第二天，两人将剪刀、剃刀、菜刀和一些小铁货配作两担，担到闹市区，只见人来人往，非常热闹。毛百斤说："菜刀、剪刀、剃刀，各种铁货……我们的菜刀保证不缺不卷，削铁如泥……"一边说着，一边用刀削铁，围观者越来越多。

有个人问："菜刀多少钱一把？"

毛百斤说："两百文钱一把，三百文钱买两把。剪刀一百文钱一把，两百文钱买三把……"

买菜刀和买剪刀的人很多，应接不暇，卖了一阵，有个老板站在旁边看了很久，说："你这些货我全要了，做半价卖不卖？"

毛百斤说："老板，我们的货质量过得硬，你要看仔细了，我们能包来回的，半价要亏本，我们在楚南昭州，千里迢迢来到贵地，岂能亏本而回，先生真要的话，至少七折转让，使我不亏，你也有赚头，常言亏本不卖货嘛，请你理解。"

那老板说："不瞒你，我是开杂货铺的，我们可以常来常往。以前我们和楚南魏师傅交往多年，已有几年没来了，他的货真好。"

毛百斤说："魏师傅就是他的父亲，这货都是他一家打的。"

魏贵强说："听父亲说过，他与荆州的杂货铺都熟。虽然是老雇主，也不能亏本呀，路途好远，我们担好大的风险，低于七折不卖，请原谅。"

那老板说："七折就七折吧，请跟我来。"两人将货挑入杂货店，将货清点，按七折计算，一笔就付给魏贵强八百一十文钱，第一天两人担出去的货全部卖了。第二天，两人又担两担来到闹市处。买的人很多，买零售的占了一半，另一半也做七折卖给了杂货铺。

有一个人看了很久，对毛百斤说："先生这刀的钢火很好，你这刀从哪里来的？"

毛百斤仔细看了此人的衣着，觉得不像生意人，也不像普通百姓。为何问我来历？心里做着多种准备。于是说："我们从楚南昭州来。"

那人又问："你们那里铁匠多不多？你们能打别的刀吗？"

毛百斤说："鄙地铁匠多，我们就是铁匠，这货都是我们自己打的，先生要打什么刀？"

那人说："要打军刀和长矛，你们打过吗？"

毛百斤说："只要你们有样品，什么刀都可以打出来。"

那人说："要打军刀五百把，长矛一千支，两个月内打成，你们能做到吗？"

毛百斤说："那要看刀和矛的样品，如果太难打了，时间得长一点，如果工艺不难，时间短一点。"

那人说："你们随我到府里看看。"

毛百斤说："可以去看，我们将货送入店里就去。"

那人说："你们担着货去吧。"

毛百斤与魏贵强一商量，觉得这是一笔大生意，决意跟此人去一趟，于是说："此去不远吧？"

那人说："不远。"

毛百斤和魏贵强跟着那人进了荆州官邸，门外有人守着，围墙内有漂亮的高楼，进门有个大厅堂，好像是审案的公堂，毛百斤想，到这里来干什么？心生大疑。

那人说："请在这里稍等。"

那人入内一刻，陪着一个穿官服的人出来了，那人高大魁梧，头戴官帽，身着官袍，腰系玉带，笑容可掬，进来说："二位客官请坐，二位春风年少，从昭州来，听说你那里铁匠多，能打军刀和长矛吗？"

话音刚落，那人拿出军刀和长矛来。

毛百斤说："能打。"

那人说："二位年轻人，这是荆州官邸，你要考虑清楚，五百把军刀，一千支长矛，两个月内必须完成，这是楚王给我下的军令，贻误军机，要杀我的头，那时我就转嫁到你俩头上。有把握吗？"

魏贵强不敢说话，毛百斤说："这两件军器我们都打得出，只要价格合理，划得来的话。我们保证两个月完成。"

那军官说："军刀和长矛要多少钱一把？"

毛百斤想，这是官府急用之物，价格可以抬高。于是说："军刀一百五十文钱一把，长矛一百文钱一把，这些东西我们都打过，价格是现成的。"

那官员屈指一算，说："一共十七万五千文钱。价格太高，能否少一点？"

毛百斤见他们要得急，不能让步，于是说："这是起码价格，再少赚不到钱了，恕不能从命。告辞。"说完担起货就走。

那官员说："二位且慢，价格不减，你们能做主吗？我们要立军令状，两个月内完不成，要杀头的，你敢立吗?"

毛百斤说："我敢!"

于是那人立即起草了军令状:

昭州栗山铺毛百斤、魏贵强为楚国打造军刀五百把，每把单价一百五十文钱，共计七万五千文钱，打造长矛一千支，单价一百文钱，共十万文钱。两样合计十七万五千文钱。限两个月内交货，逾期按军法处置。自景帝二年（公元前155年）丙戌五月二十日至景帝二年七月二十日止。

双方签字生效:

立状时间:景帝丙戌五月十二日。

毛百斤看后说："可以，只是这么多军刀长矛，需大量资金购买原料，请预付资金十万文钱。你可到我处去监管。"

那官员说："可以，我派官员带足钱前去，现请签字画押。"

毛百斤毫不犹豫地签名，魏贵强不敢签。

毛百斤说："他没读过书，不识字。"

那官员说："那你画个圈吧。"

魏贵强还是不敢画，他怕完不成要杀头。

毛百斤说："大人，他没读书，他也不懂为什么要签字，万一完不成就杀我吧。"

那官员说："也罢，谅也不会有此事出现，明天准备一天，后天出发。"

毛百斤说："好，后天到府邸相会，告辞。"

二位官员将毛百斤和魏贵强送出官邸，毛百斤二人担着货到杂货铺低价让了出去，第三天二人骑着马来到荆州官邸，荆州官员早已做好了准备，楚王刘戊的弟弟刘戍带个随从，和毛百斤四人出发了，刘戍领了哥哥的重托，不敢耽误，日夜兼程，七天就到了栗山铺。

魏师傅见毛百斤又带来两个客人。甚为惊异，问道："毛百斤，这两位是……"

毛百斤说："这位是荆州刘大人，与我们签订了五百把军刀、一千支长矛的合约，两个月内必须完成，师傅明天将扎里桥的铁匠都请来商量。"

刘戍说："我们和毛先生立了军令状的，两个月必须完成，否则我和毛先生都要受军法处置。"

毛百斤说："二位请坐，我们这里有上百个铁匠，你大可放心。"

于是设盛宴招待二位，安排好刘戍二人休息后，立即喊来原来六个铁匠商量，毛百斤将军令状念给大家听了后，大家非常高兴，这个价格比平常高出一倍。第二天在扎里桥又请来十二个铁匠，共二十个，一商量，都搬到栗山铺一起来打。

刘戍说："各位师傅，我与毛百斤签了军令状，两个月内未完成，楚王要砍我和毛百斤的头，请大家协力同心，按时打出来。"

魏师傅很高兴，说："大人放心，两个月内保证完成，只是这批货成本太高，我马上要去买好钢，请大人先付十万文钱本钱，我们好准备材料。"

刘戍说："好，我相信你们，我将钱交到毛百斤手里，由他来安排。"

众人说："可以。"

于是毛百斤说："现在就商量每人领多少本钱，后天到这里来领取，以后按货结账。"

大家经过商量，二十座炉，各领五千文钱。

魏师傅说："刘大人，我们这穷乡僻壤，无处可玩，由犬子魏贵强陪你到昭州等地去玩吧。"魏师傅知道他们是官府上的人，在此难以招待。"

刘戍说："好，魏师傅想得很周到，你们抓紧时间打造，我们自会料理。有贵公子相陪,那太好了。"

于是各执其事,栗山一下就增加十多座炉,非常热闹,他们日夜打造,如此高价,越打越有劲。

话说那魏贵强,陪着刘戌二人在昭州城进酒店、上青楼、入戏院。花天酒地,吃喝玩乐,无所不尽其极。城里玩腻了陪二人出城游山玩水,览山水之奇,寻情外之乐,尝山珍野味,探民俗风情,其乐无穷!

那魏贵强非常高兴,没想到这一次是父亲亲自安排,生成富贵命,不读书不学武,吃喝玩乐天生成。毛百斤你有本事,人家会听你安排吗?两个月完不成,拿命交差,这是读书招来的祸。我不读书不签那字,逍遥自在,不受那担忧之苦,不用打铁,不受那肌肤之苦。你能干,你受苦。我无能,我享福。世道就是这样:你劳心苦,劳力苦,苦无穷尽;我结天缘,结地缘,地久天长。你上次在强盗手里侥幸不死,这一次能逃脱吗?死是读书人自讨的。不死也好,可做我的奴隶。我父母看得起你,你就得日夜为我操劳。父母瞧不起我,你们去靠毛百斤吧!

光阴似箭,日月如梭。劳心者嫌日子太长,没那么多花样可玩。劳力者嫌日子太短,为养家糊口拼命劳作。二十座炉,经两月的日夜奋战,五百把军刀,一千支长矛终于打成了。刘戌感到满意。

当夜将账结清,将剩余的七万五千文钱交到毛百斤手里,第二天,刘戌将货运走了。

毛百斤和陆师傅将各家应得钱款算清已经成时了,来不及分给大家,两人就睡在毛百斤篷屋里,共同守着钱,睡到半夜毛百斤听到门有响声,立即摇醒陆师傅。两人看到门开了,进来一个黑影,钱就放在床中间,黑影摸到床边,毛百斤突然一把抓住了贼的衣服,陆师傅大喊有贼。那黑影见势不妙,挣脱衣服走了。

欲知偷钱贼是谁,且听下回分解。

第 八 回

◆

有意栽花花不放
无心插柳柳成荫

有意栽花花不放，无心插柳柳成荫。世事成败，都不以人的意志为转移，决定于一个"缘"字，世上没有无缘无故的爱，也没有无缘无故的恨。缘不是天生成的，而是人在社会活动中或事物运动中自然产生的。

话说那毛百斤拿着那偷钱贼的衣服在灯下一看，他认得，这是魏贵强的。于是对陆师傅说："陆师傅，这衣是魏贵强的，看在我师傅的面子上，此事不要和别人说了，我们也没受什么损失。"陆师傅看毛百斤的分上也同意了。毛百斤将那件衣交给了师母。

毛百斤跟师傅学打铁已经四年了，今年十九岁，在此期间，显示了他的聪明才智、胆略见识、胸怀气度。他能忍辱负重，刻苦学习，精益求精，在栗山铺的铁匠中树立了威望。现在出师了，在师傅和朋友的帮助下，建起了自己的铁铺和居住棚屋，置办了打铁工具，建起了炉灶，架起了风箱，等师傅来安铁砧，就要开业了。

师傅为他选了个吉日，毛百斤请来了栗山铺的铁匠，举行了开张仪式。

毛百斤起身对天一拜，对师傅拜了三拜，就生起炉火来。众师傅个个拱手祝福，齐道："恭喜恭喜，生意兴隆通四海，财源广进达三江！"

中午办了两桌酒席，请魏师傅上座，师母、师兄、师妹和众师傅作陪，共饮了出师酒。

打铁是要两个人的，必须要个徒弟打大锤，请谁呢？毛百斤想起了在追寻魏贵强那天，住在洪利元家里，他家无田地，靠耕作佃田为生，父早丧，母子相依为命，是个善良而聪明的人，让他来学门手艺，今后的日子要好过些，想必一定会愿意。于是就来到洪利元家。

毛百斤进屋就喊洪大娘，老人家已不认得他了，毛百斤向她说明来意，洪妈非常高兴，立即喊来洪利元，洪利元听妈说去学打铁，喜出望外，于是说："我立即去将佃田退了，愿意跟你去学徒。"说着出门而去，大概等了两个时辰，洪利元高兴而回，当夜与毛百斤抵足而眠，毛百斤将他学徒的过程和打铁的收入情况说了一遍，两人谈得特别投缘。洪利元比毛百斤大两岁，他想，他遇上毛百斤这个好人了，就是那一点干粮，能结下这样的善缘，这是个大善人。这滴水之恩，当涌泉相报！常言道："养崽不学艺，挑烂粪箕跋。"母亲常忧我难以成家，这一下母亲放心了，我一定认真学习，把手艺学会。

第二天，母子俩整理好自己的衣物，洪利元担上日用物品，将门一锁就出发了。

毛百斤将自己打的棚屋，给洪里利元母子住，他仍住师傅帮他打的棚屋，洪利元母亲帮毛百斤师徒煮饭、洗衣，洪利元和毛百斤就像亲兄弟一样。毛百斤手艺精，生意应接不暇。他待人和气，远处的顾客常常留着吃饭，锄头口子缺点或卷点，帮人家补淬个火，从来不收钱。因此客户越来越多。

再说那香莲见毛百斤有了自己的铁铺，看样子生意很好，她非常高兴，于是决心嫁给他。每夜到他房里去读书、学武，深夜才回，她已十七岁了，女人该长的地方都已长成，衣服已遮不住身体的秘密，不自觉地向外挺，格外触目，在学武的时候，脱去罗裙，穿着紧身衣服，更加突显，在挥拳踢腿的动作中，两乳随之颠动，香莲暗地观看毛百斤的眼睛，见他没有关注，没有异常举动，心里揣测着，他不是嫌弃我吧，他是不是把我当师妹呢？他只知道我是义母的童养媳，不敢爱我，他不知道我不愿意嫁给魏贵强，但他知道我爱他。魏贵强非翠翠不娶呀，在以上关系没明确之前，毛百斤是不敢横刀夺爱的，那会对不起师傅师母，会落得忘恩负义的骂名。我怎么办？怎么向义父母说？怎么向毛百斤说？

魏贵强还是和父亲一起打铁，没办法出师，他也不想和父亲分开，父亲让他掌钳打小锤，希望他早日掌握各种技术，而魏贵强根本不想打铁，在外面走了几次，陪大款老板玩了几次，早已心不在焉了，只想寻轻快活干，只想立即将翠翠赎出来，

由于魏贵强不想打铁，打出的货比先前的差远了。魏师傅的生意越来越淡，只得打门挂、铁锤、铁夹等小货了。毛百斤的钢火特别好，为树立自己的招牌，在他所打的刀具上都錾上了"毛"字记号。最近几个月来，有很多人拿起菜刀、锄头来退货，毛百斤说："这不是我的货。"

来人说："你不是魏师傅的徒弟吗？你们是一家呀。"

毛百斤说："我早已出师了，和师傅各打各的了。"

来人说："那反正是你们打的。"

毛百斤说："我所打的锄头。菜刀都錾了个'毛'字记号。"

来人说："我是你师傅那里买的货，他的钢火原来是最好的，现在为什么这么差？"拿起锄头要到魏师傅铁铺去。毛百斤说："熟路有失足，吃饭有粒谷。师傅的手艺是栗山铺第一，很少有错，不要去找他，我帮你弄一下。"毛百斤帮他的锄头牵了角，淬了火，说："拿去吧，包你好用。"

来人问多少钱，毛百斤说："举手之劳，不收钱。"来人高兴而回。

毛百斤一片好心，帮魏贵强掩盖差错，帮忙修理，谁知适得其反，此人回去后觉得锄头特别好用，就一传十，十传百，都朝

毛百斤店里走了，魏师傅店里没人上门了。

师母看到毛百斤店里来往人多，自己店里门可罗雀了，怀疑毛百斤不择手段拉生意，在毁坏师傅的名声，于是就对魏师傅说："老魏，自从毛百斤开炉以来，他店里来往人员络绎不绝，你店里好冷落，我看是毛百斤搞的鬼，教起徒弟打师傅了。"

魏师傅说："不会，毛百斤不是那样的人，这是我大意了，贵强淬火功夫没到位，二十多岁了，不认真学，怪我没有件件检查。"

第二天，把原来打的货重新检查，发现有很多淬火不到位。魏师傅将魏贵强大骂了一顿。魏贵强就冲进毛百斤店里大发雷霆，说毛百斤刁难他，造他的谣，毁坏他父子的荣誉，要毛百斤向他父亲道歉，赔偿他的损失。师母也走过去说："毛百斤，没想到你是个这样的人，忘恩负义，恩将仇报，教起徒弟打师傅。"

毛百斤说："师母，我没有您老收留，没有师傅的精心教导，我毛百斤哪有今天，您的恩德我终生难忘，我怎么会做忘恩负义的事呢？您老回去问问师傅，到底是什么原因就知道了。"

师母气冲冲地回去问魏师傅，魏师傅叹道："怪我没有检查，我想要贵强早点出师，让他来掌钳，看着他做，觉得没有问题，谁知他心不在焉，没把我的话听进去，打出了很多次品，淬火没到位。"

毛百斤见师母气冲冲地回去了，觉得话没讲清楚，立即来找师傅师母，见师傅在责怪师母，就上前说："师傅、师母，毛百斤绝没有做对不起你们的事，有好多拿货到我那里，知道是师兄忽略了，我帮他们补淬了火，我觉得这是难免的事，没有告诉你们。"

师傅说："毛百斤，谢谢你的帮助，你的为人我是知道的。"

师母说："对不起，我是一时性急，错怪你了！"

毛百斤说："没关系，谢谢师傅师母的信任。"说着拱手出来了。

那魏贵强看到香莲每夜去毛百斤房里，不是读书就是习武，就到毛百斤屋后去看，看到先是读书、背书，拿竹片让毛百斤看，毛百斤一边看一边在竹片上画圈，两人肩挨肩，翻开一卷书，说着小话，不知说些什么，他听不清，他也听不懂。说了一会，两人就起身，见香莲脱去了外衣和罗裙，只穿着紧身内衣，露出了曲线明显的体形，两人就一招一式地练起武来，挥臂踢腿，随着动作的起落，那两只乳房上下跳动，那白嫩的脖子和露出的部分前胸，看得魏贵强激情难抑，心跳加快，面如火烧。平常见她穿着长衣裙，像在雾里看庐山，见不到山峰，今夜看来，虽无翠翠姿色，但毕竟是黄花女，倒也有她的欣赏价值，让毛百斤夜夜欣赏，他俩能不动心，能不动情吗？但见毛百斤眼不斜视，专注她动作的一招一式，桩子没站好，就拍拍她的腿，魏贵强看了很久，没看到他去摸她的胸部和屁股，一脸严肃。这人是个傻子吧？那香莲倒是笑眯眯的，好像故意将动作乱做，让毛百斤来纠正动作，来摸她的手，来拍她的腿，有好几次站不稳的样子，朝毛百斤身上倒，毛百斤只抓住她的手，并不搂她，这是为什么？哦！我明白了，母亲曾说她是我的童养媳，他是不敢碰的，看样子他俩还没有尝禁果之味，还是黄花未开，我今晚帮她开了，谅她不敢声张。翠翠虽然激情很旺，花样很多，但不是黄花女，今夜要品试黄花开苞之味。魏贵强突然听到毛百斤说："今晚练到这里，回去吧。"

魏贵强退去，隐入香莲房里。香莲从厨房打来水，练武是要出汗的，每夜都洗了澡才睡。她将门关了，脱光衣服进脚盆洗澡。魏贵强躲在床后看得仔仔细细，早已激情难抑，好不容易等到她洗完澡，出盆穿衣服时，突然出来一把搂住香莲，香莲吓得尖叫，魏贵强说："不要叫，是我。"

香莲一丝不挂，大喊救命，这时毛百斤还没睡，听到喊救命，立即出来，走到香莲房前，一脚将门踹开，抓住魏贵强的衣领，脚一扫，将魏贵强扫倒地，骂道："畜生！"魏贵强爬出门去，香莲一见是毛百斤，不顾自己光着身子，一把搂着毛百斤大哭，毛百斤将她送到床边，香莲搂着不放，毛百斤掰开她的手，出门而去。香莲将门闩了，唯恐魏贵强再来。

她在床上翻来覆去，一夜未睡，心想，我光着身子让毛百斤和魏贵强都看见了，明天怎么见人？是不是魏贵强回心转意了，不娶翠翠了，那如何是好？母亲早就盼我和他圆房了，如何逃脱呢？要我嫁给魏贵强，我死都不会愿意，但收留我养育我的恩情未报，我怎么面对养父母呢？义母曾经劝我和魏贵强成亲，那时只能以年纪小来推脱，现在推不脱了，怎么办？香莲不觉痛哭起来，哭自己命苦，父早丧，母亲不知现在怎么样。当初继父要将我卖到烟花楼去，虽然母亲送我逃出，让我被魏大娘收养，但要我嫁给魏贵强一个毫无知识，手艺都学不好，沉迷女色的人，有什么出息？我要嫁给毛百斤，我要大胆地向养父母说明白，希望得到他俩的同意，再也不能拖了。我明早晨不起床，让母亲来喊我，我向她求情，放我与毛百斤成亲。

第二天大天亮了香莲还没出来，魏大娘来喊，香莲开门让大娘进来，跪到地上说："妈，我不好见人了。"

大娘说："女儿，怎么回事？"

香莲低着头，流着泪说："我不好开口。"

"什么事，就我娘俩在此你大胆说吧。"

"昨夜贵强哥潜在我房里，等我洗完澡时，想强暴我，我大喊救命，毛哥进来救了我，我的身子他俩都看见了，我不好见人了。"

大娘喜道："这是好事，你和贵强早该拜堂成亲了，今夜就圆房。"

香莲拜道："妈，我不能嫁给贵强哥，我要嫁给毛哥，请你原谅我，请你同意，我和毛哥会很好地孝敬你的。"

魏大娘说："香莲，我费一团子心，养个白眼狼，你这没良心的竟要嫁给别人，不行，你和贵强今夜就拜堂成亲。"

香莲说："妈，女儿并非不孝，你就是我的亲生母亲，我就是你的亲女儿，女儿是要嫁人的，我嫁给毛百斤，永远在你二老身边，为你二老养老送终，请你同意。"

大娘说："我绝对不会同意。"说着走了出去。她立即找到魏贵强，说："贵强，男大当婚，女大当嫁，你和香莲都不小了，今晚就拜堂圆房。"

魏贵强说："我不要，不是翠翠，我终身不娶！"

大娘说："那你昨晚到她房中去做什么？害得人家无脸见人了。"

魏贵强说："到她房里去就要和她成亲吗？不要逼我，逼我我就走出去，再也不回来了。"

魏大娘想，马上将拜堂的东西买回来，谅他俩不敢不从。于是到扎里桥买来红烛、香和纸钱，买来红缎和盖头。魏贵强见买回这些东西，立刻就走了出去。

香莲这一天都未出门，只是哭，东西也不吃，魏大娘觉得结婚这一天是吃不下东西，她那时候也是这样。来到香莲房中劝了两句就出去了，这一天香莲眼泪没有干过。

下午发现魏贵强真的不见了，到处都未找到，魏大娘知道他不要香莲，逃婚了。心想我不给钱，他娶不回翠翠，到时候自然要听父母的，那今夜婚礼怎么办，一定要拜堂，让香莲的心不敢乱想了，断了她对毛百斤的相思，请谁来代替魏贵强拜堂呢？香莲戴着盖头看不见，就请毛百斤，叫他不要说话，拜了堂送进洞房就出来。于是就去找毛百斤商量。

魏大娘说："毛百斤，师傅师母待你如何？"

毛百斤莫名其妙：师母为何突然这样问我，是不是有什么地方对不起他们。于是说："师傅师母待我恩重如山。"

大娘说："我有件事烦你帮个忙。"

毛百斤说："师母，有什么事尽管说，徒儿一定帮你。"

大娘说："好，是这样，原定魏贵强今晚和香莲拜堂圆房，这不争气的东西出去了，这良辰吉日不能改，请你代替贵强拜一下堂，香莲罩着盖头看不见是谁，你也不要讲话，拜完堂送进贵强房里你就出来。可以吗？"

毛百斤迟疑了一下说："这样行吗？"

师母说："怎么不行？她是我养大的童养媳，又不要三媒六证，只要拜过天地祖宗就行了。"

毛百斤想：魏贵强要娶翠翠，香莲要嫁给我，如果香莲知道是我代魏贵强拜堂，一定会缠着我，香莲确实是个好姑娘，我心里怎么不想她呢？我就和她生米煮成熟饭，让师母不得不同意我俩的婚事，我就捡个大便宜，要师母落得一场空，对她来讲是太残忍了。但我们是拜过天地的，是理所当然的夫妻，对别人来说只知道是我俩结婚。要使她心理平衡，大不了花点钱将翠翠赎回来，这样两对有情人都成眷属，皆大欢喜，何乐而不为呢？于是就满口答应了代郎拜堂之事。

当夜，那香莲一天都是哭，饭也不吃，魏大娘劝过不止，她说："香莲，你知道我就只这一根苗，我收留你时就说了做童养媳的，想必贵强也配得上你，我的全部家当都是你的，虽然谈不上荣华富贵，但比上不足，比下有余，男人打铁辛苦点，但比耕地上山下水、日晒雨淋要强，家里金钱不离手，日子还是好过，听话，我的好媳妇，我的好女儿。"说着将盖头盖上，搀着香莲来到堂屋里。堂屋里点着两盏大灯，魏师傅坐在桌子边，毛百斤早就等那里。魏大娘搀着香莲。

大娘喊："一拜天地！"二人对外一拜。

大娘喊："二拜高堂！"二人对内一拜。

大娘喊："夫妻对拜！"两人对拜一下。

大娘喊："送入洞房！"将打了花结的红缎递给香莲。毛百斤牵着走在前，来到洞房里，扶香莲坐到床边上。

魏大娘对毛百斤说："贵强，你去招呼一下客人。"就在大娘转身说话时，香莲立即揭开盖头看了一眼，见是毛百斤，心里非常高兴，但又想：母亲为什么喊贵强呢？此秘难解。只得"度时如年"地等着。

再说那毛百斤从魏贵强房里回来后，心里翻江倒海，毫无睡意，拿起书来看，书上全是香莲的裸体，那微挺的乳房，高翘的屁股，白玉般的长腿，那光着身子搂着自己的情景。想着代魏贵强拜堂的事心里是多么难受。等到半夜后，一定要去将生米煮成熟饭，但又担心师母在那里陪着。

香莲盼着毛百斤快点回来，等了很久，才听到有脚步声来了，并未开门，听到门挂子响了一下，脚步声又走远了，她走到门口，在门缝里看到门挂子挂上了，门拉不开了，她不知道这是为什么，拿来一把剪刀，从门缝里插去，门挂子掉下来了，幸好没有上锁，将门打开，见外面冷清清的，没有客人，也没有一点声音，于是就摸到毛百斤门边，毛百斤也未睡，开门让她进来，两人紧紧地相抱。香莲问毛百斤为什么拜了堂不进洞房。毛百斤就将代魏贵强拜堂的事说了。

香莲说："毛百斤，你到底爱不爱我？"

毛百斤说："我爱你。"

香莲说："只要你爱我，我已和你拜了天地，就要圆房。"说着两人抱得更紧，亲了一阵就上床了。

新婚之夜，一刻值千金。第二天太阳好高了还没起来，魏大娘到贵强房里一看门关着，门挂挂着，取下门挂子，推门一看，床上没人，知道不是好事，一定到毛百斤房里去了，心里火冒三丈，立即来到毛百斤房前，没听到声音，就大喊："毛百斤，还不起来打铁。"

毛百斤听到师母喊门，就说："香莲别怕，让我来说。"

香莲说："我不怕，我们是拜了天地的。"于是两人一同起来打开门，魏大娘见毛百斤和香莲在一起，大喝："毛百斤……"

魏大娘气得一句话没说出来就倒在地上。

要知魏大娘能否醒来，且听下回分解。

第 九 回

◆

有情人终成眷属
陌生客变为亲家

　　话说魏大娘当时昏倒在地上，急得毛百斤和香莲不知如何是好，毛百斤忙按她的人中穴，香莲连忙烧开水泡糖喂给她喝了，魏大娘一会醒来了。见毛百斤和香莲跪在地上，她想，香莲嫁给毛百斤是她的福分，徒弟变成了女婿，亲上加亲，生米已经煮成熟饭，还有什么可说的呢，于是起来说："我认定你这个女婿了，你们快起来吧！"言罢离去。

　　古人云，人要"守笨精一"。"守笨"，坚守自己爱好的事，不要太聪明，样样都想去做，朝三暮四，最终一事难成。"精一"就是将自己喜欢的事做好，专心致志，精益求精，"持一心，做一事，必成大器。"聪明是"守笨精一"而来，事业是"是守笨精一"而成，奇迹是"守笨精一"而创造！

　　男人应以事业为重，选准自己爱好的事业，专心致志去做，对己可养家糊口，对人有所裨益，对国有所奉献。

　　魏贵强不想打铁，但又没有别的所强，自幼得母亲溺爱，养成了自私、任性的倔脾气，现在二十一岁了，一事无成。但独具情种，十七岁就去嫖娼，在家一不如意就去鸳鸯楼，母亲请人为他做媒他不要、收养的童养媳他不要，他非烟花女翠翠不娶，本次因被逼与收养的童养媳结婚，又去了鸳鸯楼，已有两天没有回来了，魏大娘急得头黑脸青。她想，不争气的东西，好个香莲不娶，费我好大的心思，最后猫攀倒甑子为狗办粮，真是气死人！

没有办法，只得又去请毛百斤，求他将魏贵强寻回来。

她进门就说："毛百斤，那不争气的东西两天没回来了，麻烦你帮个忙，帮我将他找回来。"

毛百斤说："师母，师兄不小了，就依了他吧，将翠翠娶回来，免得他这样走来走去，花了多少冤枉钱呀！"

魏大娘说："他良家女子不娶，要娶烟花女，我的脸往哪里搁，绝对不行！"

香莲说："妈，烟花女有些也是被逼而为的，有的自小被骗卖的，大多数是好女人，你就依了他吧！"

魏大娘说："毛百斤，闲话少说，你到底去不去，你不去我请别人去了。"

毛百斤见师母发气了，于是说："我去我去，您老别着急嘛，我保证将贵哥找回来。"毛百斤想，自己虽然出了师，分门别户了，但收养学徒之恩不能忘记，一日为师，终身为父，现在又成了她的女婿，帮她做事，义不容辞。解下围裙对洪利元说："利元兄，你在家里慢慢打，我最多两天就会回来。"

洪利元说："师傅，你放心去吧，我会做的。"

毛百斤说："如果有人来卖货，你按原价卖就是。"

洪利元说："你放心吧，我会将数计好的。"

毛百斤来到桥头铺鸳鸯楼，鸨母接待很热情，说："毛公子，找魏少爷来了？"

毛百斤说："正是，他在哪里？"

鸨母说："他俩在楼上。"

毛百斤来到楼上，两人正在饮酒作乐。魏贵强说："师弟，来，一起喝几杯，"说着就拿来酒杯，斟满了酒。

毛百斤说："我不喝酒，别客气。"

翠翠说："毛哥，我们一回生，二回熟，现已见面多次了，随便一点嘛。等一会我也给你找个好姑娘陪你。"

毛百斤说："谢谢，我来找师兄回去的，师傅师母很着急。"

翠翠说："再急饭还是要吃的，吃饭不耽工，吃了饭再弄嘛。"

毛百斤说："师兄，回去吧，师傅师母很着急，你知道他俩对你多么担心吗？"

魏贵强说："我不回去，回去了她又要逼我与那丑八怪结婚。"

毛百斤说："再也不会了，香莲已和我成了亲，回去吧。"

魏贵强说："那我今天也不能回去，除非将翠翠赎回去，否则我是不会回去的。"

毛百斤说："翠翠姑娘，请你回避一下，我和师兄道一回家常。"

翠翠出去后，毛百斤说："师兄，婚姻大事是终身大事，夫人是终生的伴侣，夫人选好了，就会旺夫，一生幸福，夫人没选好，一生痛苦。翠翠过惯了花天酒地的生活，没经坎坷，没经任何劳作，没做过家务，更谈不上治家了。你要考虑清楚，娶回去了，她会喜欢你打铁吗？常言'打铁打铁，日夜不歇，双手生茧，一脸抹黑'。她现在是卖笑，是看钱不看人的，什么人都接。从良出嫁，不知道她爱不爱你，你知道她的心吗？你要弄清楚，你要仔细考虑，到时候后悔莫及了。"

魏贵强说："翠翠早就盼我赎她出去了，当然是爱我的。"

毛百斤说："爱有多种多样，你现在是少爷，她爱你的钱，结婚是要爱人，有钱无钱都爱着你这个人，和你同甘共苦，她会随你下地吗？她会帮你打大锤吗？当你生病的时候，没有钱的时候还会爱你吗？你都要考虑清楚。"

魏贵强说："她知道我是铁匠，我相信她是爱我的。"

毛百斤说："你要娶翠翠，师傅师母不会同意。第一，损坏家庭名誉，人家会说魏贵强娶不上亲了，娶个不干不净的烟花女回来，你父母的脸往哪里搁？第二，烟花女都吃了绝育药的，终生怀不上孩子，魏家要断香火了，难道你就不想要子女？你父母坚决不会同意，向来婚姻大事是父母做主，媒妁之言，还要三媒六证的，谁能为你做媒证？你自主带回去，除父母不会同意外，连整个魏家都会反对，会将你俩赶出魏家。师兄，'良药苦口利于病，忠言逆耳利于行。'你把我的话想清楚再定，我回去了。"

毛百斤走后，魏贵强心里有所触动，他想：父母不同意，一来没钱赎翠翠，二来将翠翠带回去，父母不同意，一生没有好日子过。如果真的没孩子生，那老来怎么办？常言"积谷防饥，养儿防老"。这如何是好？

魏贵强正在进退两难时，翠翠进来了，她说："魏哥，刚才你俩的话我都听到了，谁说我不能生育，我没有吃绝育药，我有孩子生，我会做家务，打铁我也会帮你打，你不能听毛百斤乱说。你不能言而无信，我的好魏哥，我知道你和父母都有钱，三万文钱算不了什么，是吧？魏哥！"

魏贵强说："那等你怀了孩子，我就来迎娶你。"

翠翠说："开怀有早有迟，这是不能想有就有的，我还只有十七岁，在这里我一天也不想待了。魏哥，你不能忘了海誓山盟，不能辜负我对你的爱，我的好魏哥！"说着百般柔情地搂着魏贵强，流着心酸的泪。

魏贵强禁不起翠翠的甜言蜜语，禁不起柔情的攻击，节节败退，把毛百斤的肺腑之言抛于脑后，要求翠翠先怀孕的想法灰飞烟灭了。于是说："好好好，我们马上结婚，只要我再等几天不回去，父母就会答应我的。"

毛百斤回到栗山铺后，将魏贵强的情况告诉了师傅师母，他说："师兄非翠翠不娶，不同意他就不回来。"

魏大娘气得又哭又骂，魏大爷气得一掌打在桌子上，说："都是你将他从小就惯坏的，他要什么就给什么，现在你拿他没办法了吧？"

魏大娘说："怪我个人吗？他不读书就不读，他不打铁就不打，你也没有打过他骂过他呀！"

魏大爷说："我辛辛苦苦打铁的钱，全部让他送进鸳鸯楼了，这次楚北回来他身上又有万多文钱，这个败家子，这个忤逆不孝的东西！"

魏大娘说："毛百斤，你一定要帮我将他找回来。"

毛百斤说："我在那里将娶翠翠的利弊关系说了多少遍，他都听不进去，一句话非翠翠不娶，我只得回来告诉你二老。"

魏大娘哭道："我前世作多了孽，生个这样忤逆不孝的蠢崽，娶个烟花女回来，我以后何脸见人啊！魏家香火要断了，如何对得起列祖列宗啊！"

毛百斤说："师母，他决意要娶翠翠，你我不说，谁知道她是烟花女？迎亲那天，到她娘家去接就是，如果不能生育，也是他自讨的，一代管一代，他老来无靠怪得谁？"

师傅说："他身上的钱花光了，自然会回来，他心已决，你再去劝他也无用。等到身上无钱了，鸳鸯楼还会给他吃住吗？让他受点无钱的苦，受点无钱的辱，知道挣钱的重要，自然会回来打铁，以后将钱管严一点，他还会去鸳鸯楼吗？"

毛百斤觉得师傅说得有理，他就没有再去鸳鸯楼，每天和洪利元打他的铁。等了一个多月，毛百斤和洪利元从楚北回来，突然在昭州街上看到了魏贵强，他衣着邋遢，蓬头垢面，既黑又瘦，在街上东张西望，踟蹰徘徊。毛百斤走上前去说："师兄，你怎么变成这个样子了？"

魏贵强对毛百斤有想法，觉得毛百斤说话不算数，没有说通父母拿钱去赎翠翠，令他今天受尽凌辱之苦，于是爱理不理地说："你是谁呀，敢看老子的笑话。团鱼莫笑鳖，都在水里歇，不要好了伤疤忘了痛！你今天的人模狗样哪里来的？忘恩负义，口是心非，当面说得好，背后使黑枪！那天答应帮我喊来母亲赎翠翠，为什么没有来？是不是在我母亲面前说我和翠翠的坏话？"

毛百斤说："那天我回家后，将情况一说，师傅师母坚决不同意你娶翠翠，也不准我再管你，让你自己醒悟，所以我就没有来了，对不起，让你受苦了，现在和我回去吧？"

洪利元说："师傅，我们先打个尖，让少爷洗个脸，换了衣服再走吧。"他觉得魏贵强一定饿了，怎么有力走呢，穿着邋遢怎么见人呢？

毛百斤说："好。"于是三人进了刘老板的"中火安宿"店。毛百斤说："生意好！帮我来一份牛肉，一份猪肉，一份素菜，一壶酒。"

刘老板说："在哪里发财回来？请坐，马上就来。"

三人选了一个较暗的地方坐下，洪利元打来一盆水，让魏贵强洗了脸，毛百斤从衣店里买来一件外衣，让魏贵强穿上。三人边喝酒边谈了各自的经历。"

毛百斤问道："师兄，我走后你没钱了，怎么不回来？翠翠怎么这么绝情，难怪婊子有钱就有情，无钱不是人！"

魏贵强说："你不能这样说翠翠，当我的钱用完后，你还没来，翠翠就将她的积蓄全部给了我，花光后，鸨母催我交钱，我求她赊账，以后还给她，她不同意，令两个打手将我拖了出来，我不走，她要打我，是翠翠跪在地上求情，才没遭毒打，翠翠是有情有义的好姑娘。"

毛百斤说："你被赶出鸳鸯楼后为什么还不回来？这是为什么？"

魏贵强说："当时翠翠将身上仅有的钱暗暗地交给我，因为还欠鸨母的钱，翠翠要我回去拿钱来赎她。我不回去，我是独苗，谅父母不敢不要我，我离开鸳鸯楼到昭州来寻事做，在一个槽房里做事，谁知做下人的不是人，老板开口就骂，动手就打，还有监工帮凶，而且只给饭吃，不给工钱，我就不干了，在街上乞讨，夜宿城隍庙，被狗咬，被人赶，受尽蚊子叮咬，受尽饥饿冷冻之苦。你有句话说得对，'有钱就有情，无钱不是人。'我也想过回去，我回去就输了，父母不会同意我娶翠翠，我要他们来寻我，来求我，同意我娶翠翠才回去，我一定要斗赢。"

毛百斤说:"你现在打算怎么办?还是跟我回去吧。"

魏贵强说:"我不回去,除非她赎出翠翠,同意我们结婚。你借五千文钱给我,你回去求我母亲,将我的情况告诉她,我相信母亲会同情的,她一定会前来。"

毛百斤说:"我借钱给你可以,但你只能住这里,再不去鸳鸯楼,师母不会去鸳鸯楼的,我一定将她带到这里来,你自己向她求情吧。"

魏贵强说:"好,你一定将她带到这里来。"

毛百斤想,将钱给他他又会去鸳鸯楼,于是说:"师兄,我只能借二百文钱给你,我和这个老板熟,我保证你有吃有住,最多三天我和母亲一起来。"

魏贵强大怒,说:"你这个白眼狼!你出息了,你看不起我了,当初不是我母亲收留你,你哪来的今天!"

毛百斤任他骂,他将老板喊到一边,将五百文钱交给老板说:"我这个兄弟和父母闹别扭,在贵店暂住三四天,我陪他母亲来接他回去。"

刘老板说:"他没有病吧?"

毛百斤说:"没有,他和父母闹别扭,等两天我陪他母亲来接他回去,他想吃什么就给他吃什么。"

刘老板说:"好,你放心吧,我会让他满意的。"

毛百斤转来对魏贵强说:"师兄,我和刘老板讲清楚了,你想吃什么就吃什么,我和母亲来结账,但你不能去鸳鸯楼和别的地方,我们来了找不到你,就再也不管你了。"

魏贵强说:"你这个白眼狼,你这忘恩负义的东西!"

毛百斤说:"老板,请陪我兄弟到房间休息。"

老板说:"魏公子,我让你住最好的房子,走吧,包你满意。"

毛百斤说:"师兄好好休息,等两天就来接你。"说完出门而去。

洪利元说："师傅今天做事太小气了，二百文钱，用得几天？惹得他骂你白眼狼。"

毛百斤说："我放了五百文钱在老板手里。如果都给他，他又会去鸳鸯楼，或到外地去，我们来了到哪里去找他？"

"哦，原来如此，你真有办法，你这师兄也太不是东西了！"

二人说说笑笑，天黑才到家。毛百斤添油加醋地将魏贵强的情况告诉了岳母，魏大娘急得大哭，心肝宝贝变成那样，又不肯回家，又听毛百斤说是翠翠将自己的积蓄花光了，又跪到地上求鸨母，魏贵强才免了挨打，觉得翠翠是个有良心的好姑娘，只得答应让他娶翠翠。第二天与毛百斤心急火燎地来到昭州，看到儿子既黑又瘦，抱头痛哭。

哭了一阵，松开了手，大娘说："怎么这么瘦了，儿子，你受苦了，常言道得好，'吃得苦中苦，方为人上人。'大人必有大难，你有后福，我们回去吧。"

魏贵强跪到地上说："娘，请将翠翠赎回去吧，没有翠翠，我不活了。"

魏大娘说："你就是这么没出息，娶不到好姑娘啦！"

魏贵强说："姑娘再多我只要翠翠一人，你不答应我就跪死在这里。"跪在地上又耍起无赖来了。

魏大娘说："好好好，起来，翠翠怎么赎法？"

魏贵强说："只要三万文钱就能赎回。"

毛百斤说："母亲同意赎翠翠了，还不快起来，你知道她娘家在那里吗？我们总不能到鸳鸯楼去迎亲吧。"

魏贵强说："她很小就被卖在鸳鸯楼，自己记不起父母是谁，家在哪里了。"

魏大娘说："那怎么办？"

毛百斤说："我有办法，将翠翠赎出后，拜这个刘老板做干爹，我和刘老板去商量，他一定会同意，就让她暂住此店，就在这里接亲。"

毛百斤对刘老板一说，刘老板满口答应。于是，第二天毛百斤和魏贵强到桥头铺鸳鸯楼，找到鸨母付了三万文钱，鸨母见魏贵强这样缠着翠翠，使她受到了感动，常言"真诚所致，金石为开"，也就同意让他赎去。翠翠非常高兴，整理好自己的衣物，拜别了鸨母，辞别了众姐妹。

鸨母送到门外说："翠翠，你已经从良，人是你自己选的，和丈夫好好生活，要孝敬翁姑，祝你百年好合，早生贵子!"

众姐妹也互道珍重，依依而别。当天来到昭州刘老板店里，魏大娘和刘老板迎接了翠翠，只见她中等个子，身材苗条，头发似乌云出岫，带着凤钗，插着鲜花，眉似新月，两汪秋水荡漾，格外迷人，鼻梁高而清秀，瓜子脸泛着微缅，恰似二月桃花，樱桃小嘴时常挂着微笑，吊着黄金耳环，闪闪发光。上身穿一件小红袄，下穿八幅罗裙，步履轻盈，走起路来如轻风摆柳。本就天生丽质，加上刻意打扮，令人魂魄飘荡。若不在此老店见，疑在九天会嫦娥! 魏大娘见了，目瞪口呆，刘老板见了魂飞天外。难怪魏贵强为之痴迷，难割难舍。

魏贵强上前拉着翠翠那倩秀的小手，跪倒母亲面前，说："母亲在上，请受儿子儿媳一拜。"两人拜了四拜。

翠翠说："儿媳不谙事，请多多指教。"

魏大娘起身扯起二人，指着刘老板对翠翠说："这是你的义父，你暂住义父家里，我择好良辰吉日后，在这里来迎娶你，从此你姓刘，叫刘翠兰。"

刘翠兰跪道："义父，请受女儿一拜。"

刘老板扯起翠兰说："快快起来，不必多礼，老汉有子无女，感谢老天送我如此漂亮的女儿，真是天赐之福!"

即刻入席，刘老板设盛宴招待，席间觥筹交错，满堂欢笑。

刘老板说："大娘，而今我们成了亲家，招待不周，请多玩几天。"

毛百斤说："谢刘老板盛情款待，玩耍来日方长，急需回去准备迎娶，不便久留，到时候还要麻烦你老。既然已成亲家，往来时日多矣，会常来叨扰，明日清早回去，做好准备，早日迎娶令爱。"

当夜无话，第二天回到栗山，将情况向魏师傅详述，魏师傅不得不同意这桩婚事，良辰吉日就定八月十五，正是花好月圆时。

魏家向亲友和要好的铁匠发出了请柬，毛百斤协助筹备婚宴酒菜，布置婚堂洞房，忙得不亦乐乎，光阴似箭、日月如梭，八月十五很快就到了，这天魏贵强骑着高头大马，穿着崭新的衣服，戴着新郎帽，跟着四人抬的花轿，吹鼓手吹着唢呐，来到刘老板店里，刘老板设盛宴款待。吃了饭后，吹吹打打，炮火连天，热闹非常，惊动了街坊邻居都来看稀奇，刘老板何来女儿？议论纷纷。由于路途遥远，马不停蹄，轿夫飞奔，天黑才到栗山铺。

毛百斤早已安排好宴席，新娘下轿就进屋拜堂，魏师傅、魏大娘坐在上头，香莲掺着翠兰，毛百斤主持仪式。

毛百斤喊："婚礼开始，全场安静，一拜天地！"

魏贵强和翠兰对外一拜。

毛百斤喊："二拜高堂！"

魏贵强和翠兰向父母拜了一拜。

毛百斤喊："夫妻对拜！"

魏贵强和翠兰相对一拜。

毛百斤说："送入洞房！客人入席就餐。"

只见堂屋里，客房和厢房里摆满了桌子，桌上摆满五荤五素，热气腾腾，陈酿老酒，幽香扑鼻，客人纷纷就座，觥筹交错，笑语喧天。翠兰去了盖头，和魏贵强出来挨桌敬酒，将喜宴推上了高潮。新娘的美貌，令男人们的视线跟着转，令女人们目瞪口呆，妒意顿生，老人们感到特别新鲜，个个来劝新娘饮酒。翠兰很大方，来者不拒，频频还礼，直到酩酊大醉，魏贵强才将她扶进洞房。席间顿起轩然大波，男人们无不夸新娘的美貌，说魏贵强真有艳福，娶上了仙女。无不夸魏师傅娶了个好媳妇，"扒灰老子有福气"，引来哄堂大笑。妇女们个个夸她真会打扮，夸她头发梳得好，漂亮的头饰，亮闪闪耳坠，衣着入时合体，一身打扮，无懈可击。

欢笑声、夸赞声、猜枚酒令声，夜深方散。

欲知后事如何，且听下回分解。

第　十　回

◆

贼人违规遭报应
严父借此教愚顽

世界之大，事物之繁杂，无规矩不成方圆。宇宙万物皆有定数，日月运转不能越轨，雨雪风霜，皆有时节。仙有天规，违规必罚，或入天牢，或贬人间。人有法治，违法必究，或入牢役，或处极刑。就是妖魔鬼怪，也有阴曹地府管束，为非作歹者，必遭雷击天殛。一切事物皆有规律，一切行为都有规范，人有长幼尊卑，男女之别，亲疏之分。各种行业皆有行规，种田的、经商的、行教的、做手艺的……都有行规规范，就是乞讨的也有他们的规矩，违规者必遭惩罚。

话说魏贵强与翠兰两人结婚之夜，虽非初通人事，但也渴望已久，几经波折，有情人终成眷属，两人如胶似漆，难分难解，大天亮之后，不得不起来。按照婚俗，新媳妇第一天的第一件事，就是改装，翠兰放下乌云出岫的长发，打成发髻，由妙龄少女改为俊俏的少妇，与贵强来到堂前，拜了公婆，行问安之礼，再由婆母陪同拜了叔伯长辈，以示见面之礼。

留宿的送亲客、远亲，及自家亲眷，吃了早饭才回去，吃早饭前先要"打馔"。主要吃一些点心面食，荤盘素碟，喝喝酒。厨师在每个桌子上放一个碟子，碟子上面放一张红纸，每个客人都要放入少量铜钱，多少不论，以示对厨师的答谢。打了"馔"后，休息一会，收了盘碟，重新摆上碗筷，正式早宴。与平常一样，荤荤素素十碗八盘，主宾共饮，笑语联欢，酒醉饭饱方休。

一天，魏师傅起来生炉火，发现铁砧上有四条竹片，只见上面写道：

> 铁匠师傅老大哥，
>
> 请你帮我打那个。
>
> 你不帮我打那个，
>
> 我就要你没这个。

魏师傅想，昨夜来了个贼，来请我打"铁牛角"了，今天首先帮他打这个东西，今晚上要来取的，如果不帮他打，这个铁砧就会被他偷走。

魏贵强见父亲打个弯东西像只牛角，一头尖，一头圆，尖头成四方形，这是什么东西？于是就问父亲："这是什么东西？"

魏师傅说："这是'铁牛角'，是做贼的工具，是帮一个贼打的。"

魏贵强说："他是谁？你认得他吗？"

魏师傅说："不认得，他不会和你见面的。"

魏贵强说："那你打什么，连谁要打这个东西都不知道，你向谁去要钱？"

魏师傅将那竹片递给他。魏贵强没读过书，就说："父亲，你明知我不识字，还来羞我，你念一下吧。"

魏师傅念完后说："这是贼求我打这个东西的方式，夜里将这竹片压到铁砧上，我看到字就要帮他打好，放到铁砧上，他今晚上来取，贼怎么能让人知道自己是谁呢？我不帮他打好，我这个铁砧就会被他偷去。"

魏贵强说："他会给钱吗？"

"会给的，按规矩应有一个红包，一升米，一只鸡，送来后，他会放一封炮火告诉你，这就是贼打铁牛角的规矩。这样他知道你这个铁匠，你不知道他是谁。"

魏贵强说："做贼要铁牛角做什么？"

魏师傅说："挖墙脚呀，用锄头挖会硿硿响，会把主人惊醒呀，用铁牛角钻砖与砖之间的黏合泥，不会有响声，不会惊醒睡着了的主人。"

魏贵强说："那好难钻？"

魏师傅说："熟能生巧，他们钻起来很快，尖的一端是四方形，是钢打的，棱角锋利，钻起来很快，取三个土砖就可以进人，火砖要取五个才可进人，夜深到人家家里去偷的东西值钱多了。他们内部也有江湖行语，称土砖是'水豆腐'，火砖是'干豆腐'，泥土冲的墙叫'豆腐渣'，他们说'水豆腐'和'干豆腐'好吃，最难吃是'豆腐渣'。"

两父子将铁牛角打好了，收工后将铁牛角放到铁砧上，魏贵强还想看看这个贼是谁，躲在屋里看，其实魏师傅也未睡，在家里等着收礼物。谁知这个贼不懂规矩，他认为自己反正是贼，将铁牛角偷走，铁匠师傅哪里去找他？什么东西都未留下就偷走了，他蒙着脸，魏贵强什么也没看清，魏师傅听到了响声，没听到放炮火，知道这是小气贼，于是就说："恭喜你，东走东捉到，西走西捉到，走各走各又捉到。"

确实也是巧，那个贼拿这个铁牛角开张那夜就被主人抓着了，打得半死，这个铁牛角再也不能用了，那个贼总觉得偷些瓜果小东西不过瘾。他想：师傅告诉我，他的铁牛角是魏师傅打的，他为什么一生都没被捉过？我也是魏师傅打的铁牛角，这里有什么诀窍？决定去问问师傅。于是备了厚礼来问贼师傅，师傅问他哪里打的，他说也是魏师傅打的，师傅问他给工钱吗，他说不知道要给工钱。师傅告诉他要给一升米、一个红包，还要一只鸡。他谢过师傅回来后，想：再到魏师傅家去打，会让他知道我是谁。于是就到他徒弟毛师傅那里去打。

一天毛百斤清早起来起炉，发现铁砧上有四条竹片，他拿起一看，上面写道：

铁匠师傅老大哥，

请你帮我打那个，

你不帮我打那个，

我就要你没这个。

毛百斤看了后，不知何意，就拿去问师傅。

师傅说："做贼的要你帮他打个'铁牛角'，"说着就在地上画了个样子，说，"尖的一头打成四方形，要安钢，尖子和四棱要锋利，大的一头是圆的，一手抓住圆的柄一手握着中间弯处摇动铁牛角，将砖与砖之间的黏合泥钻出来，声音不大，这样主人睡着了听不见，取出三个砖，就可以进去偷东西了。这是做贼的唯一工具。"

毛百斤说："那我要是不打呢？"

魏师傅说："不打你不得安宁，他会将你的铁砧偷去，打好了他有丰厚的礼物给你，他来取走后，留下礼物，会放封炮火告诉你。"

毛百斤按照师傅画的样子打出来了，收工后将它放到铁砧上，半夜后被炮火惊醒，来到铁铺一看，铁牛角不见了，铁砧上有一升米，米上有个红包，铁砧上还拴着一只鸡。毛百斤觉得礼物很丰厚，就将鸡送给了师傅吃。

魏贵强觉得很奇怪，前不久打了一个铁牛角，今天又有人来打铁牛角，就问父亲说："父亲，前几天你帮贼打了一个铁牛角，今天毛百斤又打了一个，世上哪有那么多贼？"

魏师傅说："毛百斤打的铁牛角就是先前那一个贼的。"

"那他为什么要打两个铁牛角？"

"我帮他打的铁牛角不能用的。"

"为什么不能用？"

"他不遵守规矩，没有给我报酬。"

"没给报酬就不能用吗？"

"一用就会被人捉住。

"这是规矩规定的，不信你去打听一下，这是不会错的，这是因果报应。为人不能做亏心事，尤其是不能亏待工匠，做苦工的人。"

魏贵强说："我不相信，因果报应有这么快！"

魏师傅说："因果报应当然有快有慢，我讲一个一慢一快的报应故事给你听。有个人从小就做贼，偷些瓜果回来，他母亲觉得他还小，没有制止他。后来他觉得这样财富来得快，慢慢地偷盗成性，他母亲再来制止已无用了，后来发展到拦路抢劫，杀人越货，最终被官府抓住，判了死刑。行刑前，监斩官验明正身时，问他还有什么要说的。他说：'我有个小小的要求'。

"监斩官问：'什么要求？'

"他说：'请叫我母亲来，我要和她说句话。'

"监斩官见临死人要与母亲说句话，不违规定，就让他娘来到他面前。他对娘说：'娘，我还想吃你一口奶。'

"老太婆哭着解开了衣扣，露出了干瘪的奶头，儿子上前一口咬住了娘的奶头，老太婆痛得尖叫，衙役急忙将他们扯开。

"监斩官问犯人：'为何要咬母亲？'

"他说：'我小时候偷东西回来，为什么不制止我？'这是个报应来得较慢的故事。

"还有一个小孩，专做坏事。他站在高处，有个书生从下面经过，他将尿撒到书生头上，书生量自己追不上他，就笑着说：'你的尿撒得好准呀。'说完就走了。这个小孩觉得这个人不骂他，反而夸奖他，真好玩。又有一个骑马的人在此经过，他又向骑马人头上撒尿。骑马人怒不可遏，调转马头来打他。他奋力逃走，他哪能有马快呢？追到河边，慌不择路，跳进河里，被水呛死了。这是最快的报应。"

魏师傅说完，叹了口气，说："贵强啊，你以前也做了对不住毛百斤的事，不知以后要遭何种报应。"

魏贵强生气地说："我做了什么啦？谁要你们瞧不起我，我哪一点不如他？"

魏师傅说："你哪一点能比他？你就是不听教育。自古以来，善有善报，恶有恶报，现在未报，时辰未到，时辰一到，一切皆报。你要改邪归正，多做善事好事，善待所有的人。"

欲知后事如何，且听下回分解。

第 十 一 回

◆

汉王朝削藩告捷
姚万里载誉复职

人在世上难结万人缘，在漫长的人生旅途中，无论穷富，无论贵贱，都生活在恩恩怨怨之中。但凡为人不忠者、为子不孝者、为官不正者、言而无信者，必然一路坎坷、一事难成。

但凡尽忠尽孝者、知书达理者、待人友善者、知难而进者，必然一路披荆斩棘，定得功成名就。常言人待人无价之宝。善待他人，言谈恭谦，有时候一个善举，好友一个荐言，就能改变一生命运。有时一个不善之举，一句谗言，就会招来祸端，造成终生遗恨。

话说栗山铺的铁匠已发展到近百人，在毛百斤的带领下，各人开发自己的销路，铁货已销往楚、吴、赵、济南、胶东等国。产品由剪刀、剃刀、菜刀发展到各种日用铁器。有的自己在家里打货，又在外面开铁货店，铁货店已星罗棋布，销售越来越广。

毛百斤和师傅每两个月到楚北送一次货，明天又要去送货了，于是来到师傅家里共商送货之事，进屋就对师傅说："岳父，我的货一匹马驮不完了，你有多少货？"

魏师傅说："我的货一匹马也驮不完了。"

"那就去三匹马，我和师兄去一趟，来去将近一个月时间就可回来。"

魏师傅说："好，你去我放心，一路小心，过老虎寨时，求姚万里盖上漆印，以便顺利北上。"

毛百斤说："好，我记住了。要师兄将货打好包，明天清早出发。"

毛百斤回到家中，立即与洪利元清点货物，打好包。对洪利元说："我与师兄此次楚北送货，时间要一个月之久，你在家里打些剪刀、剃刀等小货，认真淬好钢火，掌握火候，注意錾上'毛'字，树立我毛字招牌。"

毛百斤对香莲说："你的肚子越来越大，大概快生了，家里有你妈，有洪大娘，你不用怕，自己多保重。"

香莲说："你不在家，我好害怕，我好担心。你自己要一路小心，照顾好自己。"

洪大娘说："毛师傅，你和贵强师傅放心去吧，香莲坐月子有我和魏大娘照顾，你们不要担心，希望你们一路顺风，早日回来。"

毛百斤说："谢大娘，那就麻烦您老多费心了。"

魏师傅跟魏贵强商量去楚北之事，魏贵强不想去，舍不得离开新婚妻子，翠兰也不同意。

魏师傅说："这么多货毛百斤一个人去怎么行？怎么照顾得到？你自己的货不去谁来管？你比毛百斤还大，他不怕你怕什么？现在你要向他学习，一切都要自己掌握。"

魏大娘见翠兰不说话，安慰她说："翠兰，你放心，这次出外最多一个月时间，男人嘛，是要走四方的，增长见识，才能成熟，才有出息。"翠兰没有说话，只见泪已流了出来。

第二天早晨出发时，翠兰拉着魏贵强不放，号啕大哭，魏大娘和毛百斤劝了好久她才将手松开。

魏贵强说："别哭，最多一个月就会回来，听妈的话，回去吧。"

毛百斤和魏贵强牵着三匹马，日夜兼程，第三天到了老虎寨，当夜就宿寨内，姚万里盛情款待，少不得和毛百斤又是抵足而眠，彻夜长谈。

姚万里说："先生满腹经纶成了铁匠，这是命运作乱，你上次说遇难，家遭大劫，家破人亡，失去了亲人，到底是何灾难？"

毛百斤长叹一声说："说来话长，我的老祖毛遂……"

姚万里插言说："自荐帮平原君到楚国求楚王联合抗秦的毛遂？"

毛百斤说："正是。"

姚万里说："真是龙生龙凤生凤，老鼠生来打地洞，你老祖满腹经纶，口若悬河，说服了楚王出兵抗秦，传为佳话，家喻户晓。难怪有你这样才华横溢之后裔，那后来怎么样呢？"

"后来老祖退隐归田，在太行山下，置田建院，唯耕唯读，爷爷依照老祖的话，叫父亲不要出仕。父亲跟爷爷读书习武，保护田庄，保卫自身安全，甘做平民百姓。"

"那为何又遭灾呢？"

"我十五岁那年，太行山上有个黄老虎率喽啰占山为王，此时老祖和爷爷早已过世，父亲毛颖已生我兄弟二人，弟尚小。黄老虎想请我父亲上山坐第二把交椅，因黄老虎了解我父亲武能独当一面，文能出口成章，倚马可待。想要我父亲做他的军师，当时赵王刘遂准备与六国联合起兵，对抗景帝'削藩'之策，想请我父亲为将，罗岚镖局也想请父亲壮大实力。我父亲尊祖训，一一拒绝了。黄老虎唯恐我父亲去了赵国和罗岚镖局，对他不利，他得不到绝对不能让别人得到。于是就深夜纵火，烧了我家院子，杀了我父母亲人十一口，我因替父亲赴寿宴未归，幸免于难。我知道留下重振家园，黄老虎不会放过我，我只得招呼佃户，田由他们免租耕种，等我日后回来再说。家虽毁，但田地还在，等灭了黄飞虎再回去。"

"哦，大人必有大难，你知书达理，满腹经纶，系蒿蓬之凤，浅滩之龙，腾飞定有时机，铁铺倒成了藏龙卧虎之处！"

毛百斤说："大王楚南楚北威名显赫，为何落草为生？令晚生很不理解！"

姚万里长叹一声说："我本来是一州郡守，刘邦分封时，'非刘姓而王者，天下共诛之。'刘戊被封为楚王，革我郡守之位，做他位下太傅，他嫉贤妒能，唯恐我不服，屡向皇上进我谗言，欲置我于死地，抓我入狱。我的好兄弟劫狱救我出来，从此我被迫落草，苟且偷生，但只劫官府、恶富，从未为难百姓，也从未杀过人，所吊的'羊'，实在拿钱不出的，还是放了，那天磨刀要杀你，是吓你的，最后逼不出钱，就会放你。但在人们眼里我们不匪即盗，惶惶无了日矣！"

毛百斤说："大王不必灰心，成大事者，岂被小扰所困，三十年河东，三十年河西。先是刘邦封王，'非刘姓为王者，天下共诛之。'而今景帝要'削藩'平乱，以稳固朝中权力。虽然刘濞等七国起兵'杀晁错，清君侧'，但景帝为巩固皇权，最终会灭了藩王。君何不抢先灭了刘戊，报了夺位之仇，为朝廷'削藩'立功？定得朝廷重用，一举两得，何乐而不为呢？"

姚万里说："世事瞬息万变，先皇封王，后帝'削藩'，毁誉莫辨，无所适从！"

毛百斤说："以余之浅见，国强，家才安，无国哪还有家？周朝强大时，人们安居乐业，国不强时，诸侯轮流称霸，杀戮不断，百姓遭殃，流离失所，哪还有家？吸取历史教训，以小人之见，景帝一定会'削藩'成功，君一出手就能夺得头功，机不可失矣！"

姚万里说："你年纪轻轻，洞察世情，姚某徒有虚名，自叹不如！与君一席话，胜读十年书！某自当奋起，驰骋疆场了！"

毛百斤说："当断不断，必然生乱。先生有经天纬地之才，应干惊天动地之事！"

翌日姚万里设盛宴款待，为二人盖了漆印，依依而别。

毛百斤与魏贵强走后，姚万里召集山寨兄弟到聚义厅，姚万里说："各位兄弟，当初兄弟劫狱救我脱离虎口，来此避难，实出无奈。万里无能，害得弟兄们落草为寇，兄弟们都是英雄，岂甘心困此樊笼，现为国出力的时机到了，我们自当奋起，朝廷正在'削藩',巩固朝中权力。我们夜袭楚王城,捉拿刘戊、刘戌反贼,为朝廷除此大患。报我深仇大恨,投入皇家军营,让兄弟们活个人样,大家意下如何?"

众人齐道:"大哥英明,愿随大哥生当豪杰,死为英雄!"

姚万里说:"既然大事已定,请大家听我安排。姚立君,请你率兄弟们加强练兵,练好杀敌本领。洪大勇,请你带两个兄弟到荆州去打探刘戊军情。王成胜,你带两个兄弟一路向长安打探,看朝中削藩的军队已到何处。你三位探得情况,及时报我。请你们立即出发,各执其事。

话说毛百斤和魏贵强盖上了姚万里的漆印,几次遇到强盗,都得到放行,顺利到达楚北,五天就将货物卖完。有个老板说:"我到你处去购买,价低多少?"

毛百斤说:"价低四成,欢迎你们到我处去购买,你们的赚头更大。"

那刘老板想,除去差旅费还有利可图,于是说:"到你处有多远?来去要几天路程?"

毛百斤想:他们能到我处去买,那太好了。于是说:"到我处需要七八天路程,刘老板想去贱地买货,明天就随我们去吧?"

魏贵强说:"让他们知道我们当地的价格,这生意都会让他们做了。"

毛百斤说:"如果他们都到我地去买,我们不要到外地去送货了,可以多打些货,又没有路上的风险了,何乐而不为呢?"

刘老板和毛百斤、魏贵强走了七天,来到了栗山铺,见这里是个山区,地无一里平,可是铁匠铺倒有很多。毛百斤陪他到各家看看,见打剪刀、剃刀、菜刀和各种日用铁器的都有,但价格都一样,比荆州低一半,刘老板认为来此进货赚头更大,于是他和毛百斤签了长期供货的合约,他就成了荆州铁货的转销处。

再说那老虎寨,自姚万里决定攻打荆州后,全寨日夜练兵,做好物资准备,蓄备粮草,准备军服,训练军马,准备武器箭支，一切都在紧锣密鼓中进行。一天洪大勇来报，刘戊也在抓紧练兵，喊着"杀晁错，清君侧"的口号。洪大勇问了一个楚兵："楚国一国的力量怎么能杀得了晁错呢？"

他说："刘戊早已联合了吴国刘濞，吴国的物产丰富，他们冶铜、铸铁，打造军械、煮盐、种棉，已蓄备多年，广纳天下谋士、武将和社会上的亡命之徒。还有称霸中原的赵国刘遂，蓄兵已久的胶西王刘卬，济南王刘辟光，淄川王刘贤，胶东王刘雄渠。七国直逼朝廷，谅景帝必杀晁错，停止'削藩'。"

紧接着王成胜来报，吴、楚等七国打着"杀晁错，清君侧"的旗号，准备进攻长安的风声早已传遍京城，景帝立即召集群臣商量对策，群臣议论纷纷，"削藩"不"削藩"分成两派，晁错说："诸王，削之亦反，不削亦反。削之，其反亟，祸小；不削之，其反迟，祸大。"

大臣袁盎奏道："削藩乃祸国殃民之策，高祖封侯，'非刘姓而王者，天下共诛之。'高祖封藩立王，得天下大治，今削藩之策，岂不是皇族自戕？逼迫七国起乱，此非祸国殃民之策乃何？出此策者居心叵测，不杀何以平乱，不杀何以继承祖业！"

丞相、中尉、廷尉等劾奏晁错："大逆不道，不杀难以平七国之乱！"

景帝明知晁错是对的，但要平息七国之乱和异臣的怨气，只得杀了晁错。

晁错死后，并未平息七国之乱，景帝在七国未成大气候之际，即调周亚夫赴京，委任周亚夫为太尉，率兵平叛。

大军日夜兼程，离楚国只有三天路程了。

姚万里听了双方介绍，觉得举事时间已到，急召集众兄弟到聚义厅商量，他说："兄弟们，为国立功的时间已到，明日即去杀了刘戊、刘戊兄弟。洪大勇，你率骑兵为先锋，我率大军随后。王成胜，率你部押运粮草军需紧跟，明天清早出发，后天夜里可到荆州，我们人少，只能智取，突然夜袭，你们对官邸已经熟悉，杀进去活捉刘戊、刘戌，如遇有反抗者，格杀勿论。"

洪大勇和王成胜齐道："遵命！"

姚万里说："今晚各自做好准备。所有家眷暂住山寨，留十人守护，各执其事。"

众人齐道："遵命！"

姚万里率军队不到一百人，知道不是楚军的对手，只能乔装夜袭。第三天到达荆州城外十里亭，就地隐蔽，等到天黑再走，赶到城下，令军队埋伏城外，洪大勇率三人各牵一匹马，扮作商人去喊城门："城上将军，请放下吊桥，我等是城内布行的，请行个方便。"

守将说："遵楚王命令，晚上不开城门。"

洪大勇说："你是刘将军吗？我乃布行洪某，各位辛苦了，小小心意请笑纳。"双手高举一包钱。

只见城楼上亮出火把，向楼下一照。洪大勇说："请将军行个方便，日后定当重谢。"将钱朝上高举。

楼上将军派下来两个守兵，随即放下了吊桥，洪大勇三人牵马过了吊桥，两个守兵横刀拦住，洪大勇立即将一包钱递上，两人扒开看时，洪大勇三人的匕首已进入了两人的肚子里，后面潜伏的人马立即过了吊桥，冲上城楼，将其他守兵杀了。

洪大勇轻车熟路，立即率兵冲进楚王府杀了门卫，直奔住房，在床上捉住了刘戊和刘戌，将他俩五花大绑，将官邸其他人员统统赶进一间屋里训话。姚万里说："我是姚万里，原荆州郡守，你们有些大概还记得我。刘戊、刘戌谋反，已被我抓住，你们只要不反抗，暂在此屋不动，可保住性命。"

姚万里令军队围住了整个官邸，天亮后，楚兵发现官邸被占领，立即在外面将官邸包围。姚万里押着五花大绑的刘戌、刘戊站在楼上，楼上近百支弓箭对着下面。姚万里说："各位楚兵，我是姚万里，原荆州郡守，刘戊起兵反抗朝廷，被我捉拿在此，如果你们要做反贼，就是死路一条，愿为朝廷服务者，在此不动，朝中周亚夫将军马上就到，可以立功赎罪。如有反抗者，格杀勿论。"

众士兵见刘戊、刘戍已被五花大绑，他们也知道楚王练兵是要与六国去反朝廷的。都不敢反抗，坐在原地不敢动弹。姚万里派去接周将军的先头部队，立刻来到荆州官邸，解除了所有士兵的武装，周亚夫将军一到，姚万里押着刘戊、刘戍下楼，拱手道："报告将军，刘戊反贼已被我抓获，请将军发落，我乃原荆州郡守姚万里。"

刘戊说："将军，他才是反贼，是草寇。"

姚万里说："我是荆州郡守，受他迫害，不得不在外避难。"

周亚夫说："你是刘戊？"

刘戊说："正是。我乃高祖嫡系。"

周亚夫又问："他是谁？"

刘戊说："他是我弟弟刘戍，是守郡将领。"

周亚夫说："将两个反贼推出斩首！"

即有士兵蜂拥而上，将刘戊、刘戍当众杀了。楚兵个个吓得身若筛糠，都跪地拜道："请将军饶命！"

姚万里说："将军，他们听了我的话后，没有一个反抗，请将军原谅他们。"

周亚夫说："姚大人，你愿随我去消灭藩王吗？"

姚万里说："我愿意，不过我的兄弟只有百来人。"

周亚夫说："众位楚兵，随刘戊造反者死路一条，愿随姚万里郡守去消灭反王者，加入朝中军队，享国家俸禄，愿意吗？"

众兵士齐说："愿意！"

周亚夫对姚万里说："姚大人，你暂做我的副将，凯旋后，再奏请皇上封爵，这些楚兵就由你统领，与我去消灭反王。"

姚万里说："遵命！"

周亚夫对众楚兵说："众楚兵听着，从现在起，你们归姚万里郡守统领。"

姚万里说："众兵士听令，你们立即回营，选出领头人，造出名册，做好出征准备。"

当天，周亚夫率部住进楚王府，没收了刘戊、刘戍粮食钱财，充作军赏。姚万里将五百楚兵重新编队，由自己亲信统领，有几个年老的兄弟回到山寨，照顾好眷属，等待削藩凯旋。

灭了楚王后，周亚夫马不停蹄，直捣赵国，在赵王城外两军相遇，两边摆开阵势，战旗飘扬，战鼓惊天。赵营中出来一位将军叫阵，姚万里说："我去杀了这个反贼！"说着就拍马上前说，"本将军不杀无名之辈，快快报上名来！"

对方说："你爷爷乃太行山上黄飞虎是也，送死来吧！"

姚万里说："你就是火烧毛家大院，杀了毛家十一口人的黄飞虎？"

黄飞虎说："正是你爷爷！"话到刀到，向姚万里一刀劈来，姚万里提枪一挡说："负义贼，去死吧！"与黄飞虎刀来枪去，战了十几个回合，不分胜负，姚万里装出败退之象，调转马头就走，却并不回营，在沙场兜圈子，黄飞虎越追越近，哈哈大笑，说："哪里逃！"正在他得意忘形之时，姚万里突然勒紧马头，马急转过来，前蹄高高竖起，黄飞虎毫无思想准备，姚万里一枪刺来，正中黄飞虎心窝，将他挑下马来。周亚夫军旗一挥，骑兵、步兵一齐冲杀过去，赵兵死伤无数，走得快一点的逃回城去，周亚夫将赵王城团团围住，围了三天，赵王刘遂手下一个将军，请刘遂出来商量破兵之计，设计将刘遂杀了，将人头献给周亚夫。

周亚夫见此人弑主求荣，无情无义，不忠不孝，当即令手下拿下，那将军说："将军，我杀了刘遂献城，不予奖赏，反而杀我，是何道理？"

周亚夫说："侍主不忠，为人无义，此等人何如养狗，不可为人，推出斩首！"

七国叛乱，虽来势汹汹，但仅三个月全部灭了，吴国刘濞最为强大，也不堪一击，刘濞在战败逃跑时被杀。济南王刘辟光见大势已去，一旦被俘，受尽羞辱之苦，难免一死，于是拔剑自刎了。

那太行山上黄飞虎，禁不起赵王刘遂的封官许愿诱惑，率喽啰下山投奔了赵王，助纣为虐，没想到第一仗就被姚万里杀了，升官美梦破灭，也是作恶多端必自毙，逃不出恶有恶报的命运！

周亚夫率大军凯旋，景帝率群臣出城迎接，军队驻扎城外，周亚夫和姚万里登上了金龙宝殿，山呼礼毕，群臣表示恭贺。

周亚夫和姚万里跪地说："参见吾皇，吾皇万岁万万岁！"

景帝说："爱卿平身，这一位是何人？"

周亚夫说："启禀吾皇，他是原荆州郡守姚万里，刘戊封为楚王后，嫉贤妒能，欲置他于死地，他逃在老虎山避难，听说皇上要发兵削藩，他带部下智取了荆州，活捉了谋反的刘戊、刘戊兄弟。这三个月来，多亏了他足智多谋，英勇善战，立下了不朽功勋，请皇上给予封赏，请恩准。"

景帝见姚万里一表人才，正值中年，于是说："姚万里，朕封你官复原职，任荆州郡守，率你的人马管好楚地。"

姚万里跪道："谢主隆恩，臣领旨。万死不辞！"说完退出金龙殿，率部回荆州而去。

时值景帝五年（公元前145年），花三个月时间，就灭了七个诸侯国，并取消了其他诸侯国养兵权力，军队收入朝廷汉军。扩大了皇权，人们安居乐业，汉朝进入昌盛时期。

事后，景帝深知错杀了晁错，在后殿立下晁错灵位，亲自祭奠，并写下忏悔性奠文，曰："呜呼哀哉！信汝削藩，杀汝平藩。岂知事与愿违，藩乱甚嚣，始发兵剿之，历时三月，七雄俱灭，天下臣服。君虽殁，策永存。余心忡忡，天地鉴之。尚飨。"

欲知后事如何，且听下回分解。

第 十 二 回

◆

聪明人巧收欠款
欺诈鬼应该倒霉

世事沧桑，瞬息万变。人应与时俱进，适时而生。人际交往应以诚信当先。常言道，人待人无价之宝，但凡奸诈狡猾，损人利己者，须知山外有山，天外有天，魔高一尺，道高一丈，必遭因果报应。

毛百斤楚北之行回来后，其妻香莲生下一子，毛百斤无比高兴，见儿子生得白白胖胖，眉清目秀，两只眼睛格外明亮，就将他取名"明亮"，说："香莲，你辛苦了，儿子就取名毛明亮，可以不？"

香莲说："官人饱读诗书，明亮这名字好听。"

师母说："恭喜你喜得贵子，你还没向岳母报喜呀。"

毛百斤说："岳母大人在上，儿向你报喜了。"跪地一拜。

师母立即扯起他说："岳母开个玩笑，报喜应燃爆竹，还有大礼，就这么简单吗？哈哈！"引得众人大笑。

毛百斤高兴得脚忙手乱，不知怎么办好。岳母说："明天办三朝酒，栗山铺的铁匠都会来恭贺，你现在就去准备酒菜，喊魏贵强、洪利元帮忙，一定要办得热热闹闹。"于是毛百斤和魏贵强忙到天黑才回来。

第二天，在岳母和洪大娘的帮助下，毛百斤在师傅家里摆了十五桌酒席，铁匠师傅个个手里拿着粮米、红包，喜笑颜开来赴宴了。桌上十碗八碟，热气腾腾，师傅们觥筹交错，笑语喧天，频频举酒恭贺，毛百斤到桌前一一敬酒，毛百斤、魏贵强、洪利元、翠兰端菜，上酒，送茶，川流不息，一个个忙得不亦乐乎，师母端着酒杯更是每桌去劝酒，笑个不停，铁匠师傅说："你女儿喜得贵子，你今天的茶食特别丰厚吧？"

魏大娘高兴地说："等我外孙洗了三后，滚屁股的红蛋每人两个。"引得大家哄堂大笑，酒宴进入了高潮。

一个铁匠说："毛师傅，恭喜你喜得贵子，还告诉你一个好消息，我从赵国回来，听说毁你一家的黄飞虎帮助赵国反抗朝廷，在这次削藩中，被姚万里杀了。"

毛百斤说："消息可靠？"

那师傅说："千真万确，赵国人人皆知，哪能有假。"

毛百斤说："恶有恶报，善有善报，现在未报，时辰未到，时辰一到，万事皆报。感谢你告诉我这个好消息，今天更加值得庆祝了，请大家多喝杯酒！"

这时香莲抱着娃娃出来了，送给大家看看，师傅们个个送上钱币给宝宝压岁，酒席上又掀起了高潮，好不热闹！

毛百斤几年来带领大家开发销路，帮助解难，调解矛盾，为大家做了很多好事，深得大家拥戴，他的人际关系越来越好。今天得到黄飞虎被杀的消息后，特别高兴。他想，应当备份厚礼去感谢姚万里，恭贺他旗开得胜。黄飞虎已死，他该回家重振家园了，到底是携家眷回去管理田庄，重振家园呢？还是在此打铁？他想了很久很久，觉得这里人很好，又学会了打铁手艺，虽然辛苦，但日有所进，养家糊口绰绰有余。铁匠们不会让我走，我已离不开他们了。那祖坟的扫挂，不能老托人家看管，祖遗田地不能不要，不要怎么对得起祖宗？得回去看看，把田地佃户清理一番，以免他们心情不安。

第二天将此事与香莲一商量，香莲也觉得是要回去一趟，看看祖坟，收收田租。于是将情况向师傅师母说了，此去大约二十天可回。师傅师母也同意他回去看看，但不准他回家建房居住。

毛百斤依照师傅师母之意，骑快马奔荆州而去。

五天到达荆州，直奔荆州郡守官邸，向门卫说明来历，卫兵进去通报，即刻，姚万里身着官服，随卫兵来到门外，两人相见特别亲热，携手来到官邸，见客厅宽敞豪华，有用人送上茶来。

毛百斤递上礼物说："感谢大人灭了杀我一家的仇人，使我血海深仇得报，我可回去重振家业了。"

姚万里说："请坐，毛先生千里迢迢，携重礼来感谢我，实不敢当，我应该感谢你才对，是你洞察世情，指我前程方向，鼓励我智擒刘戊，得以进入'削藩'大军，参与皇上的'削藩'大业。不然哪有机会杀黄飞虎，哪有我官复原职的时候。"

毛百斤说："此乃顺应天意，迎合人心，人们饱受了诸侯混战之苦，景帝哪容得藩王称霸！"

姚万里说："毛先生年纪轻轻，满腹经纶，前途无量，何不出仕，来本府做个参事，定有腾达之时，定在我的职位之上。"

毛百斤说："尊祖训，学文习武，亦耕亦读，不要出仕。我现在在栗山铺打铁，应万众生存所需，虽然辛苦，但日有所进，钱不束手，日子过得自由快活，无公务缠身，无案牍劳形，更无官场上的钩心斗角，尔虞我诈，阿谀奉承。只要自己安分守己，无刑狱上身，何等惬意！"

姚万里说："唉！人各有志，不必勉强，只是埋没了人才！"

当夜，两人少不得又是抵足而眠，难免长夜叙谈。

第二天，毛百斤谢绝了姚万里的挽留，快马朝太行山下赶去，恨不立刻见到祖坟、残垣断壁和佃户。田契被大火烧光，田产要佃户自报，重新登记。想着家园已有十年不见了，恨不插上翅膀，扬鞭催马，日夜兼程，经七天的快马，来到了屋前，院子围墙还在，院内残垣断壁，家具木料东倒西歪，有些已被人拿走。走到屋后山上，父母家人的坟墓依旧，看样子有人扫挂，没有被柴草树木淹没，毛百斤不觉大哭起来，一一跪拜。说："父亲、母亲、弟弟，杀你们的仇人黄飞虎已被姚万里杀了，大仇已报，你们安息吧，儿在楚南栗山铺安了家，学得了打铁手艺，又娶得贤妻香莲，今年已生了个儿子叫毛明亮，特来告诉你们，请你们保佑他顺利成长，明年来为你们立碑修坟圈。"

正在这时来了一个人，看见毛百斤说："后生在这里哭拜，你是毛国金吧？"

毛百斤说："正是，老伯贵姓，你是哪个院子的？"

老伯说："我姓陶，就在邻院，我是你家佃户，你父母在生时，待我恩重如山，你逃难离去后，整整十年了，我每天都到这里看看，到院内看看，盼你归来，这十年你在哪里发迹？"

毛百斤说："陶伯，谢你老人家看管我的家和父母坟墓，毛百斤无以为报，请受我一拜。"说着欲跪。

老伯立即拦住说："使不得，你十年避难受了不少苦吧？"

毛百斤说："谢老伯挂念，这十年确实受了不少苦难，幸好在楚南栗山铺遇上了魏师傅，将我收留，并学得了打铁手艺，现娶得贤妻，又生了一个儿子。打铁虽然辛苦，但收入尚可，日子过得较宽裕。"

陶老汉说："回来就好，黄老虎已死，你该叶落归根，重建家园了。"

毛百斤说："老伯，今夜我住你家，请你将我所有佃户请来，我们见上一面，把有些事情当面讲明白。"

陶老伯说："好，现在就去我家，你回来几人？"

毛百斤说："就我一个人。"

毛百斤于是牵着马来到陶家，陶大娘十分热情，嘘寒问暖，问在何处安身，现家境怎么样，有无小孩，真是无所不及，毛百斤一一回答。闲谈中，陶老伯将十二个佃户都请来了，十二个人一一上前问候。见毛国金长相个子与父亲差不多。

大家进屋坐定后，毛百斤说："感谢各位叔伯为我看管父母和家人的坟墓，种好佃田。我避难十年，黄飞虎不死，不敢回来。这十年租谷免了，对大家表示感谢。当时父母突遭劫难，我幸免于难，那时我只有十五岁，流浪到楚南栗山，得到魏师傅收留，并学会打铁手艺，现在我在楚南栗山铺打铁，已娶妻生子，日子过得较宽裕。我家的田仍由你们耕种，租子不收，只求大家帮我父母及其他家人的坟墓修好坟圈，立块碑就行了。当时被强盗一把火烧光了一切，今晚请各位自己报名，作了我多少佃田，我登记一下，心中有个底细。"

众人都表示感谢，以后还不收田租，只消帮他修好父母及家人坟圈，大家都很高兴。于是一个个报上姓名和所耕种的佃田面积，毛百斤一一进行登记，共百二十亩田，又请他们在登记簿上按了手印。

毛百斤说："各位叔伯，毛百斤现在在楚南打铁，无暇回来，我父母坟墓的坟圈砌个石围就行，需多少钱按一百二十亩田摊派，可能要好几年田租，烦各位劳神了。我将父母及亲人的生庚年月时辰写好，请陶伯收藏，以利刻碑，此事就拜托各位了。"

大家对毛百斤不收田租，非常感谢，纷纷表示必将毛百斤父母及其他家人的坟圈，修得像模像样，使大家满意。请毛百斤常来看看。

毛百斤说："我现在生意好，黄飞虎死了，我一定每年回来扫墓，来年再来拜谢各位。"

毛百斤当夜睡陶伯家，众佃户依依惜别，无不夸毛百斤是天下少有的大好人。第二天毛百斤飞马回楚南。毛百斤日夜兼程，风风火火回到栗山，将情况向师傅师母说了。

师母说："毛百斤，你原来是个大富翁，你不会回乡吧？"

毛百斤说："师母……"

师母插言说："你喊我什么？"

毛百斤说："对不起，岳母，一日为师，终身为父，师母就是终身母亲，我怎么会离开你呢？我不是富翁，我就是个铁匠。"说得师傅师母都笑了起来。

翠兰在一旁听见了，说："哟，毛哥原来是个大财主，老爷不当，每年几百担田租不要，来打铁，好辛苦。"

毛百斤说："太行山下，我无亲人，在这里我有岳父母，有师兄，有贤嫂你，一家人多么快活，有一百多铁匠师傅们，还有很多熟人，这都是缘分，这种缘分要珍惜一辈子。那每年几百担田租，要收可以收回，不收让给佃农，可种下来世的善缘。他们帮我父母修建坟圈，每年扫墓祭祀，这不很好吗？"

魏大娘说："毛百斤，你是个大善人，来世有好人做，年纪轻轻，能文能武，智慧过人，你在这里是大家的依靠，大家都佩服你。"

洪大娘过来喊道："毛师傅，吃饭啦。"毛百斤不得不留下话题回去了。

毛百斤进屋就说："洪大娘，香莲在月子里，多亏了你照顾，我和香莲都是落难的人，在这里没有亲人，你老比亲人还亲。洪利元兄辛苦了，我近段因家事耽误了工夫，辛苦你了。你很聪明，这些铁活都会打了，按成规学三年，帮一年就不帮了，从现在起，你可以自己开炉了，如果不另开炉，我俩就是合伙人，所得收入均分，你可聚些钱建房子成家了。"

洪利元说："师傅说哪里话来，不是你关照我，收我为徒，我还在人家篱下耕作佃田，每年盘到口莫盘到身，建房娶亲根本不敢奢望，你的大恩大德终生难报，你自己还没有建房子，倒为我考虑得这么周到，这一年一定要帮，不着急，我们慢慢来吧。"

香莲说："洪妈，这些日子，我什么都不能做，还要你来照顾起居，真是太感谢你了，你比我的娘还好。"

洪大娘说："毛师傅，你与利元亲如兄弟，你们是要有个计划，明年修好你的房子，至少要建四间，一间堂屋，一间卧室，两间客房，客来有地方住，接连生几个孩子，也有房分居，如果洪利元有人来做媒，就住你现在的棚屋，以后再砌自己的房子。"

香莲说："洪妈说得在理，现在我们的货不愁销，只要努力，不出十年都能办到，就按你老说的去做。"

毛百斤说:"好!你老就是一家之主,我们都听你的安排。"

刚吃完饭,有个陆师傅风风火火闯了进来,说:"毛师傅,总算把你盼回来了。"

毛百斤说:"陆师傅,你有什么事吗?"

陆师傅说:"是这样的,我在桂林有个客户拖欠万多文钱,每次去送货给他,接待非常热情,好酒好菜款待,但每次都要赊一部分账。每次都说下次给我,但总是货还是要,就是不给足钱,好话说尽了就是不给我,你看怎么办?"

毛百斤听完他的话,略加思索,说:"据你了解,他的生意怎么样,每次送去的货都销了没有?"

陆师傅说:"都销了,有好几次都空库了,没有余货。"

毛百斤又问:"他欠你的钱都有欠条吗?"

"开始没有写,后来见他老是欠一些钱不给,就要他写下欠条。"毛百斤想:这是个无赖,欺你是外地人,拿欠条去讨,他也不一定会给,得想个办法要他自己交出来,这是个贪得无厌的人,利用他的贪心,要想个办法让他吃一回亏,这不讲信用的人,决不能便宜他。

陆师傅见毛百斤不说话,就说:"毛师傅有办法吗?"

毛百斤说:"你先回去,我想出办法后来找你,这样不讲信用的人,决不能便宜他。"

毛百斤当夜想了一夜,终于想出了一个假意去买他的货,让他能赚一笔大钱的诱骗办法。

第二天,来到陆师傅家,说:"办法有了,那个老板住在桂林什么街?店名招牌叫什么?老板姓什么?"

陆师傅说:"住在桂南街,老板姓付,店名叫桂南杂货店,你有什么办法?"

毛百斤说:"这个付老板是个大贪心鬼。是这样,我装作大老板,洪利元装作我用人,我俩到他店里去买货,高价与他签订每一样五百件购货合约,交两千文钱的押金,装出货要得很急的样子。过两天你去送货，他就会要你每一样送五百件货去，要你回去赶货来，你就逼他必须先还清欠款，他一定会给你，也许不会全给你，会留一部分，他怕你不去送货了，你就按他所需的数目运去，他不把本次货款和以前的欠款交清，你不卸货，交清了你就卸货，你的钱收回来了，要他的货几年都卖不完。"

陆师傅说："要是他不相信你，不做这笔生意，怎么办？"

毛百斤说："他是贪心鬼，一定会做这笔生意，你只要做到先收钱，后卸货，再不赊账就行了。"

陆师傅说："好，我保证做到。"

毛百斤打扮一新，像个大阔佬，洪利元帮他牵马，充当他的用人，奔波多日来到桂林，找到了桂南杂货店，下马进去一看，店面较大，各种日用品都有，看到铁货就停了下来，看着不动了。那付老板过来问："先生要买铁货？"

毛百斤说："老板贵姓？"

老板毕恭毕敬地说："小人姓付。"

毛百斤说："付老板请拿刀具看看？"付老板拿起剪刀、剃刀、菜刀放到柜台上。毛百斤拿起剃刀，拔几根头发对着剃刀口一吹，头发断了，装出很高兴的样子。

付老板说："我这菜刀削铁如泥，砍骨头不缺不卷，包来回的。"

毛百斤和洪利元装出很惊讶的样子，问道："付老板，什么价格？"

付老板说："菜刀八十文钱一把，剪刀二十文钱一把，剃刀二十文钱一把。"

毛百斤和洪利元装出暗惊的样子，两人低头细语良久，抬起头来说："老板，有少吗？"

付老板说："这是卖起的行价，不能少。"

毛百斤说："我多买一点，有没有少？"

洪利元说："你这货是哪里进来的？"

付老板想：这人好傻，我会告诉你吗？于是说："我不知道哪里来的，是有人送货上门的。"

毛百斤说："我多买一些，价格还要低一点。"

付老板说："先生你要多少？"

毛百斤说："每一样买五百件。"

付老板说："先生买这么多做何用？"

洪利元说："付老板是不是觉得我们开玩笑，我们老板在南宁有十二个杂货铺。"

毛百斤说："多嘴！"

付老板觉得遇上大老板了。说："我店里现在只有这些了，你要多少一个月内就会送来。"

毛百斤装出不相信的样子说："每一样五百件，你有吗？"

付老板怀疑说："老板贵姓，你的店到底有多大？"

洪利元说："告诉你，你这样的店子有十二个，你还不相信，每样五百件不要一个月就会卖光。老爷，走，他不是做大生意的人。"

毛百斤说："多嘴，不说话人家不会说你是哑巴。"

毛百斤和洪利元转身准备出店。付老板立即拦住说："小人有眼不识泰山，请这边坐。"立即喊人送上茶来。

付老板说："货有，一个月一定到货，万无一失。不过你得先交些定金。"

毛百斤说："价钱就不和你说了，一个月到货，你敢签约吗？"

付老板说："敢！"接着就写了合约。

毛百斤接过合约说："洪利元，给付老板一千文钱押金。"洪利元立即摸出钱递给付老板。

付老板说："一笔这么大的生意只交一千文钱……"

毛百斤说："生意人诚信为本，我本次不是来进货的，没带钱，这是你的运气来了碰上的，你不愿意我就去找别的店。"

付老板见他是十二个店子的老板，不会不讲信用，于是说：“我相信你，下月二十五日你拿钱来取货。”

毛百斤说：“好，双方都讲信用，不得有误！告辞。”说完拱手上马而去。

过了两天陆师傅与往常一样来送货了，付老板接待特别热情，说：“陆师傅，你带来多少货？”

陆师傅说：“你要多少货？”

付老板说：“我每一样要五百件。”

陆师傅一听，知道他已经入套了，装出非常惊讶的样子说：“付老板，你说什么？我没听错吧，每一样要五百件？”

付老板说：“对，每一样五百件。”

陆师傅说：“本次只有一百件了。”

付老板说：“你回去帮我每一样赶五百件货来，要几天时间？”

陆师傅说：“来去要十天时间。”

付老板说：“你现在就回去，帮我赶运五百套货来。”

陆师傅说：“付老板，我们那里打铁的上百人，要五千套都有，我们是小本生意，自己打铁自己来销售，要这么多货，我还得向伙计们买，我哪来那么多本钱，你原来欠我万多文钱，你得付给我，否则这生意做不成。”

付老板说：“原来的欠款可以还给你。”

陆师傅说：“万多文钱还给我，我还要喊几个伙计一起来，货到你要付现款，不付现钱我不敢来，伙计们也不会来。”

付老板说：“付现钱，一定付现钱。”

陆师傅说：“你今天还清欠款，共一万两千文钱，我马上回去赶货。”

付老板说：“没欠那么多吧？”

陆师傅拿出欠条，一张一张和他计算，共一万两千文钱。

付老板说：“原先的欠款后一点给你行吗？。”

陆师傅说：“付老板，你是做大生意的人，你不付给我，我哪来的本钱，那这个大生意做不成。"

付老板想着这笔大生意，可赚两万文钱，于是忍痛将一万文钱交给了陆师傅。还欠两千文钱。他说："这两千文与下次的货款一笔交清。"

陆师傅觉得也可以了，于是说："付老板，还有两千文与下次的货款一次付清。"

付老板说："可以，你赶快回去赶货来吧。"

陆师傅拱手说："你做好钱准备，十天后送来。"

十天后，陆师傅请来四个有本事的人，押着五匹马来，货运到桂南杂货铺门口，喊付老板出来看。付老板出来说："请将货卸下来，搬进屋里。"

陆师傅说："请你先付清三万两千文钱，马上卸货。"

付老板说："哪有这个道理，我先看货嘛。"

陆师傅记住毛百斤的话，不给钱不下货，说："付老板，我是小本生意，这一次搭帮这几位师傅才凑齐，你不先付钱，他们是不会卸货的。"

那四个人说："付老板你一个大老板，怎么和小本生意人开这样的玩笑，没有钱我们走，直到南宁、柳州去找大老板。"

付老板想，这笔生意可赚一万多文钱，到手的财来了怎么不要呢？于是下定狠心说："货我要了，这么多货三万两千文钱，你们赊一万文钱如何？"

那四人说："走，他买不起。陆师傅，你怎么和这样的老板做生意，生意不成和气在，我们走。"说着就赶马往回走。付老板觉得这笔生意不能丢。就拦住陆师傅说："有话好商量、好商量。"

五人说："这有什么好商量的，生意场上向来是一手交钱一手交货。"

付老板说："能否赊五千文钱？"

五人说："一文也不赊。"

付老板没办法，只得付清三万文钱，付老板说："陆师傅那两千文下次给你。"

陆师傅觉得大事已成，那两千文收不到也可以了。于是说："好，只要付老板说话算数。那就先付清这批货款吧。"

钱付清后，五人将货从马背上卸下来，付老板将剪刀、剃刀、菜刀各五百件，一一清点，搬入店内。

陆师傅说："付老板，恭喜发财，我们告辞。"五人上马拱手而去。

陆师傅五人在路上非常高兴，都夸毛百斤的好主意，收回了欠款，还销售了一大批货，大赚了一笔。

回去后，五个师傅办了一桌酒席，请毛百斤和魏师傅赴宴，感谢毛百斤的好主意，一次帮他们销售了那么多货，还为陆师傅收回了欠款。他们包了两千文钱感谢毛百斤，毛百斤不要，说："师傅们，这我不能收。"

五人说："这不是分红，这是你和洪利元的工资和差旅费及你交的押金。你出了个这么好的主意，还和洪师傅亲自到桂林去演了这出好戏。"

魏师傅不懂什么意思，说："他俩唱了出什么好戏？你们在搞什么门堂？"于是陆师傅就将难收的欠账故事说了一遍。

大家哄堂大笑，称这种方法叫"收账法"。

那付老板等到二十五日，那"大款老板"没有来取货，又等了几个月后，还是没来，才知道是个大骗局。

欲知付老板的货何时卖出去，且听下回分解。

第 十 三 回

◆

陆师傅滥价挨罚
郭香莲回乡寻娘

话说付老板买下陆师傅那一大批货，等了几个月大款都没来取货，心急如焚，始知上了大当。陆师傅与往常一样，等两个月又去送货，见付老板愁眉苦脸，大骂大款，并求陆师傅帮助推销，陆师傅不要。付老板再三苦求，不得不按进货价减价二成赊给陆师傅帮助推销。陆师傅又赚了一笔。

经十几年的内外销售，栗山的铁匠越来越多，栗山的剪刀、剃刀、菜刀等日用刀具远近闻名。毛百斤遭魏贵强刁难后，就在自己的刀具上錾上"毛"字，当时是为了与魏贵强的货区别开来做的记号。由于毛百斤三刀钢火好，毛字成了他的招牌，通过外地客户的传播，来栗山进货的人越来越多，他们到每个店里比较，发现有"毛"字记号的钢火最好，因此毛百斤的货销售得最快。于是魏贵强的货也錾上了"毛"字，老板们与魏师傅师徒签约的也多了。

有些店没有人上门了，就以各种手段拉客，有的滥价，有的给回扣，有的冒名錾上"毛"字。

一天，一个楚北贺老板，长期在毛百斤和魏贵强家进货的，在半路上被一个姓陆的铁匠拦住。说："老板，是去进三刀铁货的吧？"

贺老板说："你也去进货？"

陆铁匠说："我也有三刀货呀。"

"你的三刀什么价?"

"我的剪刀十二文钱一把,剃刀也是十二文钱,菜刀二十五文钱,质量都一样。"

"我以往都在魏师傅师徒那里进货,用户都知道有'毛'字记号的刀具钢火好。"

陆铁匠说:"这个容易,我们的货都錾上'毛'字的,凡在我们这个地方的三刀质量都是一样的,你大可放心,不信你可到我店里去看看。"

于是,贺老板来到陆铁匠店里,看到货都差不多,没有什么区别,也錾上"毛"字的,于是就在这里进货了。他打一下算盘,按这个价,每跑一趟可多赚一两千文钱。

陆铁匠对贺老板说:"别人问起你就说和魏家一样的价,人家问你哪个店的,就说没有店名,在一家民屋里买的。"

人往高处走,水往低处流。何况生意场上,是唯利是图的。不久魏师傅和毛百斤店里没有人进门了,一个个老主顾都走了。毛百斤辛辛苦苦树起的招牌就这样被人抢走了。毛百斤暗地访查,发现楚北长期在本店进货的去了陆铁匠家,柳老板去了刘铁匠家,伍老板去了唐铁匠家,他一一记下日期。魏贵强暴跳如雷,说:"这些负义贼,竟这样不讲天良!"人总有三百人向火,三百人向灯。于是邀起他要好的朋友冲进那些滥价店,见成品货就砸,那些店就联合起来打人,一下就打烂几个脑壳,于是两边的家人都卷进了斗殴,妇女又哭又骂,整个栗山铺闹翻了天。魏师傅立即将毛百斤喊去。

毛百斤知道会有这一天的到来,他不慌不忙,不惊不怒,语气缓和地说:"大家不要打了,听我说几句,钱财如粪土,仁义值千金,都是同行邻居,低头不见抬头见,不要为几个小钱而变成仇家,使整个栗山铺铁匠不团结,互相滥价,是自己吃亏,外人得利。这是多么愚蠢的事啊!无规矩不成方圆,现在定下几条规矩。第一,凡是栗山铺的铁货都錾上'毛'字,这不是哪一个人的招牌，是栗山铺所有铁匠铺的招牌，只要我们的质量过得硬，客户都会到这里来，凭着质量公平竞争。第二，不准滥价，给回扣、送礼物拉客。剪刀十五文钱一把，剃刀十五文钱一把，菜刀三十文钱一把。谁的货不錾'毛'字罚十文钱一件，谁滥价、给回扣、送礼物，拉客一次罚十桌包饭，来向所有铁匠赔礼。这是我个人的意见，如果大家同意就这么做。大家互相监督，希望大家努力提高质量，靠质量吸引客户到栗山铺来。

大家纷纷表示同意，有人提出：人家犯规不接受处罚怎么办？

毛百斤说："既然是大家共同定的规矩，不接受罚包饭，就将他赶出栗山，不准在栗山打铁。"

有人提出打伤的人怎么处理。

毛百斤说："本次打架，相互打伤几个人，没有重伤，就各自治疗，一个巴掌拍不响，双方都有错，不要再纠缠了，化干戈为玉帛，和气生财。其实那些滥价、给回扣、送礼拉客的人，我都登记在册，我希望以后不要再这样做，这一次不公布了。要想人不知，除非己莫为。屋里说话老鼠听见，山里说话鸟听见。以后千万别做这样的傻事了。"

毛百斤一席话，说得大家心服口服，明明是抢了他的生意，他不追究，反而将"毛"字立为整个栗山铺的铁货招牌，这是大善人，那些带头滥价、带头打架的人还有什么可说的呢？

人们散了，魏贵强气鼓鼓地回来说："毛百斤，你的'毛'字招牌是我父亲亲手树起来的，你就这么轻松地送了！"

毛百斤说："不送怎么办，你我店里无人上门了，只有立了规矩，同意錾上'毛'字，公平竞争，靠质量取胜，只有这样，老板才会重回我们店里来。"

魏大娘说："毛百斤说得对，这样不滥价，公平竞争，大家都有钱赚。"

毛百斤知道，什么事都不是一蹴而就的，肯定会有反复，违规者不受到一次大的挫折是不会吸取教训的，规矩也立不起来。于是对魏贵强说："请注意楚北贺老板，下次肯定还会到陆铁匠家里去，陆铁匠肯定是滥价给他，如果他在陆铁匠家进货，那你就在路上将他拦住，不讲出真话就不放他走，他一个外地人还要来做生意，一定会讲实话，那时就将陆铁匠喊来，将其他铁匠喊来，三头对六面，罚他十桌包饭，规矩就有人依了。"

魏贵强爱出风头，他有一帮兄弟，爱打抱不平，没有他探不到的消息。

一个月后，楚北姓贺的又来了，径直去了陆铁匠家，牵着马驮货出来时，刚出栗山铺就被魏贵强等人拦住。说："贺老板，你这货在哪个店里买的？"

贺老板说："魏少爷，这货在一家民屋里买的，也不知他姓什么。"

魏贵强说："贺老板，你要讲老实话，你在哪里买的，是什么价格，我们都已知道，不讲实话就莫想运出去。"

贺老板说："魏少爷，这个做生意的事，是不会告诉你的，你也应该知道这个道理。"

魏贵强说："你有你的道理，我有我的道理。你讲真话就放你走，不讲真话就不放你走。"魏贵强来气了。

贺老板说："魏少爷，人家的货和你家的货一模一样，价钱比你家的低，这个应由客户选择，我不在你家进货，你就要拦我的货，这还有王法吗？"

魏贵强说："随便你哪里进货，我只要你说出那个店里的货，什么价钱买的，我就放你走！"

说了半天，贺老板实在忍不住了，不得不说出是在陆铁匠家买的，价格每一件低五文钱。另两人立即喊来陆铁匠和另外几个铁匠，三方一对质，陆铁匠不得不承认滥价事实。魏贵强才将进货的贺老板放了。

魏贵强说："陆师傅，你忘恩负义，毛百斤为你收回了难以收回的欠款，还为你们销了一大批货，你们赚了大钱。毛百斤为了大家共同发财，立下了市场规矩，你带头破坏，与他作对，你还有良心吗？"

陆铁匠无话可说，感到惭愧，不得不接受处罚。

第二天，陆铁匠在众人的威逼下，不得不办了十桌酒席，百多铁匠都来了。

毛百斤说："一个行业，无规矩不成方圆，这样滥下去，大家辛辛苦苦还有赚头吗？从现在起，各家各户明码标价，统一价格，客户愿到哪个店里去就到哪个店里去，有利于提高质量，质量一好，进货老板都会到这里来，这是最公平的。"

打了包饭后，陆铁匠怀恨在心，两次货少收了近千文钱，打包饭花了两千文钱，共计亏了三千文钱，心里很不服气。认为一个落难的毛小子，在栗山铺说一不二，欺我栗山铺无人。要让栗山铺的铁匠醒悟，生意各做各的，他家里没有货主上门了，能怪我们吗？我们岂能让他来左右？

吃了包饭回家后，各家各户都写出了统一价格，不用讲话，非此价格不卖，外来的反正要进货，都是一样价格，到哪个店都可以，这就看货的外表美不美、钢火好不好了，为了吸引顾客，大家的质量越来越好。

由于货上都有个"毛"字，进货的老板以为这里的人都姓毛，就将栗山铺喊成了"毛家栗山"了。

由于这个制度一严，大家都在钢火和外表美观上下功夫，所以质量普遍提高，进货非毛家的不要了，因此毛家栗山的三刀远近闻名。

扎里桥的铁匠见栗山铺铁匠发了财，很多人也打起三刀来，他们的货当然比栗山铺的要差一点，于是他们的货錾上"毛"字，价格比栗山铺低，他们担起货到路上去拦进货客，外地老板见货都差不多，都有"毛"字印记，纷纷来买扎里桥的货了。

栗山铺的铁匠眼看进货老板都去了扎里桥，陆铁匠出来讲风凉话了："这只癞皮狗，只会欺侮自家的猫，被外面的狗咬了，气都不敢出。"

有的人很担忧，都来问毛百斤怎么办。碗里的饭被人家抢去了。毛百斤说："大家不着急，这事一定要有办法解决。"

魏贵强就带一帮人守在路上，见扎里桥的铁匠担着錾有"毛"字的铁货就抢。后来扎里桥的人就到路上接客到扎里桥去进货，魏贵强就改变方式，凡在扎里桥进有"毛"字招牌货的老板就抢，进货老板就再也不敢到扎里桥去进货了。

扎里桥的铁匠就联合起来，准备与毛家栗山的铁匠打一架，他们请了打手，准备了刀枪。这个消息很快传到毛百斤耳里，他想，这样打架、抢货，不是办法，"三刀"人人都可以打，只有联合起来，才有钱可赚，但进货可以自由选择呀，谁能拦得住，只有大家将货搬到一起去，不准在家里卖，任进货客选择，价格都一样，也不准私人招待进货老板，在栗山铺开几个饭店和旅社。只消选几个人在货场监督就行了。毛百斤将这个想法与大家商量，大家没有说话。

毛百斤说："如果大家没有意见的话，我明天就到扎里桥去联系，千万不能打架。"大家还是没人说话。

于是毛百斤就亲自到扎里桥，找铁匠们一起研究联合经营办法。他说："不正当经营，滥价经营你也滥、我也滥，大家都赚不到钱，但谁来监督呢？哪有人来监督呢?"最后毛百斤说，"我说个想法大家来定。一、在栗山打开一个大坪，每个铁匠打一个棚子，将货搬到棚子里摆开，任客人来选购。二、每个棚子都明码标价，不准滥价，不准在家里卖货。三、在栗山开几个饭店和旅社，供进货客吃饭住宿，再不准私人招待老板，以防用不正当手段拉客。四、'毛'字招牌已经竖起，所有的货都錾上'毛'字，以后就靠钢火好和外表美观来竞争，质量会越来越好。五、扎里桥和毛家栗山各选两个人来监督货场，每个铁匠棚每月交五十文钱，以做管理开支。"

陆铁匠得知毛百斤要到扎里桥去联系扎里桥的铁匠，到栗山铺来联合经营，把扎里桥的铁匠接到毛家栗山来，说"这不是来抢我们的饭碗吗?"于是立即联系对毛百斤有意见的人，首先找到魏贵强。他说："魏贵强，你父亲带了个白眼狼，辛辛苦苦毫无保留地把手艺传给他，他倒树起了他的'毛'字招牌，这是教起徒弟打师傅，欺侮你父亲老实，应该是'魏'字招牌呀，使你家生意差远了。他还要将扎里桥的铁匠喊到栗山铺来抢我们碗里的饭，我们以后喝西北风啊?! 你们父子就心甘情愿吗? 我们绝不能让他的阴谋得逞。我们栗山铺的人要团结起来，不准扎里桥的人到栗山来，不让毛百斤充这个狼，我们栗山铺人就这么无能，听一个外来落难人摆布?"

魏贵强说："我一定去每户联系，绝不能让他的阴谋得逞！"

魏贵强立即找到了唐铁匠、伍铁匠、徐铁匠、张铁匠，把陆铁匠的想法告诉大家，要求大家团结起来，一致反对扎里桥人来栗山铺，坚决反对毛百斤的主张。要求他们都去串联，通知各家各户。

魏贵强回到家里把大家的想法告诉父母。最后说："毛百斤就是一个白眼狼，教起徒弟打师傅。父亲，你毫不保留地将技术传给他，他倒好，不树'魏'字招牌，倒将你几十年树起的招牌变成了'毛'字招牌了，还将'毛'字招牌送给大家，害得我家没有货主上门了。明天还要把扎里桥的人请到栗山铺来，来抢我们碗里的饭，我们只好喝西北风了。这个落难的毛小子，忘恩负义的东西，我要将他赶出栗山铺，明天开会，你不能迁就他。"

魏师傅叹了口气，没有说话。

魏大娘说："没想到毛百斤是这样的人，他到底怎么想的? 前段为大家做了很多好事，大家喜欢他，现在要将大家树起来的招牌、大家千方百计招来的顾客拱手让给他人，这怎么行? 我们以后吃什么?!"

魏师傅说："你们不要乱说，我看毛百斤不是那样的人，也许有他的道理，你们还没弄清楚。"

魏贵强火了，说："什么时候了，你还护着他，他将你卖了你还为他讲话，你以后去靠他吧！"

翠兰说："贵哥你别这样说，毛百斤见你们要和扎里桥人打架，这不是闹着玩的，常言'相骂莫好言，相打莫好拳'。打伤打残、打出人命了怎么办？人命关天的事，谁能担待得起呀？和扎里桥人商量，共同经营，有话好说，不要打架，我相信大家都会同意，你就不要去得罪人了。"

魏贵强说："你知道个屁！他要把扎里桥人请到栗山铺来，抢我们碗里的饭，大家会同意吗？"翠兰不说话了。

魏大娘说："贵强，明天开会时，有话好好说，我相信大家都不会同意，你个人不要太打脸了。"

第二天上午，扎里桥来了徐善秋、张盛帮、李强生、王顺求等八个代表。会议开在魏师傅家里。栗山铺的铁匠大多数来了。毛百斤将共同建立铁货市场联合经营的想法讲完，征求大家的意见，研究具体怎么做，等了好久没人说话。

陆师傅说："这件事我们栗山铺人不会同意，栗山铺十多年来树起的招牌，为什么要让给别人？生意各做各的，扎里桥的师傅们货好，自然销得出去，为什么要打'毛'字招牌。这个'毛'字招牌是栗山铺人树起来的，是魏师傅和大家几十年积累起来的。毛百斤，魏师傅毫无保留地传给你，你不打'魏'字招牌，树你的'毛'字，你这是欺师灭祖，欺负魏师傅，欺负栗山铺的铁匠，你还要推倒城墙助外国，我们栗山铺人坚决不同意！"

魏贵强说："毛百斤，你这个白眼狼！当初你落难时，是我母亲可怜你收留你，我父亲传你手艺，你手艺学到后，经常欺负我，我父母还护着你，你不报恩，反而恩将仇报，将生意都拉去了，我家没人上门了，还将我父亲树起的招牌变成'毛'字，又要拱手送给别人，你的良心被狗吃了！从现在起，你不是栗山铺人，我和你没有关系，我母亲再也不会帮你带小孩了。"

魏大娘说："魏贵强，同不同意联合经营大家说了算，毛百斤的为人大家都清楚，你让大家说吧。"

有人喊："我们不同意！"

有个人说："扎里桥的师傅们，我们还没商量好，联合经营以后再说吧。"这个人讲得很客气。

毛百斤说："徐师傅，对不起，都是我的错，耽误你们的工夫，生意不成和气在，请你们原谅。"

徐善秋说："没关系。"说完，八人起身出门，悻悻而去。

他们走了后，毛百斤说："师傅，我毛百斤绝不是忘恩负义的人，我会一辈子孝敬你二老，至于錾'毛'字，你老最清楚，也是师兄逼出来的，当时是为了区别我和师兄的货所为，没想到后来会成为招牌，我是无意的，师傅师母，你二位是青天。"

魏师傅说："毛百斤，你的为人大家都知道，请你莫把魏贵强的话放在心上。"

众人说："毛师傅，我们回去了，栗山铺有你在，生意会有做，我们相信你。"

大家走后，毛百斤也满腹忧虑地回去了，进屋就将情况告诉了香莲。

香莲说："别担心，师傅师母最善良，不会有想法的。但有桩事我心里想了很久，长期要师母带小孩，如果翠兰生了小孩，她老人家也带不了，我想去看一下我母亲，要是她能来就好了。"

毛百斤说："你比我还强，有母亲想念你。还记得她的形象吗？记得继父的家吗？认得路吗？"

香莲说："我死都记得！"

毛百斤说："记得我们就把她接来呀。"

"如果继父不同意怎么办？"

"那就将继父一起接来呀！"

"我不想见到他，他当年要将我卖到烟花楼去，我怎么能认他为父呢？"

"当年是当年，现在他老了，既然娶了你母亲，他就是你的父亲，应该也要孝敬他呀！"

"要我认他为父，我不愿意。"

"不愿意也没关系，我们明天去看看你母亲吧？儿女是母亲的心头肉，你不知道她是怎么想你的，明天就去找，越早越好，使她早日放心。"

第二天香莲将儿子送给义母说："母亲，我和毛哥今天去找我母亲，最多两天，请帮我带两天孩子。"

魏大娘说："十多年了，是要去看看了，将她接到这里来吧。"

香莲说："看情况再说。"

毛百斤和香莲清早就出发，走到中午，香莲说："那个院子就是继父家。"

毛百斤问一个来人说："先生，请问这里叫什么地方？"

来人说："这里叫官桥铺。"

毛百斤说："哦，谢谢先生。"

两人径直走了过去，听到了一个声音在骂人："你怎么不死？你怎么不跟老头子一起去？在这里吃现成的，我哪辈子欠你的？"

香莲进屋就看见母亲在流泪，她才四十多岁，既黑又瘦，头发花白了，香莲伤心极了，号啕大哭："母亲，你在这里过这样的日子！"指着继兄说，"你这忤逆不孝的，怎么这样骂母亲？！"

那继兄长得有点像继父，知道是继父前妻的儿子。继父的儿子见突然来了一男一女，穿得客气，见那女的喊母亲，感到莫名其妙。只见母亲走上前去，捧着那女的的脸看了很久，说："你是香莲？"

香莲说："我是香莲，母亲，你受苦了。"母女俩抱头痛哭。那继兄见毛百斤二十多岁，生得眉清目秀，文质彬彬的样子，就问道："先生贵姓，从哪里来？你和她什么关系？"

毛百斤说："小人姓毛号百斤，从毛家栗山来，她是我贱内，是老母亲的女儿，名香莲。你贵姓？"

那人说："我姓侯，她是我后母。"

毛百斤说："侯大哥，你那样骂你的母亲，对得起你父亲吗？"

姓侯的说："她命薄，杀夫，我父亲死了，都是她害的。"

毛百斤说："侯大哥，你父亲早逝，值得同情，那是他的命，怎么能怪母亲呢？你对不起你父亲，更对不起你母亲，常言'万恶淫为首，百善孝为先'。你这样怎么教育你的后代？"

侯某说："先生多管闲事了，亲戚难探家务事，你算什么？管起我家的事来了。"

毛百斤说："我是她的女婿，我有你这样的亲戚，太丢人了！"

侯某说："你是她的女婿，你有孝心，你养她呀，她与我有什么关系？！"

毛百斤说："按理我要喊你一声大哥，按你这样忤逆不孝，猪狗不如，不配做我的大哥，太不像话了！"

侯某怒道："哪来的野种，竟敢到我家来骂人，滚出去！把那老贱货带走，免得老子动手！"

毛百斤说："我会带走的，她老人家是有福之人，怎么能和畜生在一起！"

侯某大怒："老子今天来教训你怎么做人！"说着就是一耳光打来，毛百斤抓住他打来的手，一扭，他就跪在地上。

毛百斤说："看在我岳母分上饶了你，否则你这手就毁了！"

侯某大喊："强盗打人了！"

左邻右舍的人来了，见香莲和母亲在哭，侯某跪在地上，毛百斤叉腰站在面前。

一老汉说："这位先生何处人士？有话好说，岂敢来此打人？"

毛百斤说："老伯，你老来得正好。我小姓毛，号百斤，毛家栗山人，那女的是贱内，是老妈的女儿，我们今天来看望母亲，在门外就听见他在骂母亲，我说他不该骂母亲，对得起父亲吗？他就说母亲杀夫，害死了他父亲。我多说了两句，他就打我，谁知他是个外强中干的懦夫，一下就跪在地上起不来了。"

老伯说："原来是姑爷来了，侯坤，还不起来，妹妹妹夫来寻母了，这是好事。"

侯坤起来说："我不认得，你认得接你家去吧。"言罢，气冲冲地走了。

香莲扶着母亲，向老伯行礼说："我是香莲，当年我随母来到继父家，只有十二岁，继父要将我卖到烟花楼去，被我母亲知道了，深夜将我送出去，要我去逃命，不要再回来。我逃到毛家栗山，被义父收养，他是个铁匠，毛百斤是他的徒弟，我俩已结为夫妻，现已生了一个儿子，有两岁了，十多年来，不知母亲为我受了何种罪，日夜思念，特来看望，一进屋就听到侯坤在痛骂母亲，才知继父已过世，深知母亲在此过的何种日子，我要接母亲去我家养老，多谢父老对我母亲的照顾，我们这就告辞。"

老伯说："弟妹，难得你有这样的好女儿，你打算何去何从？"

香莲母亲说："香莲，他是你大伯，这里如果没有你大伯的关照，我早已离开了这个世界了。"老母说着双泪直流。

毛百斤和香莲上前跪道："大伯的恩德我们没齿难忘，请受我一拜。"

老伯慌忙扯起二人，说："难得你们有这份孝心，能到你那里养老，是你母亲的福分，她的苦已熬到头了，我们也放心了。"

香莲说："母亲，你去准备好你的衣物，我们马上就走。"

老伯说："时已过午，在我家吃点饭再走吧。"说着拉毛百斤去了他家。

等香莲母亲清理好自己的衣物，老伯家饭菜已熟，于是就入席吃起饭来，老伯斟满一杯酒说："毛先生，见你文质彬彬，出言谦逊，应是饱学之士，怎么会学打铁呢？"

毛百斤说："不瞒老伯，晚生命苦，是落难之人，也是感谢魏师傅收留学打铁的。"

老伯说："哦！那你老家在哪里，为何落难？"

毛百斤说："我老家在赵国，我老祖叫毛遂，父亲叫毛颖。"

老伯说："平原君家的说客毛遂是你老祖？他的故事遍天下，为何落难呢？"

毛百斤说："老祖退隐太行山脚下，置田建院，耕读为生，教育后代不再出仕，谁知山上土匪逼我父亲上山当他的军师，父亲坚决不从，被土匪深夜放火烧光大院，杀尽家人，我在亲戚家未归，幸免于难，为防备土匪斩草除根，不得不逃走，那时我才十五岁。"

老伯叹了一口气说："大人必有大难，你们都是苦命人，香莲十二岁逃难，你十五岁逃难。你岳母在这里受尽苦难，香莲逃走后，你岳父逼你岳母将香莲寻回来，将你岳母打得半死，你岳父死后，你岳母天天受儿子的气，没过上一天好日子。现在好了，你们的苦熬到头了，苦尽甘来，一家团圆，和和美美，让你岳母乐享晚年，老汉放心了。"

香莲娘说："大伯啊，我这十多年，多亏你的关照，使我少受了多少打骂，你的恩德我永远记得。今天中午又麻烦你，这太不应该了。"

毛百斤说："我们来得仓促，没买什么东西，这点小意思请笑纳，我们就此告辞了，下次再来看望你老。"送上五十文钱。

老伯说："姑爷，你拿如此重礼，实不敢当，受之有愧。"

香莲母亲说："小小心意，请收下吧！"

老伯见一家人情真意切，就收下了钱。香莲扶着母亲，毛百斤背着岳母的衣物，向老伯拱手告辞回家了。

回到栗山后，暂时没有房子住，岳母就和洪利元的母亲住一起，晚饭后毛百斤陪岳母来到洪利元家。

进屋就对洪利元母亲说："大娘，岳母暂时与你搭脚，我马上建房子，最多一个月。"

洪大娘说："外婆好年轻啊，请坐，能和外婆住一起，我巴不得了，就是床铺不恭敬，请莫嫌弃。"

侯大娘说："大娘，给你添麻烦了。"

洪利元说："师傅，你准备砌几间房子？"

毛百斤说："至少要四间，厨房、铁铺、两间住房。"

洪利元说："大约要多少钱？我有五千文钱你拿去吧。"说着就在箱子里拿出钱。

毛百斤说："需两万文钱，我只有一万多文，师傅借我五千文，你借我五千文就够啦。"接过钱说，"洪大娘、岳母，我走了。"

岳母说："常言道，'砌屋造船，昼夜不眠'，你走吧。"

毛百斤的房子建在市场的左侧，铁匠师傅们都来帮忙，送木料，担砖瓦，大家不愁辛苦。经过一个月的打造，一栋四间两层的楼房建成了，乌瓦白墙，四间都垫了楼板，四间当八间用，毛百斤岳母看了非常高兴。

过火那天，铁匠师傅们一个个拿着粮米、红包，前来恭贺。毛百斤办了十五桌酒席，热情招待。席上十盘八碗，香的、甜的、脆的、辣的、炒的、炖的，五味俱全。毛百斤临桌一一敬酒，最后说："感谢大家前来恭贺，感谢师傅们的精心打造，感谢你们的无私帮助，祝大家身体健康，个个发财！请大家多喝几杯淡酒！"

欲知酒席如何热闹，请听下回分解。

第 十 四 回

◆

滥价竞争成悲剧
同心协力建市场

话说那徐善秋、张盛邦、李强生、王顺求等八人在魏师傅家出来后，满腹牢骚，说"毛百斤没商量好，就喊我们来，如此草率"。又说："没想到陆师傅和魏贵强对毛百斤那么大的意见，怎么能够合伙？"

徐善秋说："你们不了解情况，不要乱说。毛百斤这个人没有私心，他聪明贤良，能文能武。第一次和魏贵强到楚北去送货，遇上了强盗，他们身上没有多少钱，强盗要扣留一个人，放一个人回去拿两万文钱来赎人。五天不来就'撕票'，魏贵强抢着回去，毛百斤就做了强盗的'肉票'，魏贵强想借强盗之手杀了毛百斤，他等到第六天才回去，进屋就告诉父母，毛百斤被强盗杀了。害得魏大娘请人大办丧事。毛百斤第七天又回来了，还带回三百把马刀的大生意。"

李强生问："魏贵强为什么要害毛百斤？"

徐善秋说："魏贵强这人心胸狭窄，不聪明。魏师傅常夸毛百斤，骂他不成器，他对毛百斤由嫉妒到怨恨，所以想借强盗之手除掉毛百斤。"

李强生说："那强盗为什么又没有杀毛百斤呢？"

徐善秋说："第五天，魏贵强没有来，强盗就将毛百斤绑到生死树上，磨刀要杀他时，他看到那刀上有很多缺，他就说，'你们的刀钢火不好，上面有那么多缺，杀起人来，人家多么难受啊，我们的刀不卷又不缺。'磨刀的强盗说，'临死的人还嫌我刀丑，真好笑。'这句话被强盗头子听见了，就问毛百斤，'你们的刀真的不卷不缺?'毛百斤说，'当然啊，不信你拿我们的菜刀试试。'土匪立即在他们的铁货中寻出把菜刀一试，果然砍铁不缺也不卷。土匪将毛百斤放下来，并与他订了三百把马刀的合约。"

王顺求叹道："这是因祸得福，此人大难不死，必有后福!"

徐善秋说："他和魏贵强第一次到楚北送货，就和楚王签订了五百把军刀和一千支长矛的大生意，栗山铺人两个月内完不成，到扎里桥请了十二个人去，我就是那次去栗山的。"

王顺求说："如此说来，大家都沾了他的光。"

徐善秋说："毛百斤胆大又聪明。说来陆师傅也是忘恩负义的人，他在桂林有万多文钱的欠款收不回，求毛百斤帮他想办法，毛百斤帮他想了个巧妙的办法，帮他收回欠款，还揽了三万文钱的大生意。"

李强生说："毛百斤到底帮他想了个什么办法?"

徐善秋就将毛百斤装扮成大款和洪利元到桂林，演了一出向付老板买一批每样五百件货的戏，套住了贪心的付老板，付老板就要陆师傅将这批货送去，陆师傅逼付老板还清欠款，并且这批货要付现钱，付老板想到这批货卖给"大款"，一转手可赚一万多文钱，不得不还了欠款，又付了三万文钱的现款买了这批货的故事从头至尾说了一遍。最后说："帮陆铁匠收回万多文钱欠款，还做了三万文钱的大生意，最后付老板拿着那么多货卖不出，又按进货价降价二成求陆铁匠帮他推销，让陆铁匠又赚了一笔。现在他和毛百斤唱对台戏，你说陆铁匠是不是忘恩负义?"

李顺求说："看来毛百斤确实聪明，这个连环套办法想得好，确实是个肯帮忙的人。但有一点，刚出师就树他的'毛'字招牌，是有点欺师盗名之嫌。"

徐善秋说："这是魏贵强逼的，魏师傅想让他俩早点出师，叫他俩掌钳，打的货各放一处。魏贵强手艺不行，就偷偷地将毛百斤的货尅了，毛百斤发现后，就在自己的货上錾个'毛'字。师傅不知情，总说毛百斤不专心。后来毛百斤说他的货都錾了个'毛'字，师傅仔细一看，确实有个'毛'字，才知道那些差货都是魏贵强打的。从此后，毛百斤的货都錾了个'毛'字，没想到无形中成了他的招牌，他不是有意盗名的。"

李强生说："别说栗山了，我们现在怎么办？"

徐善秋说："和他们打架也解决不了问题，我们只得将货送到外地去卖了。"

李强生说："好办法，我们不要送远了，送到各条线路的客栈里，拦截到栗山铺去进货的客商，价格比栗山稍低一点，相信都会买我们的。"

李强生说："这样一回生二回熟，还可以和他们签约，长期往来。"

于是他们就告诉了扎里桥所有的铁匠，很快就将各条路线就近的客栈占了。

毛家栗山的铁匠在陆师傅的倡导下，生意各做各的，以前明码标价，公平竞争空有其名了。滥价、相互拉客等各种手段都出来了，经常有人为抢客扯皮、打架，令进货老板无所适从了。天天有人来找毛百斤，毛百斤说："我有什么办法，我自己家里没人上门了。"

这样一来，到毛家栗山进货的老板越来越少了，不知去了哪里。魏贵强就和几个人到路上去查，看到扎里桥的人赶着马，不知将货拉到哪里去。拦住他们问道："你们拉到哪里去卖？"

扎里桥的师傅们说："我们到外地去赶集，到处去卖也不行吗？"

魏贵强不敢阻拦，回来问陆铁匠怎么办？陆铁匠说："这有什么办法，不能说只准栗山铺人打铁，不准扎里桥人打铁呀，我们也只能和他们一样了。"

铁匠都去找陆铁匠，骂他破坏了毛百斤立下的规矩，把客户逼走了，"现在怎么办？你的本事哪去了?!"有的妇女就指桑骂槐骂他，栗山铺天天有人骂架。

毛百斤的生意没减，荆州那几个老客户只要他的货。有个客户告诉他："毛师傅，现在你们这里的人将货送到沿途客栈里去卖，对他们的货我不放心，虽然价比你家低，但我不要。"

毛百斤想，难怪进货老板不来栗山了，原来如此，魔高一尺，道高一丈！

铁匠们都来求毛百斤想办法，毛百斤说："我也没有办法，就是有办法，我一个外来落难人，说话也没人听，还要受气挨骂，费力不讨好，我再也没有能力管了。"

大家见毛百斤心结未解，就去找魏大娘，魏大娘的话他不敢不听。

魏大娘来到毛百斤家，她说："毛百斤，现在大家都歇秋凉了，进货老板都走光，你就这样忍心看着，你原来不是这样的人呀?"

毛百斤说："岳母，我原来也不是个好人，我欺师灭祖，教起徒弟打师傅，拿师傅传给的技术树自己的招牌，我好自私，我是个忘恩负义的人，我还有脸见人吗？"

魏大娘说："毛百斤，你莫把魏贵强和陆铁匠的话放在心里，旁人心里有杆秤，你为大家千方百计拉生意，调解矛盾纠纷，解决困难。陆铁匠是个忘恩负义的人，大家打了他的包饭记恨于你。你帮他那么大的忙，他不记得了。你胸宽如海，不要跟他一般见识，看在大家的分上，你要出面想办法，如何把生意挽回来。"

毛百斤说："我得到消息，扎里桥的人将货运到各条线路的客栈里卖，价格比我们低，你要大家到各路线的饭店里去了解一下，多少客栈有人卖货，什么价格，把情况弄清楚，好和大家商量办法。"

魏大娘说："好，我要大家马上就去。"

情况调查清楚了，扎里桥卖货的几个地方都离栗山约六十里，各条线路的饭店里都有，价格一般比栗山低一二文钱一件。

毛百斤说："你们分头去通知栗山所有的铁匠，今晚到魏师傅家里来商量，一个都不能缺。"

晚饭后，大家都来了，唯独陆铁匠没有来。毛百斤立即着人去喊，也没喊来。毛百斤说："各位师傅，今晚商量不成了，只要缺一个，以后就管不了，明晚商量吧。"说完就走了。

毛百斤走后，铁匠们都涌进陆铁匠家，责问陆铁匠为什么不来。你对毛百斤有意见，还是对大家有意见？你以后还想打铁吗？不打铁了也要和大家讲清楚。问了半天，陆师傅就是不说话。

魏师傅说："大家回去吧，让陆师傅好好想一下。"

众人走后，魏师傅说："陆师傅，你到底以后还打铁吗？"

陆师傅说："我不打铁做什么？"

魏师傅说："那你为什么不去商量？"

陆师傅说："我那天不同意联合经营，有些话讲得过头了点，恐怕他报复我，我也没意思和他见面，你们商量我同意就是。"

魏师傅说："毛百斤就是怕有人不来就做不成，必须每个人都要到会。你觉得不好意思相见，那就向他道个歉，毛百斤绝对不是心胸狭窄的人，绝不会报复你，明晚一定来啊。"

陆铁匠说："好，我一定来，你先跟毛百斤说一下，请他原谅我。"

魏师傅说："我已讲了，他绝对不会责怪你。放心来吧。"说完出门而去。陆师傅说："谢谢你，慢走。"

第二夜栗山铺的铁匠都来了。陆铁匠进屋就说："毛师傅，我那天的话讲得过头了，对不起，请你原谅。"

毛百斤说："你想到哪里去了，我要你必须到会，因为你是栗山铺的老铁匠，要你来献计献策，如何把客户拉回来。请坐、请坐。"

毛百斤说："今晚请大家来，就是商量用什么办法把顾客拉回来，使大家有生意可做，现在扎里桥的人在各条线路客栈里拦截进货客，他们的价格比我们低，所以顾客都不来栗山了，这样下去，顾客都会走光。但是他们这样搞开支大，也没有什么利润了。现在唯一的办法只有联合经营，建个市场，将货摆到一起来卖，不准在家里和其他任何地方卖，让进货客自由选择，统一价格，公平竞争，才有钱可赚。只要钢火好，会吸引更多顾客来，在栗山铺办几个客栈、饭店，让进货老板自费吃住，不准个人私自招待。订好规矩，违规必罚。另外请四个人监督市场，我觉得这是唯一出路。请大家共同商量。"

魏师傅说："毛百斤的意思是，大家同不同意联合经营？其次是怎样联合经营？"

众师傅齐声说愿意。但有人问放到哪里经营。

毛百斤说："前面有块较平的山，只要稍作填挖，就可建百多门面。我已和山主商量好了，每个摊棚地每年交一百文钱。"

有人提出"扎里桥人会同意来吗？"

毛百斤说："他们现在这样在客栈揽客销售，开支大，价格低，赚不到钱。我要原来来栗山铺那十二个铁匠去联系，一定会来。"

最后魏师傅说："现在看来只有联合经营了，具体怎么联合法、场地怎么划分、市场管理规矩、铁货销售价格等，请毛百斤写个东西出来，以便操作，大家意下如何？"

众人齐道："我们同意，辛苦毛师傅了。"

毛百斤说："谢大家的信任，有想着好办法的随时告诉我，我写出来后再来商议。"

毛百斤回家后，立即请徐善秋率扎里桥先来的十二人，分头到扎里桥去联系，并征求每个人的意见。

经过一个月的时间，毛百斤的方案写出来了，扎里桥人的工作也做通了，大家就决定立即召开大会。大会开在魏师傅家里，到会一百零五个铁匠。会上，毛百斤首先宣读建立联合经营的办法。

毛百斤念道：

联合经营管理办法：

一、所有人的铁货，只能在摊位上销售，不准在家里和其他任何地方销售。

二、统一价格，每个店里明码标价，剪刀、剃刀十五文钱一把，菜刀三十文钱一把，其他小货不低于十文钱一件。不准滥价。

三、货由客商自己选择，不准用给回扣、请吃住、送礼物等变相降价的手段拉客，进货老板自费到客栈吃住。

四、积极缴纳管理费，每个摊位每月交五十文钱，每月二十五日前交清。搞好个人摊位范围内的清洁卫生。

五、友善同行，善待客户，热情服务。严守规矩，服从管理人员的管理。

附：违反第一、二、三条规定者，罚包饭十五桌，超过二十五交管理费者，加收十文钱。

建立市场管理委员会，共五个人，一个会长不脱产，四个脱产市场监督管理员，白天监督各个摊位，维护市场秩序，管理市场清洁，夜里轮流保持一人守夜，每月工资一千五百文钱。管理人员工作职责如下：

一、说话和气，不准打人、骂人，热情为铁货摊位和进货老板服务。

二、严格执行市场管理制度，发现违规者，按规定严肃处理。

三、不准向铁货老板和进货老板要这要那、收受贿赂和请吃等违法行为。

四、负责调处好一般经营矛盾纠纷，做好安全保卫工作，每夜不少于一人守夜。

五、负责收取各摊位的管理费，监督各摊位搞好清洁卫生。

附：称职者奖励，违规者随时可以撤换。管理员要有点文化，能识文断字，能写会算，有一定的处理一般事务的能力，年龄在五十岁以下。

大家听了后，一致通过。但有人提出管理员全脱产，白天不能打铁，一千五百文钱一月太少了，经大家讨论加到两千文钱一月。

　　毛百斤说："市场场地就在前面那块平顶山，稍加平整可建百多个摊棚，每间不要太宽，一丈宽，两丈长，前面摆个摊，后面摊张床就行了。早已和山主定好了，每个摊棚每年一交一百文钱的地价就行了。以上规矩大家都同意了，现在就选举五个管理人员，一个会长，四个监督员，不管选到谁，都不能推辞，大家考虑清楚，提名举手通过。"

　　大家思考了一会，徐善秋说："我提议会长由毛百斤来当。"大家一同举手全票通过。

　　毛百斤说："我觉得师傅比我强，他老德高望重。"

　　大家说："不要推辞，我们信任你。"一时间全场沸腾了，好久才平息。

　　毛百斤说："谢大家对我的信任。我提议四个市场管理员，栗山铺选两个，扎里桥选两个。请大家提名。"

　　经大家认真考虑，栗山铺选出魏贵强和郭声荣，扎里桥推选了徐善秋和张盛帮。

　　毛百斤说："现在一切就绪，明天大家都带锄头、粪箕整理场地，散会!"

　　经过两天的工夫，整理出了五六亩宽的大坪，紧接着测量划分屋地，每个摊棚地基长两丈宽一丈二，共划出了一百二十间摊棚地基，写好顺序号码，以抓阄的办法分到了各户，各人请匠人建摊棚，有的用砖砌，有的用木装，一时间栗山铺热闹非常。摊棚围着建的，中间有个大坪，大家用炉渣铺垫，以防雨天泥烂。经过一个月的打造，一百零六间摊棚房建成了。

　　在修建摊棚的同时，毛百斤动员了八个房屋宽裕的老板办起了客栈，进货客吃住有了去处。毛百斤召开了管委会成员会议，研究了开业前的准备工作，开业时间定本月十八日，毛百斤负责将市场管理制度用大幅素绢写成，挂在办公房外墙上，四个监督员分头负责通知一百零五个铁匠，将各客栈的货运回来，十七日那天将货搬到摊位上来，写出统一的价目表挂在门上，通知进货客十八日到栗山铺来进货，充分做好开业准备。

十六日开个开业动员大会，一百零五个铁匠全部到会，并请来栗山铺亭长和八个客栈老板参加会议。会上，毛百斤首先念了市场管理办法和市场监督员的职责，接着说："开业那天每个摊位都要将货整齐地摆出来，将价目表挂到门页上，进货客开始会和你讨价还价，不会动手买货，我们一定坚持不松口，也不要管客商的吃住，由他们自费吃住，大家要耐心宣传，要他们看公告，也许上午或第一天卖不出货，没关系，他们等一天多一天开支，来了反正会进货，绝不会空手回去，只要我们坚持价格，保证质量，进货老板都会到这里来。八位客栈老板，你们也要做好充分准备，吃饭住宿价格不能太贵，稍比外地低一点，才能留得住他们在这里餐宿，房间床铺要整洁方便，接待要热情。四个市场监督员，你们要流动检查，向客户热情宣传，发现有滥价的、让利的、请进货老板吃住的，一定要罚包饭十五桌，绝不留情，否则，市场难以稳定。我要讲的完了，请亭长先生指导。"

亭长何怀远说："栗山铺建立铁货市场，是件大好事，是栗山的福，是栗山和扎里桥铁匠师傅们的福，感谢毛先生的好主意，希望师傅们精诚团结，严守行规，把生意做得红红火火，大家发财！"

八月十八那天，栗山铺热闹了，一百零五个摊棚，将三刀铁货全部摆了出来，进货客看到路边客栈里的告示，前一天就到栗山来了。上午巳时，一百零五个店门大开，齐放炮火，惊天动地。进货客涌来，看看铁货，看看价格。一个个都和老板讨价还价，店主没有一个松口的。客商也没有一个动手买货，都来找毛百斤。

一时间毛百斤家里闹翻了天。

欲知毛百斤怎么处理，且听下回分解。

第 十 五 回

◆

刘翠兰深夜偷汉
魏贵强金屋藏娇

话说市场开业那天，客商和铁匠都涌进毛百斤家里，问毛百斤怎么办。毛百斤见情，请客商堂屋里坐，请铁匠师傅们在其他屋里坐，并请他们少安毋躁。

出来对客商说："各位老板，对不起，我们前段亏得做不下去了，打铁好辛苦，连饭都吃不上了，这是大家商议的经营办法，既方便你们进货，也方便我们相互监督质量和价格，恕不能减价，请你们也为我们想想。"进货客悻悻而去。

毛百斤送走客商后，转来对铁匠师傅们说："师傅们，万事开头难，你们要有耐心，我们是坐庄，他们是行庄，他们多等一天，多一天开支，到这里来了绝对不会空手回去，请一定不能降价，叫他们到客栈去自费吃住，不要心软，坚持就能胜利。销货不在这一天，要看到长远利益。请大家相信我，回去吧。"

果然，第二天客商都进货了，时间一长，就进入了正常运转。

话说魏贵强当上了市场监督员，每天在市场转转，不用打铁了，轻轻松松，好不惬意。摊位货主听他的，进货客户听他的，其他三个监督员也听他的，他感到无比荣耀。走起路来有点飘飘然了，回到家里趾高气扬，对翠兰和母亲说话都变了语气，总是吆五喝六的，动不动就发脾气。

魏师傅见贵强变了个人似的，认为不是个好苗头，于是对他说："贵强，你在市场上讲话要和气一点，服务要热情一点。你能进市场当监督员，大家是看毛百斤的分上。平常看到你遇事爱出头。那是个最易得罪人的差使，讲话做事都要三思而行，不要鲁莽。要向毛百斤学习，遇到难题问问他，把市场管理好，不要辜负了大家对你的期望，不要让毛百斤来听闲话。"

魏贵强说："我知道，这还要你来啰唆。我当市场监督员与毛百斤有什么关系？要他听什么闲话？"

魏大娘见魏贵强风光了，高兴不起来，知道魏贵强不是吃那种青草的虫，不给毛百斤添麻烦就谢天谢地了。她见毛百斤将岳母接来了，外孙不要她带了，心里空荡荡的。尤其是看到香莲又有几个月身孕了，翠兰和香莲同一年结的婚，现在还没有一点反应，何日才能抱上自己的孙子呢？见翠兰每天画眉毛，搽胭脂，换衣服，打扮得花枝招展，人人都夸贵强讨了个漂亮老婆，可是马屎面上光，肚里一包糠。又听说鸳鸯楼的姑娘都吃了绝育药的，不能生育，心里越想越气，不听话的儿子娶了朵不结果的花，日后如何是好？心里难受时，少不得在嘴里流露出来。常常叹气说："唉！养只狗可以看家，喂只鸡可以下蛋！"

翠兰听了后心里难受，她想：当初是魏贵强死皮赖脸缠着我，我那时还只有十五岁，没有吃绝育药，比我大一点的姐姐告诉我，以后想自赎从良就不要吃绝育药，我将药倒掉了，我应该能生育，下面的换洗很正常，怎么不怀孕呢？莫非魏贵强有问题？这怎么办呢？不由得心里担忧起来，对魏贵强的兴趣慢慢地提不起来了。

魏贵强见母亲对翠兰没以前那么热情了，还常说喂条狗可以看家，喂只鸡可以生蛋，芙蓉花好看不结果……难怪翠兰心里不好过，男女兴趣不旺了。她如果喝了绝育药，真的不能生育，如果断了香火，怎么对得起父母祖宗？悔不该当时没听父母的话，现在怎么办呢？趁自己还年轻，一定要想法再娶一个，翠兰肯定不会同意。我就另租房子居住，两边走，一定要为自己生孩子。

魏大娘盼孙子盼得夜不能寐，食不甘味，实在忍不住了，一天，喊魏贵强到她房里，说："贵强，你当年太不听话了，娶了个不能生育的媳妇，毛百斤与你同一年结婚，大儿子两岁，小儿子又当生了，你是不是另娶一个？男人三妻四妾的很多。"

魏贵强说："另娶一个翠兰不会同意。除非在外面租房子住，如果生了儿子就带回来，那时翠兰就没话说了。"

魏大娘说："此事不能让别人知道，我去找媒人，一切由媒婆和女方讲清楚，彩礼不少她的，暂住娘家，生下儿子后就接回毛家栗山。"

媒婆帮他在魏家桥找了一个家里较穷的姑娘，姓汤，名叫芳蓉，今年十八岁，生得眉清目秀，身材匀称。父亲已过世，母女相依为命。说定每月供母女生活费一千文钱，彩礼五千文钱，暂住娘家，生下儿子后，连母女一起接回毛家栗山。

魏大娘觉得就住她娘家，不要另出房租了，生活费每月一千文钱可以。于是由媒婆交给汤姑娘母亲彩礼五千文钱，另交生活费四千文钱，暂交四个月。在魏家桥只道是入赘汤家。魏贵强就在汤家与芳蓉圆房了。

魏贵强对汤姑娘说："我在毛家栗山打铁，又要经常到外面去销售，多数日子在外头，但你放心我会常回来的。"

汤姑娘母女觉得，只要他经常来，每月生活钱不少，也就没有怨言，由他去吧。于是贵强每月在她家住五六夜。

翠兰见魏贵强每月都要出去，问他在外面做什么，他总是说在做生意，时间一长，自己还没怀孕，心里着急。她想，到底是自己不能生育还是魏贵强不能生育呢？心里时刻忧着此事。一天魏贵强又说要出去收货款，又要出去几天。翠兰想毛百斤搬出棚屋后，洪利元住进去了，就去打他的主意，于是深夜来到棚屋前，轻轻将门一推，门没有闩，进去后脱光衣服，滚上床搂着洪利元。洪利元大惊，说："你是谁？"

翠兰说："小声点，我是翠兰。"

洪利元说："翠兰，使不得、使不得。"

翠兰说："魏贵强收债去了，没人知道的。"

洪利元哪禁得起翠兰的挑逗，两个奶子的厮磨，下身像蛇一样的缠绕，干柴近烈火，焉能不燃？下面那丑物像铁棍一样，翠兰就势一翻身，仰卧在他身下，奋力迎就，两人就疯狂起来，羞没了，怕没了，一切抛于九霄云外，直至情泄欲消，筋疲力尽方休。

洪利元说："翠兰，下次不能来了，一旦让人知道，我会死无葬身之地，你也会身败名裂。"

翠兰说："他每月都要外出，没人知道的。"说着穿好衣服回去了。

洪利元再也睡不着了，男人和女人疯狂一回，那飘飘欲仙的味道，刻骨铭心，口说要她下次不要来了，但心里又难分难舍。心想，什么时候才有自己的房子，才有自己的铁铺，娶上自己的老婆，生儿育女呢？现在手艺已学到家，艰苦奋斗三年，一定要建好自己的房子和铁铺。

这男女之事有了一回不愁二回，等魏贵强外出了，翠兰又来了，两人如胶似漆，疯狂云雨，一切皆忘，早已飘飘欲仙，魂飞魄荡了，情欲已泄而心犹不舍。

洪利元说："翠兰，你逢小魏师傅出外就来找我，你是见我快三十了还没有老婆，让我尝尝做男人的滋味，是做善事还是另有所求？"

翠兰说："这事你需要我也需要，还有何求？"

洪利元说："你俩结婚四五年了，还未怀孕，要是我俩怀上了孩子，会不会引起怀疑？"

翠兰说："若是我俩怀上了孩子，他父母会高兴死了，不会怀疑的。"

洪利元说："如果生下孩子特别像我，一点都不像魏贵强，那怎么办？"

翠兰说："像你就好，他头脑简单，一点都不聪明，只会像饿蚂蟥一样缠着我，别的什么都不行。"

洪利元说："那我就放心了，但时间长了，会被他父母发现的，以后怎么做人？你以后还是别来了。"

翠兰说："我都不怕你怕什么？只要我能怀上孕，什么都解决了。"

经过一段时间的往来，翠兰怀孕了，魏贵强非常高兴，魏大娘更是高兴得如癫若狂，请郎中开安胎药，开补药，家务一切都不让做，连翠兰的内裤都帮她洗了，与以前相比，魏大娘像变了一个人一样。

翠兰怀孕后，还到洪利元房里去了一次，喜滋滋地对洪利元说："我怀孕了，谢谢你，以后我不会再来了。"

洪利元说："恭喜你，你好好把我的孩子生下来。"

翠兰说："也不知是哪个的种，不管哪个的种，那都是魏家的呀。"

洪利元说："对对，说的也是。"

翠兰说："今晚算是来感谢你，以后不会再来了。"情泄欲消后，下床穿衣走了。洪利元送到屋外说："感谢你给了我做男人的真味，令我终生难忘。"两人依依而别。

也就在这一次，魏大娘起来小解，听到门响，出来观看，见翠兰进了洪利元的棚屋，等了半个多时辰才出来，心想当面识破，但转念一想，不能说，会影响胎儿的发育，也不能告诉任何人。心想这骚货，怀孕了还要男人。要不是她怀孕了，我要打断她的狗腿！那这个孩子是哪个的种呢？我的天啦，这怎么办？反过来又想，事已至此，只要我不说谁能知道？

自此以后，魏大娘不准魏贵强再去魏家桥了。一来翠兰有了身孕，那芳蓉还未怀孕，就不去了。二来好监督翠兰的行为。魏贵强想，快一年了芳蓉还未怀孕，翠兰已怀上了，证明自己有生育能力，汤芳蓉那里我不去，她也找不上我。

那芳蓉见魏公子两个月没来了，也未送生活费来，就和母亲商量怎么办。

汤母说："当初说是在家里暂住，生下孩子就接回毛家栗山，快一年了还没怀上，姑爷有两个月没来了，我们不知道什么原因，是不是请个人去毛家栗山了解一下？"

芳蓉说："母亲说得对，请谁去好呢？"

汤母说："我想到了一个人。"

芳蓉说："谁？"

汤母说："魏相和呀，他曾托人来说过媒，本街上的追过你的呀，就是他父亲怕负担不起才没成呀，请他一定会去。"

芳蓉说："此人做事扎实，我俩是有缘无分的，他一定会愿意帮这个忙。"

汤母将魏相和请来，说："相和，请你帮我一个忙。"

魏相和说："大娘，什么事，你说，我一定办到。"

汤母说："就是芳蓉和魏贵强的婚事，当初是说暂住娘家，彩礼过了也圆了房，每月供生活费一千文钱，说好生了儿子就接回毛家栗山，现在有两月没来了，烦你帮我到毛家栗山去了解一下。"

魏相和说："大娘放心，此事我一定帮你调查清楚，我魏家桥的人不是好欺负的！"

魏相和在毛家栗山经过一天的了解，气愤地回到汤家，对汤芳蓉母女说："这个魏贵强本来有个老婆，是烟花楼赎出来的商女，婚后四五年没怀上孩子，怀疑在烟花楼吃了绝育药，所以请媒婆到你家来做媒，你母女相信他和媒婆的花言巧语，就同意他生了孩子后接回毛家栗山，现在好啦，他老婆怀孕了，把你甩了，你怎么去找他？"

母女俩一听此话，号啕大哭，怎么办？她俩只会哭。

魏相和说："现在只有一个办法，芳蓉怀孕了去找他，你到底怀孕没有？"

芳蓉低下头摇了几下。

汤母说："相和，辛苦了，谢谢你。"

魏相和说："不辛苦，告辞。"

魏相和走后，母女俩又哭了一阵，想起了相和的话，"除非芳蓉怀孕了"，汤母立刻有了主意，对芳蓉说："儿啊，我母女命苦，我有个主意你一定要依我，此事能够解决。"

芳蓉说："娘有什么办法？"

汤母说："那魏贵强可能不能生育，娶你做试验的，他家的老婆不知为何又怀上了，你也可以怀孕呀，你和相和两个青梅竹马，当时是他父亲不同意而未成，我明天到姑妈家去住几天，你喊相和来陪你几夜一定能怀上。"

芳蓉低头说："母亲此事我怎么开口？"

汤母说："你到他家去喊他，就说我找他帮个忙，一定会来。来了之后，你想法拖住他与他同居几夜，这事有了一次不愁二次呀！"

芳蓉想，母亲这个办法是好，自己怎么放得下面子呢？也罢，拉下脸来做，她买好菜和酒，下午到相和家，说母亲还要请他帮忙，相和果然来了，芳蓉立即好酒好菜相陪。

魏相和说："你娘哪去了？"

芳蓉说："姑妈家去了，明天就会回来，我们吃饭吧。"于是两人你一杯我一杯，喝到天黑了，两人都有点醉意了，芳蓉将相和扶到床上，自己洗了澡也上床去睡，见相和呼呼大睡，不知是真醉还是假醉，就将魏相和的裤子脱下了，见他那东西像铁棍一样指了起来，知道他是假醉，就又摇又喊："相和，别装了，将衣服脱了。"

相和假惺惺地说："这是哪里？"

芳蓉说："别装了，快脱衣服。"

芳蓉一把搂住魏相和，两人不用语言，就疯狂起来，一个似布袋子装鱼，乱冲乱闯，一个似机杼纳梭，急送急迎。良久方歇。两个都珍惜这个机会，一个借这个机会怀孕，一个趁这个机会解饥渴之馋。芳蓉在家疯狂了三天三夜，果然，不出半月就怀孕了。汤芳蓉口苦、乏力、闻油腥味就想吐，汤母喜道："儿呀，终于怀孕了。"于是又喊来魏相和，要他无论如何将魏贵强喊来。

魏相和说："我自有办法。"来到毛家栗山，找到魏贵强说："贵强兄，恭喜你，芳蓉有喜了。"

魏贵强说："她到底怎么样了？"

魏相和说："她口苦口没味，吃不下饭，她母亲说大概有两三个月了，你一定要去看一下。"

魏贵强想，只有她和她母亲知道，她怎么喊魏相和来通知？自己已有妻室一事已泄露。但很高兴，证明自己有生育能力，他要和母女俩商量怎么安排。魏贵强已有两个月没去了，怀孕是真是假还不清楚，于是说："谢谢你告诉我，我马上请郎中和你一起去。"

魏贵强请了郎中和魏相和风风火火来到汤家，母女俩热情地接待了他们。汤母说："姑爷来了，恭喜你，芳蓉有喜了。"

于是郎中就帮芳蓉探了脉，郎中问："有几个月没来潮了？"

芳蓉说："有两个多月没来潮了。"她故意将时间向前推了两个月。

郎中说："恭喜你，有喜了。好好休息，多吃一点带补的东西。"

郎中开了安胎药方，说："吃五副药，包你婴儿长得顺利。"

魏贵强打发郎中走了，自己到魏家桥抓来药，当夜在此住了一夜。

汤母说："姑爷，芳蓉怀孕了，还是回毛家栗山吧，这里毕竟是汤家，孩子应该要生到魏家去。"

魏贵强从身上摸出五百文钱，递给汤母说："岳母，前段日子太忙，两个月没来看望，我现在就回去安排房子。芳蓉，最多过两天，我一定接你们去毛家栗山。"

魏贵强回去后，将情况告诉了母亲。母亲听了他的话，既喜又忧，喜的是双喜临门，忧的是翠兰怀的不知是谁的孩子，另外魏贵强娶汤芳蓉，只有他母子两人知道，如果将芳蓉接回来，翠兰肯定会有意见，以后家里就会天天吵架，芳蓉原先不知道是做二房，一定也会闹事，这怎么办呢？翠兰怀的是洪利元的种，魏贵强戴了一顶"绿帽子"，芳蓉怀的又是不是魏贵强的种呢？如果不是，那就戴了两顶"绿帽子"了，但不管他们是哪个的种，都是我魏家的人，人还是要接过来，请毛百斤来劝劝翠兰，让她接受芳蓉。

当夜魏大娘去找毛百斤，说："毛百斤，岳母请你帮个忙，请不要推辞。"

毛百斤说："什么事？我一定帮你。"

魏大娘说："是这样，魏贵强与翠兰结婚四五年没有生育，他与你同一年结婚，你快两个儿子了，大家都说烟花女吃了绝育药，不会有生育，于是我就帮贵强在魏家桥另娶了一个，叫汤芳蓉。她父亲已过世，母女相依为命，说好彩礼五千文钱，每月供母女生活费一千文钱。说好暂住娘家，孩子生下后，就接母女和孩子回到毛家栗山。谁知翠兰今年已经怀孕，那芳蓉也怀孕了，要求接到毛家栗山来，说孩子一定要生在魏家，娶芳蓉没有告诉任何人，只有我和贵强知道，如果这一下接回来了，翠兰和芳蓉两个人都接受不了，肯定会吵架，请你帮我去劝劝翠兰，接受这个现实。"

毛百斤听完大娘的叙述后，好久没有说话，觉得魏家人尽做荒唐事，魏贵强良家女子不要，死皮赖脸要娶烟花女，大娘为了早日抱孙子，帮魏贵强暗藏媳妇，现在翠兰怀孕了，这时候又要接一个芳蓉回了，现在要她们接受，双方都不会同意，家里会闹翻天，恐怕不会听我劝。

魏大娘见毛百斤不说话，就说："毛百斤，这个忙你一定要帮，你说话呀！"

毛百斤说："岳母，此事不能操之过急，你们尽做些荒唐事，我一下子想不出好办法，你不是和芳蓉母女说好的，生下儿子后接他们来毛家栗山吗？那就等到当生时再说，如果你马上接来，两个都怀着孕，两人肯定会吵架，两个心一生忧，就会影响两个胎儿的发育，生下的儿子不健康，你和贵强要担一世忧。一定要安慰芳蓉到当生时再回来，贵强每月多去几回，待芳蓉好一点，使她没有忧心，两个都生个健康宝宝。"

魏大娘听了毛百斤一番话，觉得很有道理，继续瞒着，只得要贵强去安慰芳蓉，当生时再接她们回毛家栗山。

那芳蓉母女是特别老实的人，魏贵强说家里的房子被很多货占满，一下腾不出来，当初说好是生了儿子就接回去的，现在尚未出生，请再多住些日子。魏贵强对芳蓉特别好，芳蓉也就安心住下来了。光阴似箭，日月如梭。芳蓉"怀胎"十二个月，也生下一个儿子，取名魏小龙。而翠兰四个月前生了个儿子，取名叫魏大龙，生得酷像洪利元，魏大娘心里打翻了五味瓶。芳蓉这个儿子"怀"了十二个月，正是魏贵强没有去那两个月怀上的，也不知是哪个的种，没有办法，只得安慰芳蓉，满了月就接他们回来。现在接回来再吵架不会影响儿子的发育了，但怎么跟她俩说呢？大娘心里像怀着个十五个月的孩子似的，现在接回来，翠兰会接受吗？她脾气不好，一定会大闹，芳蓉老实一点，因有个老母牵制，她母亲无生活来源，好说服。如果两个都不依从，丢下两个儿子都走了，那如何是好？尤其两个儿子都不是魏贵强的种，这虽然魏贵强不知道，但帮芳蓉传话的人可能知道，我知道，翠兰知道，芳蓉知道，洪利元知道，还有一个不知名的男人知道。世上没有不透风的墙，久而久之会暴露的。名义上有了孙子，实际上添了忧心！

要知魏大娘的忧心何时了，且听下回分解。

第 十 六 回

◆

魏相和卖瓢得利
汤家女弃恶投贤

　　毛家栗山铁货市场建立后，毛百斤更加忙碌，虽然统一了价格，统一了质量。但还有不正当经营者，有质量差的滥价经营，矛盾很多，日夜都有人找，严重影响了他的功夫。香莲管理货摊，岳母带小孩，他一个人打铁，琐碎事占了大半时间，为了稳定市场，大家团结经营，共同赚钱，他毫无怨言。

　　这天刚解决两个人的矛盾，魏大娘又来了，说："毛百斤你很忙，我又来麻烦你了，芳蓉已满月了，该接回来了，麻烦你帮我去劝劝翠兰让她接受芳蓉。"

　　毛百斤知道这事难解决，但岳母的事不敢推拖，不得不答应。于是说："岳母，这事你先前没有告诉她，恐怕难以劝通，我尽力而为吧。"

　　魏大娘说："你一定帮我劝通，你劝不通还有谁能劝得通。"

　　毛百斤说："我一定会去劝她，我今晚就去，你老放心吧。"

　　晚饭后，毛百斤来到岳父家，进屋见他们刚吃完饭，正在收碗筷。翠兰看见了说："毛哥，你吃过吗？"

　　毛百斤说："我吃过了，岳母，你老去洗碗吧，我和翠兰说个事。"

　　魏大娘点头说："老头子，你和贵强去帮别人换个菜刀把，说好今晚来拿的。"说着三人都走了出去。

　　翠兰说："毛哥，什么事？请坐。"说着递上茶来。

毛百斤接过茶来说："我说一个你不喜欢的事，你不会生气吧？"

翠兰感到很奇怪，我在哪里得罪了他，于是说："你说吧，什么事？"

毛百斤说："你向来聪明贤惠，通情达理，处事有方，众所周知，我很佩服。你和贵强结婚以来，感情很好，大家都说贵强讨了个好老婆。结婚四年来都未怀孕，岳母想抱孙子心切，背着你和岳父帮贵强娶了个妾，叫芳蓉，仍住在魏家桥，最近也生了个儿子，叫小龙，比大龙小四个月，请你原谅岳母和贵强，接受这个二房。"

翠兰大怒："魏贵强，你这喜新厌旧的东西，你给我出来！竟敢背着我干出这样的事来，你敢接来我就杀了她，反正有她无我，有我无她！"

魏贵强不敢出来，魏大娘出来说："这不怪魏贵强，怪我，我见你四年没怀孕，我想抱孙子心切，是我的主意，是我逼贵强所为，现已生了儿子，请你原谅我！"

翠兰说："生儿子有早有迟，你就这么不相信我！我绝对不能容忍！"

毛百斤说："有话好说，世上男人三妻四妾的有的是，请你想开些！"

翠兰说："那是老婆不能生育的，或经大老婆同意的。你就知道我不能生育吗？这事没有商量余地，有我无她，有她无我！"翠兰斩钉截铁地说。

毛百斤说："你也同情一下芳蓉吧，她一个弱女子，生了贵强的儿子，不来贵强家到哪里去？"

翠兰说："我不管，她来了我就走！"

毛百斤说："好啦好啦，我希望你通情达理一点，明天她来了不要做出怪事来，我的话说完了，我走了。"

当夜魏贵强不敢回房里去，个人单独住另屋。只听见翠兰在房里又哭又骂，她大声喧闹："当初在鸳鸯楼缠着我，好话说尽，海誓山盟，绝不变心。还没五年就暗地藏娇了，毫无半点诚信，你有几个臭钱？不撒泡尿照照自己，你像个什么东西，文不识丁，武不能护身，头脑简单，技不如人，只会贪迷女色，在世上枉凑人数，反倒嫌弃我来了！"

"冬瓜生毛种丑！有其母便有其子，常言'养崽不教如养猪，养女不教如养驴，'母子一色货！会有教养吗？母子都无德无能，专做坏事，违背天理，违背人性，会有好下场吗？"哭一阵数一阵，一夜未睡。

魏大娘认为哭了闹了，最后不从也从了，这是女人的共性。于是就将芳蓉接来了。谁知什么时候翠兰走了，只听见婴儿在床上大哭。婴儿太饿了，哄又哄不了，喂其他东西又不吃，饭又吃不下，只道中午接来芳蓉，让她来喂奶，谁知婴儿闻奶味不同，看到芳蓉就哭，不肯吃她的奶。害得魏大娘和全家人急得团团转。

魏师傅只会骂魏大娘做荒唐事。第二天，只得要魏贵强到昭州去找翠兰。魏贵强来到刘老板家，对刘老板说："岳父，翠兰回来了吗？"

刘老板说："魏公子，你十七岁就恋着她，那时她还只有十五岁，没想到结婚才四年，你又金屋藏娇了，你有了新欢，还来找她干什么？"

魏贵强说："岳父，此事不能怪我，我们婚后四年未曾生养，我母亲见毛百斤和我同一年结婚，有个两岁的儿子，又怀上了二胎。母亲抱孙子心切，于是就暗地里帮我找了个叫芳蓉的女子，逼我和她暗地同居，谁知翠兰又怀上了，芳蓉随后也怀上了，说好生了孩子后就接芳蓉回毛家栗山。芳蓉一个弱女子不回夫家怎么生活？我也实在没办法。请你老劝翠兰回去吧，小孩饿坏了，其他人的奶他又不吃，好可怜啊！"

刘老板说："她不会回去的，她对我说'有她无我，有我无她'，你现在有芳蓉了还要翠兰干什么？你儿子有芳蓉带，还要翠兰干什么？她也有奶呀，你好自为之吧。"

魏贵强双膝跪地，说："岳父将她喊出来，我要和她面谈。"魏贵强想以母子连心来打动翠兰的心。

翠兰出来了，板着面孔说："你有了新欢，还来找我干什么？她也有奶呀，她不会带儿子吗？"

魏贵强说："翠兰，你听我说，当初是你四年未怀孕，母亲逼我的，我和她并没有感情，跟我回去吧。儿子饿得多可怜啊！"

翠兰怒道："除非你将她休了，我才回去，你母子好自为之吧！"说完就上楼去了，再怎么喊，怎么求，就是不下来，魏贵强不得不垂头丧气地回去了。

翠兰想，她和魏贵强的感情是根深蒂固的，二者他应该做出选择，一定要将芳蓉退回去，在这件事上决不能让步。

魏贵强回家后，将情况告诉了母亲，母子俩都觉得必须做出选择了，于是又来劝芳蓉母女，要她们还是带着儿子回去住，每月供她生活费一千五百文钱，等翠兰想通后再来接他们三个。

芳蓉母女俩是最老实的人，芳蓉说："夫君，为了一家和睦，我不使你为难，我们暂时回去住，但你要保证每月按时送钱来，你每月至少在魏家桥住十天。"

魏贵强母子满口答应，立即给她生活费一千文钱，将她母女三人送回了魏家桥。

次日将翠兰接了回来，翠兰看着儿子瘦了，接过儿子痛哭，一家又回复往日的平静。

话说那魏相和在毛家栗山走了几次后，觉得市场上都是三刀和一些小铁货，没有魏家桥街上挂的铁瓢，就想将铁瓢摆到这里来卖，一定会有人要。于是就到魏家桥铁铺去问价，都是本街的人，一定会说实话。相和问："尚云叔，你这铁瓢多少钱一个？"

尚云师傅说："相和你要一个拿去就是，说什么钱啰。"

魏相和说："不是我要，别人买要多少钱一个？"

尚云师傅说："大的十五文钱，小的十文钱一个。"

魏相和说："你这里大小十几个我都要了，做十文钱一个，你看行不行？"

尚云师傅说："你给谁买的？"

魏相和说："不瞒叔，现在毛家栗山建了个大铁货市场，都是三刀和一些小铁货，没看见有铁瓢，你如果肯赊账，我到毛家栗山卖了回来就给钱给你，我相信会有人要，那就帮你们打开了大销路。你看行不行？"

尚云师傅见相和是个老实人，让他试卖一下也可以，就说："你拿去吧，我相信你，一定会有人要，共十二个，回来交一百二十文钱给我吧。"

魏相和说："好，我一定会讲信用，谢谢叔。"

魏相和将铁瓢就摆在空地上，一会儿，来了个老板看了很久。问："老板，这瓢多少钱一个？"

魏相和说："大的二十文钱一个，小的十五文钱一个。"

老板说："价格还有商量吗？"

魏相和说："这是批发价，零售价三十文钱一个。五个以上批发价，你要多少？"

老板说："我全要了。"

魏相和说："五个大的七个小的，一共二百五十文钱。"

老板说"就二百文钱吧。"

魏相和说："好，一回生二回熟，靠以后常来常往，都给你。"

老板付了钱，魏相和高兴地回到魏家桥，付给尚云师傅一百二十文钱，自己一次就赚了八十文钱，如果我设立一个摊位，把魏家桥的铁匠汇集起来专门打瓢，每天可打几十把，那就发财了。于是对尚云师傅说："尚云叔，按上次那个价钱，你们有利可图吗？"

尚云师傅说："有啊，每天可打四五个呀。"

魏相和说："请你对其他师傅说，你们专门打瓢，货由我帮你们销售。"

尚云师傅说:"可以呀,只要你包销售,我们就打呀。"

魏相和说:"我包销,不赊账,今天拿货明天给钱。"

尚云师傅说:"好,我马上喊他们来商量,帮你打。"

魏相和就在毛家栗山设了个摊位,专卖铁瓢,每天都卖出几十把,魏家桥现有的铁匠供不应求了,迅速增加到十个铁匠,专门打瓢,小瓢、大瓢、方形瓢,方形瓢很受欢迎,能舀又可盛放。因此,魏家桥打瓢的专业队伍很快形成,与三刀一样,也销往大江南北。

一年多来,魏相和每日进钱几百文,立刻积蓄了四五万文钱,在毛家栗山修建了自己的房子,货再多也有地方放了,将父母都搬到毛家栗山,帮忙料理生意和家务。

魏相和人也变得风流了,穿着入时大方,待人谦和,笑口常开,与以前相比判若两人,做媒的也陆续上门了,他一一拒绝了,父母问他为何不答应,他说生意很忙,等几年再说。其实他心里只想着青梅竹马的汤芳蓉,当年媒婆帮他做媒,父亲嫌她有个要赡养的母亲,拒绝了这门亲事,芳蓉心里也有相和,在她被魏贵强暗地养娇期间,她请魏相和帮她怀了孩子,现在芳蓉还在魏家桥住,因翠兰和她水火不容,被魏贵强退了回来,魏贵强每月付给一千五百文钱的生活费,由于翠兰管得严,魏贵强不敢到魏家桥来,芳蓉在这里守活寡,名义上是魏贵强的妻子,实际上是魏相和的情妇,魏相和只盼望魏贵强早日退婚,他好名正言顺地接芳蓉到毛家栗山来团聚。他现在有钱,不怕赡养不起她的老娘了。怎样才能让魏贵强早日将芳蓉休了呢?他想,只有想办法接近翠兰,她是水性杨花的女子,听人议论说她那儿子酷像洪利元,看样子魏贵强那个"家伙"有问题,与芳蓉一年多都没有怀上孩子,翠兰那个孩子一定是洪利元的,那么翠兰想稳定她在魏家的位置,还会请人帮她生孩子,于是就有了主意。

一天晚饭后,魏相和刻意将自己打扮了一番,显得格外有魅力，风度翩翩，落落大方，到魏贵强家去了。魏贵强见魏相和来了，立即说："相和老弟，大老板，吃过饭吗？"

魏相和说："吃过了。"见翠兰笑眯眯地送上茶来。就说："未曾谋面，久已闻名，贵强兄，你好福气，嫂子是天上来的吧，真是荷花见了含羞，牡丹见了会低头，无人见了不做梦！"

翠兰听得眉开眼笑，秋波荡漾，眉飞色舞起来，笑盈盈地说："大老板风度翩翩，落落大方，你的话比春风还暖，碰到什么样的花都会开呀，太会说话了。"不愧是情场老手，频送暗语挑逗。

魏贵强说："相和是我自家人，是我的堂兄弟，他一年多就赚了四五万文钱，成了大老板，建了一栋漂亮的大房子。对了，你找我有事吗？"

魏相和说："有事求你，白天你都很忙，我那棚子太小了，现在货一多，太窄了，准备拆掉扩大一点，邻棚的人可能不会同意，到时候请你帮我干预一下。"

魏贵强说："这件小事没问题，我说句话他们不敢不听的。"

"谢谢，到底是自家人在管事，以后还要你多多关照。我空手来，没买到东西给侄儿吃，这点小意思算是给侄儿买糖吃。"魏贵强不收，两个推让了几下，魏相和立即转身递给翠兰，翠兰也不肯接，魏相和就趁机在她身上抓了几把，最后翠兰笑嘻嘻地说："好、好！我收下，我替大龙感谢你了。"接下了一串五百文钱。

翠兰说："大老板建的好房子，我想去看看。"

魏相和说："好哇，我正想请教你买什么家具好呢，贵强兄也去吧。"

魏贵强说："我就不去了，我早就看过了，儿子睡了，我要看着点，你们快去吧。"

翠兰和相和急迫地来到相和家，相和见父母都睡了，就直入自己房子里，翠兰立即就脱魏相和的衣服，于是两人就上床疯狂云雨。事毕，相和说："翠兰，魏贵强还脚踏两只船，那芳蓉还养着在魏家桥。"

翠兰说："我知道没那么容易就退脱了，谢谢你告诉我，我知道怎么做了。"

"还有件事我不说你也知道，芳蓉那孩子是她请我帮她怀上的。"

"哦，你为什么告诉我？"

"因为我和她是青梅竹马的情人。"

"你是想要魏贵强早日休了她，你们好名正言顺地相处了。"

"正是，你真聪明，太可爱了。"说着将翠兰一把搂紧，令翠兰感到从未有过的幸福。两人难分难解，但又不得不分手。

翠兰回去后，心想魏贵强一家都不是人，还花钱养着别人的孩子和老婆，这个事一定要做个了结。于是来到洪利元家，对洪利元说："请你帮我去做一件事。"

洪利元是个老实人，说："什么事？"

翠兰说："你帮我到魏家桥去调查一个人。"于是如此这般地将做法告诉洪利元，洪利元因为以前与她有暧昧关系，不得不言听计从。

洪利元来到魏家桥，果然找到了芳蓉，对她说："你是汤芳蓉吧？"

芳蓉说："我是芳蓉，你是……"

洪利元说："我是毛百斤的徒弟，魏贵强和你的事我很清楚，他欺侮你母女老实，他魏贵强是不会来的，有母老虎管着，他也不敢来，花一千五百文钱养着你在这里守活寡，你如果有去处，趁早去逼他退婚。后面的日子还长着呢，你母女俩要拿定主意，我见你母女可怜，将来落得没人管就不好办了。告辞。"

洪利元走后，母女俩抱头痛哭，一夜未睡，母女俩商定，明天抱着儿子到魏贵强家去，一定要讨个说法，第二天清早芳蓉和母亲带着儿子来到了毛家栗山，直进魏贵强家，芳蓉进屋就说：

"魏贵强，你个负义贼，你欺骗我母女，哄我离开后，你几个月都没来过，你今天给我个说法。"

魏贵强说："生活费不是都给你了吗？"

芳蓉说："你个没良心的东西，你要我守活寡！"

这时翠兰抱着儿子出来，将儿子放到地上就拿起凳子砸东西，骂道："你欺骗我，你欺骗我！"见东西就砸，打烂了茶壶、茶杯，又进厨房里将碗全部砸光，芳蓉母女就是大哭，魏师傅从铁铺过来，夺下了翠兰手里的凳子，翠兰就扭着魏贵强的衣服费力打，说："今天有我无她，有她无我，要么我们三人都死！"魏大娘立即喊来洪利元，喊来毛百斤，才将翠兰拉开，周围看热闹的人很多，将门口围得水泄不通。

毛百斤进来说："翠兰别闹了！"翠兰就是一句话："有我无她有她无我，要么三人一同死！"

毛百斤对芳蓉母女说："你俩也别哭了，带好各人的孩子。"又对门外围观的人说，"都散了吧，人家家里有点小事有什么看的，你们哪个家里没有？"围观的人散了。

翠兰说："今天有我无她，有她无我！"

芳蓉说："说好生下儿子后接我们回来的。谁知他家里有一个，也生了孩子，每月只给我一千五百文钱生活费，要我守一世活寡！我一定要和魏贵强住在一起。"

毛百斤说："你们两个将想法都说出来，你们先休息一下，我劝劝贵强，商量一下解决办法。"毛百斤和魏贵强及他父母到隔壁屋里商量。

毛百斤说："闹到这一步，你们觉得怎么解决？"

魏贵强说："你问我妈吧。"

魏大娘说："当初是我考虑不周，看样子只能休了芳蓉了。"

毛百斤说："那孩子怎么办？归谁带？翠兰是绝对不会带的。"

魏大娘说："只有休了芳蓉，要去掉那个累赘，孩子求芳蓉带到断奶，能走路再带回来，带养期间多给些钱，补给芳蓉一些青春损失费，你去跟他们说吧，今天一定要他们走人。"于是一起来到堂屋里。

毛百斤说："根据你们的情况，合拢来是不可能了。芳蓉，你年轻些，还可以嫁个比贵强更好的男人，孩子麻烦你带到两岁，由魏贵强补给你母子生活费，另外贵强补给你青春补偿，你看你要多少钱？"

芳蓉说："我嫁鸡随鸡走，嫁鸟随鸟飞，生是魏家的人，死是魏家的鬼！"

毛百斤说："你和魏贵强本来就不应该结婚，当然这不怪你，多补些钱给你，如果不同意，那你仍住魏家桥。我劝你还是离开吧，多补些钱给你，你考虑清楚。"

芳蓉是个老实人，觉得去心人最难留，留着结冤仇。他心里根本没有你，留在这里还不是自己吃亏，离了后可以和魏相和名正言顺地在一起了，于是说："离开可以，陪我青春费五万文钱，小儿我不带，我要嫁人。"

那芳蓉的娘就是哭："我怎么办啦！我怎么办啦！"担心没有生活费来源了。

毛百斤劝了好久，芳蓉就是不肯带孩子。魏大娘说："不带小孩，只给你三万文钱。"

芳蓉说："那我母子就死在这里！"魏大娘恨不得甩掉累赘，说："算了，孩子我自己带，给你五万文钱，贵强拿钱来！"

魏贵强拿来五万文钱，芳蓉接过钱拉着母亲，将儿子放入魏大娘手中，小儿大哭，芳蓉头也不回地走了。

欲知芳蓉母女何去何从，且听下回分解。

第 十 七 回

吕寡妇通奸丧命
魏贵强使诈谋私

话说那芳蓉母女回到魏家桥后，第二天，魏相和就将母女接回家去，有情人终成眷属。

市场自开业以来，由于大家严格遵守市场管理条例，稳定价格，公平竞争，为了吸引顾客，大家在铁货外表美观和钢火过得硬上下功夫，铁货刀具质量越来越好，来栗山进货的客商也越来越多，市场也越来越兴旺，还带来了餐饮、住宿和其他服务业的发展，栗山也发展成小小的街市了。

市场四个监督员，后来工作上做了分工。魏贵强任组长，负责处理一般事务。徐善秋当文书，收取的管理费由他计数管账。其他两人负责秩序和清洁卫生。原来建的一百零六间摊棚，有一间是公家的办公室，办公室里有一张床，供他们轮流守夜歇宿，一张办公桌，一个放账册和资料的小柜子。由于市场兴旺，大家赚了钱，管理费每月及时收上来了，工资能按月照发，四人能安心工作，团结合作，服务热情，市场秩序井然，老板们都很满意。

魏贵强开始工作认真，说话和气，久而久之，见有些老板日进几千文钱，自己月薪只有两千文钱，慢慢地心理不平衡了，就千方百计敛财，利用手中的权力敲诈铁货老板。一天，有个铁货老板和客户关系较好，让客户欠了部分货款，并写了欠条，魏贵强硬说他滥价，要打他的包饭，老板一再申明是欠账，并写有欠条。魏贵强就坚决要打包饭，老板只得给他们四个管理人员每人五百文钱，才私了此案。魏贵强觉得这钱来得容易，于是专门利用打包饭这个工具敲诈经营户，鸭蛋里寻骨头，以莫须有的罪名强加这个，强加那个，老板们就施些小钱给魏贵强个人，慢慢地形成了不成文的规矩，每逢魏贵强值夜班了，就有人来送"保护费"了，凡收了保护费的绝不会受到刁难，遇有矛盾纠纷时魏贵强总是帮着护着他们，交了保护费的人觉得只要不找他们的麻烦这样也可以，此事虽然是暗地进行，但时日一久，大家都知道了。白天上班时魏贵强就在办公室不用出门了，其他三人去检查，发现问题就找魏贵强处理，魏贵强见当月交了"保护费"的就大事化小小事化了。遇到当月没交"保护费"的就往死里整。这样一来，货主老板每月初就将"保护费"交了。

由于交了"保护费"违规有魏贵强保了，滥价经营，利用不正当手段拉客等现象充斥市场，给市场带来一片混乱。

市场上大多数老板在家里住，但也有些在摊棚里住。有个叫吕贤的年轻寡妇，丈夫死了，阿公在家打货，小孩放在家里由婆母带着。魏贵强见她年轻漂亮，她第一次夜里去交"保护费"，就被魏贵强强奸了，那寡妇年轻，也需要男人，开始担心会怀孕，但几个月后都未怀孕，吕贤也就放心与他同居了。

要想人不知，除非己莫为。那些被敲诈交"保护费"的人怀恨在心，没办法报复，现在机会来了，于是就有人暗地里告诉翠兰。开始个别人讲翠兰不相信，以为是魏贵强得罪了很多人，他们是来挑弄是非的。后来暗地里告诉她的人多了，她不得不怀疑。她想：魏贵强对我海誓山盟，只爱我一个人，前面他暗地养妾，今又和寡妇通奸，不把我放在眼里，这是绝对不能容忍的。于是当魏贵强值夜班时，就去捉奸。

一夜，魏贵强去值夜班了，待儿子睡后，翠兰就轻轻地起来，寻了一根三尺长的木棍，轻轻地出门而去，夜深人静，她一个人走在路上好冷清呀，好在手中有根木棍，市场上万籁俱寂，来到市场管理办公室前，只听到办公室内有窃窃私语，接着有摇床的吱咯声，进而有床板的咚咚巨响。听得翠兰怒火冲天，奋起一脚将门踹开，冲进去挥棍乱打，魏贵强挨了两棍，吕贤见情况不妙，光着身子朝外走，翠兰追出去一棍将她打倒在地，吕贤连喊饶命，说："对不起，我也是没有办法，丈夫死了，上有老，下有小，都要活命呀……"

魏贵强也不顾光着身子，追了过来，夺下翠兰手中的木棍。

翠兰说："魏贵强，我跟你没完！"进而大喊"捉贼呀，捉贼呀！"气冲冲地回去了。幸好那一棍打吕贤肩膀上，如果打在脑袋上就没命了。

这时那些告密的人点燃了早已准备好的火把，从四面八方涌来，将魏贵强两个一丝不挂的人围住，两人各自用双手捂着下身，吕贤蹲在地上。

那打着火把围拢来的人，七嘴八舌，有的说："贼在哪里？""那个什么人怎么不穿衣裤？""有一个是男的，有一个好像是女的，低着头看不清……"

魏贵强见围观的不肯离去，抬起头来大声说："没看见你老婆不穿衣裤的样子！"

众人说："哦！是魏组长，我们不知道，只听到喊捉贼，原来是你，大家快散去。"说完满意地去了。那吕贤觉得再也没脸见人了，就寻了根绳子吊死在棚子里，第二天那些告密者见吕贤没有开门营业，等到中午都未开门，又没听到里面有动静，有的到门缝里窥看，只看到吕贤吊在棚顶上。有热心人立即通知了她的公婆，婆家来了很多人，不用说，是有人将昨夜之事说了。于是来人冲进了魏贵强家里，见东西就砸，见人就打，魏贵强走了，翠兰抱着小儿躲进了隔壁。魏师傅夫妇被打得鼻青脸肿，遍身是伤，幸好邻居来得快，救了他们，说："你们是什么人？怎么不讲理，进屋就打人呢？"

吕贤的婆母跪到地上又哭又数："赔我媳妇来，把害死吕贤的凶手交出来!"

来人齐喊:"把魏贵强交出来!"

毛百斤见出了大事,立即来到师傅家里,对大家说:"请大家安静下来,听我说,一人犯法一人当,魏贵强走了,你们将他父母打成这样,这也是犯法的,当然你儿媳与魏贵强的事败露后自尽死了,男女之事一个巴掌拍不响,一时讲不清,但吕贤年纪轻轻,儿子未大,实在可怜,活着的人要为死去的人出安葬费。魏贵强回来后或亭长将他捉回来后,自有办法处理。"

来人说:"杀人填命,一定要处死他!"

毛百斤说:"这位高亲你见吕贤是哪个杀死的,你去找哪个填命吧。那我就不管了。"毛百斤扬长而去。

对方哑口无言,只得拖住毛百斤不放,有几个年轻人想以武力震胁住毛百斤,走拢来就是一拳,毛百斤抓住他的拳头,另一只手一掌击去,那青年就痛得跪地求饶。

毛百斤说:"你为什么打我?又不是我吊死你家的人。"

毛百斤回去打铁了,吕贤的婆母和请来的人走也不是,留也不是,坐到魏贵强家里,去了两个年长的人找毛百斤,毛百斤正在打铁。那老年人对毛百斤说:"毛师傅,你是市场的会长,吕贤是你这个市场里的一员,这事还是要麻烦你处理一下。"

毛百斤说:"这事是她自己寻死的,又没有任何人打死她,找谁去要赔偿?就说是与魏贵强通奸引起的,通奸是男欢女爱、两相情愿的事,而且是吕贤自己送到魏贵强床上去的,魏贵强不过是与此事有关而已,如果讲良心的话,安葬费由魏贵强负责,可以商量,要想在毛家栗山行强,那就无人管了。"

那老人说:"毛师傅,请你大人莫记小人之过,那些年轻人不懂礼节,请你原谅。死者还摆在那里,请帮助处理一下吧,早日入土为安。"

毛百斤说:"我很同情,这安葬简单一点要一千文钱差不多了吧。"

那老者说："她不是正常死亡，要请觋公驱鬼，还有棺木装彩，上山埋葬起码十多桌人吃饭，没有两千文钱做不成，她公婆死了崽，今又死了儿媳妇，孙子还未大，以后靠谁？至少要赔偿五千文钱。"

毛百斤说："老人家，你搞错了吧，她自己死的，你要谁赔偿？我是见她可怜，帮助出安葬费而已。"

老人说："毛师傅，人家家里只有老人和小孩了，你这一千文钱也太少了吧。"

毛百斤说："那你说安葬费要多少？"

老者说："她家里老的老，小的小，一切都要请人，办这个丧事至少要五千文钱。"

毛百斤说："一千五百文钱我包了。"

老者说："你就全没有一点同情心。"

毛百斤说："你要五千文钱，这个问题虽然与魏贵强有点关系，但魏贵强没有责任。魏贵强的父母被你们打成那个样了，他们也是受害者，六七十岁了被你们打，还要找你们的麻烦呢，如果信得过我，我替魏贵强做主，出三千文钱，你老能为她家做主吗？我没有时间，我不想和你那些年轻人费口舌了。"

两位老人说："好，我转告他们，同意就立即去办丧事，不同意要他们去找别人吧。"

两位老人跟吕贤的公婆一说，他们同意了，毛百斤就立即付清了三千文钱，写了就此了结的字据，将吕贤的尸体抬走了。

魏贵强在外面躲了一天就回来了，窝在家里不好去市场，翠兰要与他离婚，对魏贵强说："魏贵强，我们离婚，你口说一套，做一套，你与我海誓山盟，说只爱我一个人，背着我养妾嫖娼，我们的缘分已尽，你写个退婚书吧。"

魏贵强说："我以后再也不敢了。"

翠兰说："你不写退婚我也走了。"说着将儿子放下地就走了。魏贵强立即追去，小儿在地上哭，魏大娘抱着两个孙子哭作一团。

魏贵强追了很远，眼看就要追上了，见前面来了两个人，翠兰就大喊救命。两个男人立即抓住魏贵强。

魏贵强说："我追我的老婆。"

两人不相信，见魏贵强一副鲁莽相，翠兰那么漂亮。魏贵强说："二位大哥，她确实是我老婆，请相信我。"二人将信将疑地放了他。但这时翠兰已走了很远，再也追不上了，只得打转回家。

魏大娘见翠兰没回来，就问："翠兰呢？"

魏贵强说："没追上。"

魏大娘说："这如何是好哇，儿子哭着要妈妈，我又要带小的，你明天买些礼物到她娘家去接一下，看能不能回来。"

魏贵强想，鸳鸯楼她不会去，只有她干妈家可去。于是，第二天买了些礼物，来到昭州刘老板家，对刘老板说："岳父，翠兰昨天为点小事，又走回来了，将小儿丢在家里，两个都是不满两岁，我母亲实在招呼不到，请帮我劝劝她，随我回去吧。"

刘老板说："魏少爷，当初你缠着翠兰海誓山盟，说只爱她一个人，可是你背地里养妾，还要与寡妇通奸，闹出了人命。人命关天，你还说为点小事，那大事是什么？"

魏贵强低下了头，说："前次暗地养妾是母亲逼我的。"

刘老板怒道："那昨天之事也是你母亲逼你的吗？"

魏贵强哑口无言，沉默良久，说："岳父，小婿知错了，再也不敢了，请你喊她下来与我回家吧。"

刘老板说："她就在楼上，我劝不动她，她的脾气你也知道，你一而再地做出出格的事，要她原谅你很难，你自己去求她吧。"

魏贵强走上楼去，见翠兰坐在窗前，面朝窗外，魏贵强徐徐拢上前去，轻轻地说："翠兰，昨天的事是我错了，你打我吧，骂我吧，小儿哭着要妈妈，请你回去吧。"

翠兰说："你不是人，言而无信，当面一套，背后一套，当面海誓山盟，背后养妾嫖娼，你伦理道德丧尽，猪狗不如，枉在人间凑数，我再也不和畜生在一起了！"说完，将魏贵强推出房门，将门闩了。

魏贵强说："翠兰，我们夫妻一场，请看在母亲和儿子的分上，回去吧！"

翠兰怒道："滚！"

魏贵强说："我给你跪下了，你不回去我就不起来！"

翠兰说："你和那寡妇一样了，我也不回去，滚！不要在这里嘈耳！"

翠兰回了这句话，再也不说话了。

刘老板见楼上没有声音了，就上来看，见魏贵强跪在门口，头顶在门板上。就上前说："贵强起来吧，她正在气头上，等两天气消了，我再劝劝她，她舍不得儿子，会回去的。你快回去吧，免得你父母着急。"

魏贵强不得不起来，悻悻而去。

魏贵强走后，刘老板对翠兰说："翠兰，你还是回去吧，看儿子分上，常言'嫁鸡随鸡走，嫁鸟随鸟飞'，这是八字生成的，没有办法的事。"

翠兰说："不！命运可以改变，这种日子我再也没法过下去了。在鸳鸯楼时，他缠着我不放，花大价钱赎我出来，他不是大款，是父亲打铁的辛苦钱，他自己连打铁都学不会，四五年了还不能出师，是个尽蠢货，什么都学不会，只知道沉迷女色，在铁货市场管事，也是大家看毛百斤的面子。现在还有脸去吗？一个男人无养家糊口的本领，靠父亲养活，父亲死了靠谁？我和儿子靠谁来养活？"

刘老板说："翠兰啊，你虽不是我亲生女儿，可我没有女儿，你就是我的亲生女儿，如果认我这个父亲的话，就听我一句，现在气也消了吧，快回去，儿子天天在哭啊，多可怜啊！"

翠兰说："我会回去的，我明天就去和他做个了断。"

刘老板说:"你与他了断后往哪里去?"

翠兰说:"父亲,你放心,女儿有去处,我可以嫁人啊!"

刘老板说:"男人要忠孝两全,为国尽忠向父母尽孝,女人有'三从四德',在家从父,出嫁从夫,夫死从子。四德为妇德、妇言、妇容、妇功。必须遵从,这是为人的根本。"

翠兰说:"父亲,别说了,我明天就回去。"翠兰这一次决心要离开魏贵强,她要去找洪利元,逼魏贵强退婚。

第二天,翠兰回到魏家,抱着儿子,什么事都不做,什么人都不理睬,魏贵强因那事刚处理,怕吕家人来报复,窝在家里不敢出去。

当天夜里,魏贵强和翠兰同床异梦,离若千里,睡到半夜,翠兰轻轻下床,开门出去了。魏贵强想"她出去干什么?"等了一会,出去察看,没看到在厕所里,轻轻地来到洪利元棚屋边,只听见男女狂欢之声,一下怒火上升,将门踹开,拖出翠兰就打。翠兰说:"你再打我,我明天带孩子一起去死,你养妾睡寡妇,我就不能找人吗?"

魏贵强来打洪利元,洪利元说:"魏贵强,这不怪我,是她求我的。"

翠兰说:"是我求他的,你知道你儿子从何而来的吗?知道芳蓉那儿子是谁的种吗?你如果再打我,我就将此事说出去。要你绝子灭孙,让所有人都知道你不是男人,让你在世上无地自容!"

魏贵强手软了,他心里明白:如果让别人知道了,这两个孩子不是自己的孩子,这怎么办?纵能杀了他俩,还有芳蓉和魏相和知道此事,先前自己不知道,后来与翠兰四年没生儿子,与芳蓉一年未让她怀孕,与吕寡妇差不多一年也没使她怀孕,证实了自己无生育能力了。此事决不能让人知道,只得说:"只要你们不说,容许你俩这一回,下次再来死路一条!"

翠兰心想:你有什么本事能奈何我们?两人都回去了,翠兰再也没有上床，坐等天明。

第二天，魏贵强要洪利元搬出棚屋，说自己要用了。洪利元不得不与母亲共住一间屋。魏贵强紧接着要洪利元搬出打铁棚。他说："这棚子是我父亲为毛百斤打的，毛百斤现在有自己的铁厂和住房了，不需要这个铁厂了，我要收回来，请快搬出去！"

洪利元立即去找毛百斤，来到毛百斤面前说："恩人，我的铁打不成了，魏贵强要收回你给我的铁厂，我只有回老家去种地了。"

毛百斤感到很奇怪，打了几年了没说半句话，现在要收回铁厂，其中必有原因，于是说："他为什么要收回打铁棚和住房？你从哪里得罪了他吗？"

洪利元脸红了，喃喃地说："是有个原因，但那不怪我呀！"

毛百斤说："什么原因？你跟我说老实话。"

洪利元脸红得像红纸一样，低头不语了。

毛百斤见洪利元不语，又背地里听说魏贵强的儿子像洪利元，莫非他与翠兰真有苟且之事？于是说："原因不好说就不说了，你打算到哪里去？找到地方吗？"

洪利元说："没有，就是请你来帮忙的。"

毛百斤说："你回去对魏贵强说，宽限三天时间就搬。"

洪利元说："谢谢帮忙，你的大恩大德我永世不忘。"说完拱手而别。

当夜翠兰也来到毛百斤你家里，也求毛百斤帮忙。她说："我和魏贵强实在过不下去了，我要离婚。"

毛百斤说："你离婚到哪里去？"

翠兰毫不隐瞒地说："我要嫁给洪利元。"

毛百斤大惊，说："什么?! 我没听错吧，你要嫁给洪利元啊？"

翠兰说："是的，我要嫁给他。"

毛百斤想，难怪魏贵强要赶洪利元走，确实有他的难言之隐，于是说："为什么要与魏贵强离婚，要嫁给洪利元呢？"

翠兰说："当年我不懂事，见他那么喜欢我，花那么多钱赎我出火坑，就嫁给他了。他对我海誓山盟，说只爱我一个，谁知不到四年就背着我暗地养妾，继而又与寡妇通奸，他目不识丁，什么都学不到，打四五年铁了，还不能出师，只会沉迷女色，我跟着他没有好日子过。"

毛百斤说："前头暗地养妾，是母亲逼他干的，哪个要你开怀那么迟？我岳母想抱孙子呀。"

翠兰说："不是我不开怀，他根本不是男人！"

毛百斤说："他不是男人，那儿子是谁的？"

翠兰说："我三年多后还不怀孕，也很着急，他们说我在鸳鸯楼吃了绝育药，受够了他们的气，我没有吃药，于是趁魏贵强外出之际，我求洪利元帮我生的。"

毛百斤说："那芳蓉的儿子不是魏贵强生的是谁的？"

翠兰说："毛哥，你去看一下那儿子像谁，想一下芳蓉与什么人关系最好就知道了，她那儿子为什么怀了十二个月？这还不明白吗？"

毛百斤说："你不要乱说，你这次给他捅了个大娄子，出了人命案子，害得公婆挨打，还赔偿了三千文钱，你就想走了，你也太没良心了吧！"

翠兰说："这是魏贵强木匠戴枷——自作自受，多行不义必自毙的报应！我还有点良心，没有将他不是男人的事说出来，让他名义上还有两个崽，没断香火。此事他自己知道了，与我四年没怀孕，与芳蓉和吕寡妇一年也没怀孕，这还用说吗？毛哥，我要嫁给洪利元，请你告诉他吧。"

毛百斤说："魏师傅是我的师傅，是我和香莲的救命恩人，你要我劝洪利元娶恩人的儿媳，常言宁拆千座庙，不拆一桩婚，亏你说得出口，要我做天下最不义之人，我毛百斤有那么傻？现在魏贵强要赶洪利元走，要收回棚屋了，你嫁给他去流浪？"

翠兰说："流浪我也愿意。"

毛百斤说："别做白日梦了，回去好好想想吧。"

翠兰说："我回去早晚会被魏贵强打死，到时候我和孩子变成鬼都要来找你。"说完就走了。翠兰像癫了一样，回去就去找洪利元，说："你现在房子没有了，我们远走高飞，过我们真正的夫妻生活，哪怕跟你吃糠咽菜也幸福。"

洪利元说："我上无片瓦，下无立锥之地。"

翠兰说："自己打棚子呀，不要多少钱，等几年赚了钱再砌房子，或者借钱砌房子呀，迟早要砌不如早砌呀。"

翠兰一句话，提醒了洪利元，于是找到魏贵强，请他宽限一个月，将房子砌好后就搬。于是就向毛百斤和几个师傅借了两万文钱，自己有万多文钱，翠兰送来了五千文私房钱，就动手砌房子了，经过一个月时间，房子砌好了。

翠兰非常高兴，与洪利元商量好一个月后结婚。回家对魏贵强说："我走了，如果来拦我，我就将两个孩子的事说出去。"说完丢下儿子就回昭州了，魏贵强和他父母不敢阻拦。

欲知翠兰和洪利元能否结婚，且听下回分解。

第 十 八 回

◆

多行不义必自毙
举头三尺有神明

空极生风，海大有浪。市场大了有起落兴衰。毛家栗山铁货市场因魏贵强私收"保护费"，破坏了稳定的价格，导致不公平交易，造成了滥价、让利、请客送礼、送物资拉客的恶性竞争，货卖出去了，收入少了，进货老板越来越挑剔，价钱越来越低，不卖又不行，个个感到做不下去了。于是就召开货主老板的代表大会，重新整顿市场，回归正常经营。

会上重订了经营制度，按原定的价格一律不准滥价，他进货的反正要进，只要我们大家都坚持，不滥价才有赚头。前段我们已得到严重的教训，要坚持价格，以质量吸引顾客。质量越好，荣誉越高，进货老板就越多，市场就越旺，我们的收入才能稳定。

会场上揭发了魏贵强收受贿赂，收"保护费"、以权谋私、以权谋色、刁难货主客户的事实，决定开除魏贵强。增加了杜正中为管理员，由杜正中为组长。

最后毛百斤说："吃一堑，长一智，以前由于魏贵强收受'保护费'，放纵了个别人滥价经营，兜售低质量铁货，造成了不正当竞争，导致了没有利润，也引发了粗制滥造，质量低劣。这样下去，市场必垮。我们这么多铁匠又要改行归农了，这次教训是惨痛的，还出了人命。现在要重新整顿，严格执行市规，我们要坚持，不按规定价格不卖货，开始进货老板可能不会动手买货，没关系，我们是坐庄，他们是行庄，他们多等一天多一天开支，绝不会空手回去，迟早要买，只要我们的质量过得硬，进货老板还是会来，我们的销路会越走越宽，请大家严格遵守市场规矩。"

会后每个店都挂出价格表，挂出重整市场的公告，让全体铁货老板引起重视，让所有进货老板都知道市场整顿内容。开始执行那天，进货老板没有一个进货，都在观望，都在找老客户谈话，希望有人松动，经过一天的思想斗争，没有一个松动，不按价格不卖货，所有的进货老板等了两天不等了，还是按公开的价格进货了。市场回归正常经营了。

那魏贵强被开除回家后，不想打铁，来到毛百斤家里，对毛百斤说："毛百斤，你这个白眼狼，忘恩负义，我父母白救了你，当了会长就不管我了。"

毛百斤说："师兄，你给我添了多少麻烦，你给市场带来好大的损失，还闹出了人命，你还来怪我，骂我白眼狼，你自己是糊不上墙的牛屎，我有什么办法，我无法保你了，回去跟你父亲打铁吧，收入比管理市场高得多。"

魏贵强说："你将我开除了，翠兰要逼我离婚，你现在害得我什么都没有了，你要为我负责。"

毛百斤说："谁要你收'保护费'？谁要你去刁难货主老板和客户？谁要你以权谋私？谁要你以权谋色，还闹出了人命？这完全是你自己咎由自取。与我有什么关系？！回去打铁吧，只要你勤奋，收入会多，待翠兰好一点，她会原谅你，会回心转意的，回去和她好好地说说吧。"

香莲妈做好了饭，出来说："魏少爷，百斤，吃了饭再说吧。"

席间，师兄弟对饮起来，魏贵强借酒浇愁，你一杯我一杯，也不言语。

香莲说："哥，你慢点喝，多吃点菜，那样会醉的。"

魏贵强说："醉死算了，没事做了，老婆没了，我也没意思活了。"

香莲说："哥，别这么说，只要你振作起来，打铁还可以，只要这个市场稳定，收入还是可观的，只要安心打铁，父母会心安，翠兰也会回心转意的。"

魏贵强什么话都听不进去，喝得酩酊大醉，毛百斤只得将他背回去。

见岳父母都在，就说："岳父，这次市场整顿，魏贵强怪我没将他留住。岳父，民愤太大了，我也实在没办法。"

魏师傅说："你不用说了，他害乱了市场，害死了人命，害得你听了多少话。难为你了。这忤逆不孝的，坏事做尽，对不起你。"

毛百斤说："我也有责任，没有管好他，落到了这一地步。是我对不起你们，我今天劝他安心打铁，收入比管理人员还要多。岳母，你也劝劝翠兰，在这个时候，不要再出来闹了。"魏大娘只是哭，挨打的伤还没有好，她说："又回娘家去了，两个小孩丢在家里，我命怎么这么苦啊?!"说着大哭起来。毛百斤见一个开心的岳母，遭接二连三的打击，瘦了老了，完全变了一个人似的，心里好难受。

毛百斤说："岳父岳母，他醒来后，既要安慰他，也要规劝他，好好打铁，以后的日子还是好过。你二老也要想开些，保护自己的身体要紧，我很忙，遇什么事及时告诉我。我走了。"说完出门而去，心想，对魏贵强这样的人，确实没办法教育，无有办法安慰岳父母。

魏贵强再也不好去市场，也不想打铁，他在栗山铺东游西荡，荡了几天，一天见一个新来进货的老板问路，问铁货市场在哪里，他立刻感到这是生财之道。于是说："我带你去，这个市场上谁的货好，谁的货差，我了如指掌。"直接将进货老板带到香莲摊前说："老板，她的货是全市场最好的。"那老板初来乍到，就相信了他，将货进了。他帮老板搬货，又说："老板，我栗山有很多旅社，哪家床铺好，伙食好，待人好。我最清楚，跟我来，我陪你去，绝对不会错。"于是带入了他要好的店里，将进货老板安排好。他对进货老板说："老板，我陪你进了最好的货，住进最好的旅店，你们满意吧？"

进货老板说："满意满意，谢谢你！"

魏贵强说："按我们行价规定，陪行一次只收二百文钱，不贵吧？"

老板说："啊！要二百文钱？"

魏贵强说： "对，要二百文钱，收价最低，我很忙，请付钱。"

进货老板人生地不熟，也不懂地方规矩，不得不付钱给他。

出了客房后，又对旅店老板说："我帮你拉客，拉一个你给多少钱？"

那老板说："这客还要拉吗？要住店的反正要住，不住店的你拉也不得住，谢谢你，我不需要，不麻烦你啦。"

魏贵强记在心里，咬牙切齿地走了，他又来到香莲店里，说："妹子，以后我帮你拉客，你一次给我多少钱？"

香莲说："这货摆在这里，任人挑选，哪个进货的看不到，还要拉吗？哥，回去打铁吧，你是不是手头紧，拿几十文去吧。"香莲顺便拿了几十文钱给他。

自此，魏贵强就干起了这"陪行"的勾当，给了钱的就说他这个店的货好，不给陪行钱的说他的货差，给了陪行费的旅社就是好旅社，没给陪行费的旅社就造人家的谣，说人家客房里死了人，或说伙食差，床铺不干净，一年没洗过被……有些常来常往的顾客都被他欺骗了，那些被他毁谤的旅店和货摊，确实受到了一定的影响。久而久之，大家对他恨之入骨，他成了害群之马，大家纷纷告诉毛百斤，也有人告诉了魏师傅。

魏师傅和师母劝他，骂他，他听不进去，还说"你不帮我去劝毛百斤，让我去管市场，你还骂我，你是不是我的父母？"气得父母捶胸顿足。

毛百斤见师傅师母伤未好，还受魏贵强的气，觉得他俩都会气死。于是决定和魏贵强推心置腹地谈一次，对魏贵强说："师兄，我们都不小了，常言'人到三十无后生''三十而立'，人到三十要立业，男人以事业为重，有养家糊口的正当职业，或工，或农，或商，或艺……这些都要刻苦学习而得，吃得苦中苦，方为人上人。你把祖传功夫学到手，不怕没有养家糊口的钱，你就是吃不得苦，你父亲六十多岁能打铁，你为什么不能打呢？打铁这门手艺比其他手艺都强，不要出门，不要肩挑背负，不要走家串巷，不受日晒雨淋，在家天天进钱，只赚不亏，没有风险，只要质量好，不愁销不出，还是安心把打铁手艺学好吧。"

魏贵强不但不听，反而说："毛百斤，你毁了我的前程，又不准我自己谋生，我父母当初为什么收留你？你这个白眼狼！你有什么权力来劝我?!"毛百斤实在没办法，只得听之任之了。

一天，一个进货老板看到路边有个大麻袋，以为是谁丢了一袋货，心里很高兴，上前解开麻袋一看，吓了一大跳，里面是个人，大着胆子一摸，还有气，立即到市场上喊人来救，毛百斤和几个人风风火火赶来。拖出来一看，是魏贵强，已气息奄奄了，双脚已被打断，身上到处是伤，看样子害他的人以为他死了，这是谁干的？仔细分析，绝不是一个人干的。毛百斤心里想，他得罪的人太多了，常言多行不义必自毙，他虽然没有死，治好了也是终身残疾，他的后半生怎么过呀。只得抬回去，请郎中治疗。

魏大娘见儿子被打成这样，放声大哭，魏师傅只是叹气，翠兰闹离婚去了娘家，两个孩子丢在家里，魏大娘一个人带不了，自身被吕贤家人打伤还没有好，又添一个断了双腿的病人，如何是好？谁来照顾？魏师傅铁打不成了，专门来照顾魏贵强，魏贵强动弹不得，魏师傅一个人根本奈不何，要个去喊翠兰回来的人都没有，别人去也没有用，只有找毛百斤去喊也许会回来。毛百斤没有办法，师傅家出了这么大的事，他不帮忙谁帮忙？

毛百斤来到昭州，找到了刘老板的家，对刘老板说："刘老板，翠兰将儿子丢给婆婆，我师母一个人要带两个小孩，还要洗衣做饭，怎么忙得过来呢？请你劝翠兰快回去吧。屋漏更糟连夜雨，前天，魏贵强又被别人打断了双腿，身上到处是伤，现在躺在床上，我师傅根本没有打铁了，专门照顾魏贵强，一个人又奈不何。真是雪上加霜！请你老劝翠兰下来，和我赶快回去吧。"

刘老板说："我女儿在楼上，她早就和魏贵强离婚了，她决心已下，我劝了多次劝不动，请你去劝劝吧。"

毛百斤来到楼上，进屋就说："翠兰，你聪明贤惠，栗山铺的铁匠都说魏贵强讨了个好老婆，你看在多年的夫妻分上，回去吧，师母要带两个小孩，师傅要伺候魏贵强，贵强遭到别人毒打，现在双腿被打断了，你还是回去吧。"

翠兰说："我早就和你说过，我要和他离婚，我和他没有任何关系了，要我回去是不可能的，除非太阳从西边出。"

毛百斤说："离婚是不可能的了，你不要乘人之危，还要讲点良心。"

翠兰说："我不是乘人之危，我已离婚半年了，他被人打伤在后。请回去告诉他，离也得离，不离也得离，如果再等一个月不写出退婚，我就将他不是男人的事说出去，那两个儿子都不是他的，断了他的香火。"

毛百斤说："一日夫妻百日恩，你和他相处六七年了，你就做得这么绝情，他落难了就不是夫妻了。"

翠兰说："当初他缠着我，花钱赎我，对我海誓山盟，全是假的。是他绝情在前，婚后他暗地养妾，还要和寡妇通奸，夫妻之情他早就没了。"

毛百斤说："他没有和你离婚，你必须回去。"

翠兰说："你辛苦了，请你告诉他和他的父母，一个月后我嫁给洪利元，如果他一家来阻拦，我就将他不是男人的事捅出去，要他家断了香火，我不过是一死了之。再入他家，不如死了好！"

　　毛百斤劝了好久，水泼不进，不得不回来将情况告诉师傅师母。魏师傅夫妇早已知道魏贵强无生育能力，唯恐这两个孙子是洪利元和魏相和的种之事让人知道，断了自己的香火，只得听之任之。

　　翠兰这几个月一直住在义父家里，她有钱，借了五千文钱给洪利元，身边还有点钱，魏贵强所收的钱都放在她手里，在义父家住上一年都没问题。一个月之后，翠兰来到毛家栗山，见洪利元房子已建好，一共四间，对洪利元说："现已过了火，还要办几桌酒席感谢大家的帮助，我俩的结婚酒也一起办了。"

　　洪利元说："我是准备办几桌酒席表示感谢，你说我们结婚，你和魏贵强现在是夫妻，我怎么敢和你结婚呢？"

　　翠兰说："自从魏贵强和吕贤通奸之事暴露后，我们就离婚了，这几个月我住在娘家，今天特来和你商量婚事，你不会嫌弃我吧？"

　　洪利元说："只是你和魏贵强离婚之事大家都不知道，会让大家对我们以前的事引起怀疑，我们以后怎么为人呢？"

　　翠兰说："在酒席上宣布就是，没有人不相信的。"

　　洪利元说："那魏家来吵架怎么办？"

　　翠兰说："魏贵强来不了，他父母是来不成的，而且他们也不敢来。"

　　"为什么不敢来？"

　　"我在昭州不回来，毛百斤来劝我，我已要毛百斤告诉魏贵强一家，如果他来阻拦，我就将魏贵强无生育能力的事捅出去，要他两个儿子都保不住，断了他家香火，现在魏贵强死活难断，治好了也是残疾，因为双腿断了，只能是苟延残喘了，魏大娘只有将两个孙子带大，老来有个依靠，所以他们不敢来拦我们的。"

　　"万一来阻拦怎么办？"

　　"我对毛百斤说了，如果来阻拦，我将魏贵强无生育能力之事说出去，捅他个鱼死网破，大不了一死了之，谅他们也不敢来。"

洪利元既高兴又担忧，唯恐闹出大事来，以后不好做人，怕大家说他乘人之危，一时不知如何是好。

翠兰说："你放心吧，魏贵强都那样了，他父母还会来吗？"

洪利元说："你知道我师傅是什么想法，他会反对吗？"

翠兰说："毛百斤见我的态度很坚决，也知道魏贵强的隐私，虽然魏师傅是他的恩人，但要保住师傅两个孙子，他也会说'算了，去心人莫强留，留下结冤仇'。你是他的徒弟，他不会公开反对的，他是最聪明的人，两杯酒不喝喝一杯酒？"

洪利元说："那就结婚酒、过火酒一起办吧。"

翠兰说："结婚酒、过火酒一起办，起码十五桌，所有的铁匠恐怕都会来，因为他们办酒你都去过，就办新屋里，时间就定后天，今天明天准备酒菜，要把天上飞的、地上走的、水里游的、树上结的、土里长的……都要办齐。"于是两人就紧锣密鼓地买菜买酒做准备去了。

办酒那天，桌上十碗八盘，摆满桌子，各种菜肴经厨师煎、炸、炖、炒、煮五味俱全，窖藏老酒，桂花醇状，幽香扑鼻，只闻觥筹交错，笑语喧天，好不热闹！

酒过三巡，洪利元的好友，陪着洪利元、翠兰牵着扎着大红花的绸缎出来了，说："今天是洪利元、翠兰结婚又是乔迁新居的双喜大宴！"大家一阵欢呼，热闹非凡。

翠兰大方地说："魏贵强通奸事白后，我与他离了婚，这几个月我住在娘家，今天我和洪利元结婚，有劳大家光临，我们非常感谢，请大家多喝几杯淡酒，我敬大家一杯，干！"

大家见她话句虽短，观点明白，举止大方，尤其是今天打扮得特别漂亮，令人魂魄飘荡，饱了眼福，大家一起站起来举杯，喊声惊天动地，酒宴进入了高潮。

所有的铁匠，除魏贵强和毛百斤没来外，其余都来了。毛百斤借老婆在月子里为由，说来不成，打发丈母娘来了。魏师傅夫妇早已知道魏贵强的隐私，唯恐翠兰说出去两个孙子是洪利元和魏相和的种，断了自家香火，魏贵强不知是死是活，也就认命了，没有来阻拦。

经过几个月的治疗，魏贵强的伤基本好了，但一双腿无法治愈了，落得了终身残疾，只能打双拐了。毛百斤不忘师恩，经常来看望岳父母，赔偿吕家和魏贵强买药的钱都是他出的。他对魏贵强说："当初是谁为首打你，你看清人没有？"

魏贵强说："我在回家的路上，突然一个麻袋从背后罩下来，接着就挨棍棒打，我就什么都不知道了。"

毛百斤说："起心打你的人，以为你死了，将你丢到外面走了，起码是几个人所为，师兄，你得罪的人太多了！"

魏贵强说："毛百斤，洪利元欺我太甚，你带了个忘恩负义的白眼狼，他也来乘人之危，抢了我的老婆，我绝不能放过他。"

毛百斤说："师兄，翠兰早就要与你离婚，你现在这样了，还养得起她吗？你如果去闹事，她跟我说过，你们如果去阻拦，她就将你无生育能力的真相说出来，那两个儿子都不是你的了，就断了你家香火。你现在这个样子，如果让孩子知道了内情，孩子长大了还会认你吗？你去闹一下翠兰就会要你吗？保住两个孩子姓魏就算了，将来靠孩子，不然你和你父母将来日子怎么过？"

魏贵强说："欺人太甚，这口气我咽不下，这口气我一定要争！"

毛百斤说："她也要争一口气，你娶了她后，还养妾嫖娼，她要找个真正爱她的人，你如果不让她争这口气，她要把你两个孩子是谁的真相说出来，让众人知道，孩子大了知道你不是他的父亲，他俩还会养你吗？你要想清楚，孰轻孰重，三思而后行。"

魏贵强说："这个婊子我待她那么好，我落难了这样对待我，我绝不放过她。"

毛百斤说："你知道她是婊子，当初你为何要娶她？你不想想你和你父母老了怎么办，你都这样了还要去惹是生非，认命吧，这口气吞下去别出了，让父母过几年好日子，看孩子分上，孩子大了就好了。"

魏贵强哪里听得进去，大喊："我一定要杀了她！"

欲知魏贵强能否杀到刘翠兰，请听下回分解。

第 十 九 回

◆

打铁哪知炼铁苦
炼铁更比打铁难

毛家栗山铁货市场经过整顿后，迎来一派兴隆景象，价格稳定，依靠质量公平竞争，因此质量越来越好，名声远播，进货的老板越来越多，以三刀为主的铁货销到了吴、齐、越、燕、秦，乃至西域南海。日销售量越来越大，毛家栗山、扎里桥、魏家桥打铁的越来越多，由原来几家发展到近两百家，市场由原来几十个摊位发展到近两百个，毛家栗山也变成了百多铺面的街市，旅馆、饭店、各种小吃店，遍地开花，由于外来人员增多，街上还出现了当地的土产店，衣帽店和戏耍玩具店。

由于铁铺变多，用铁量大大增加，铁价飞涨，野鸡坪的铁由一千文钱一百斤，涨到了两千文钱一百斤。寻找铁源调节铁货价格，成了当前的突出问题。成本猛涨，利润下降，大家要求想法解决，纷纷来找毛百斤，毛百斤说："请你们立即通知扎里桥、魏家桥的铁匠代表，后天到我家开会，我一个人无法解决。"

第三天，毛家栗山，扎里桥、魏家桥的铁匠代表，市管员杜正中、郭荣声、徐善秋、张盛帮等共三十四人，开了一上午会，提出了三个办法来解决，最后由毛百斤做了中心发言，他说："综合大家的发言，我归纳如下意见，第一，调整价格，根据现在的情况，铁价是跌不下来了，为了保证市场兴旺，有利可图，产品要提高单价，剪刀和剃刀由原来十五文钱提高到二十文钱一把，菜刀提高到三十五文钱一把，其他铁货以此标准，按比例增加，请徐善秋核算一下，写出价目表挂出公布。第二，寻找铁源，派两人到涟源去，看那边的铁什么价，如果比野鸡坪的便宜，加上路费合算的话，就到那边去订货。第三，我和扎里桥徐善秋师傅到野鸡坪去一趟，和野鸡坪的炼铁老板见一面，要求他们减点铁价，我俩明天就去，哪两位去涟源？"

扎里桥彭美勇说："我和杜正中去涟源，正中师傅可以吗？"

杜正中说："可以，那路费怎么解决？"

毛百斤说："路费开支，请先记下数，回来后将总路费和其他开支，从收上的摊位管理费中报销。大家还有什么问题吗？"

有个铁匠说："我们突然加价，恐怕进货老板一下子接受不了，怎么办？"

毛百斤说："这就靠大家宣传，将铁和煤加了价的情况告诉他们，他们一时接受不了，我们不能心软，一定要坚持新价，一定要个个做到，只要有一个滥价，那就会像上次那样，滥得我们一点利润都没有了，哪个滥价，十五桌包饭照打不误，前面的教训太深了，千万不能再滥。"

第二天，毛百斤和徐善秋清早出发，过银杏树、三都铺、高桥，到达野鸡坪，已是下午未时，老远就看到了三四座高炉，火焰冲天，听到了拉风炉隆隆的响声，又走了很久才来到高炉边。在一个工人的陪同下进了一个厂房，那陪同人说："尹师傅，这两位是毛家栗山来的，找你有事。"

老尹听说是毛家栗山来的，那是老雇主，大客户不能怠慢，立即过来说："请进！"

毛百斤见尹中等个子，四十多岁，生得粗眉大眼，五短身材，步履雄健，但笑容满面，进屋就倒茶，说："请坐，二位远道而来，辛苦了。"

毛百斤坐定，一边喝茶，一边打量室内，见到处是烟灰，地上、桌上、家具上见不到本色，心想，炼铁和我们打铁的一样，是同拜炉头祖师的。

尹师傅问："二位老板贵姓，我们这里到处是炉灰，因而特别简陋，让你们见笑了。"尹老板见毛百斤到处张望，赶紧申明。

毛百斤说："小人姓毛，名叫毛百斤，这位姓徐，叫徐善秋，都是铁匠，也和你共个炉头祖师，共着昆仑山一蔸树。"

尹师傅说："久闻大名，如雷贯耳！常听来买铁的人说，你是天赋聪明，能文能武，纵横赵楚，叱咤风云，叫栗山铺都姓毛了，'毛'字招牌铁货销往诸国千郡，我们炼铁的沾了大光，好久前就想前往拜望，只道你是捻须老学究，原来你是满腹经纶、风度翩翩的少年，真是佩服！"

毛百斤见尹老板虽无文雅之相，却言谈风雅，于是说："尹先生过奖了，已将不惑之年了，谈何少年，虚度年华，毫无建树。与先生比，小巫见大巫了。我二人前来，一来向先生求学，这铁是怎样炼成的，二来向先生求援，这铁能否便宜一点。"

尹老板说："先生太谦虚了，今日时间不早了，这里不方便，二位到我家里去，路途劳顿，早点休息吧。"接着对外喊道，"老姚，你今晚好好看着炉火，我陪客人过去了。"

转来对毛百斤说："毛先生，二位请赐步到寒舍去。"二人跟随老尹，走过一条垅坑，来到尹老板家中，那是有着小柴门连着围墙的小院落，内有一栋四间两层的楼房，青砖乌瓦，内墙粉白，楼上垫着木板，大方整洁，堂屋右墙上，挂着一张苍松清泉山水帛画，配一副联曰："山静松声远，秋深泉气香。"其字铁画银钩，苍劲有力，显主人清高风雅之气。左边墙上挂一张神仙相，是个鹤发童颜、皓须垂胸、眼睛锐利、天门很高的老人，不知是何神仙。

老尹说："请坐，请用茶！"

毛百斤和徐善秋说："先生太客气了。"

喝着茶，尹老板点燃了油灯，接着尹嫂送上碗筷酒盅，一个十七八岁的少女送上酒，一个小男孩送上菜，有荤有素。

尹老板说："穷乡僻壤，无甚招待二位，请喝杯淡酒。"说着斟满了三杯酒，说："来，一路辛苦了，解解乏。"

毛百斤说："你太客气，麻烦你了，请令郎令爱和贤嫂一起来吃吧。"

尹老板说："他们不会来的，在里面也是一样。只是没有好菜招待你们，请你们将就将就吧。"

毛百斤说："嫂子好手艺，色香味俱全，这酒醇正，堪称美味佳肴。"

尹老板说："谢你夸奖，那就喝重点。"

毛百斤说："谢谢，观先生墙上书画，原来是饱学之士，令我大饱眼福了，受教匪浅。"

尹老板说："先生谬赞了，那是朋友送的，出自高手，我哪有那般能耐。"

毛百斤说："这送画的对你非常了解，知你满腹经纶，有高雅之气，才配挂此画。"

尹老板说："毛先生你高看啦，令我汗颜了。"

毛百斤说："你太谦虚了，那左边是哪位神仙？"

尹老板说："那是炉头祖师，你我共尊之神！"

毛百斤说："哦！平常只会念炉头祖师，鲁班先师，今天才见到真神，长知识了。"

尹老板说："神仙都是鹤发童颜，皓须垂胸，手执拂尘，你说是谁就是谁，你说灵验就灵验，谁也没见过，不是我酒后乱言，你们说是不是？"

毛百斤说："说得极是，他们生前都是凡人，有几个画下形象，几百年几千年后出名了，都是凭传说，凭想象画出来的，信不信，灵不灵，也是凭后人的心而定的"

尹老板说："先生一语道破真谛。不揣冒昧，先生大号百斤，有百忍、百善、百顺者，以此为名者甚少，定有特殊来历。"

毛百斤说："我本来号国金，也是很贵重的，那是人品之重，落难栗山铺，得师傅收留，由于南北口音有别，师母没听清楚，误为毛百斤了。我觉得也可以，我由一个少爷公子变成了逃难小子，这名改得好，还保留了人体的重量，也就听之任之了。"

尹老板说："原来如此，你太谦虚了，你的人品远远超过了人体重量。"

饭后，尹老板倒水让毛百斤二人冲了凉，送到二楼歇息，二楼有书房，有客人卧室，床上盖垫都很舒适。

第二天吃了早饭，尹老板说："今天请你们去看看我们炼铁是何等辛苦，现在就出发。"说着每人给了一个斗笠，一来遮太阳，二来防灰防落石。跟他走过垅坑，约莫两里之地，老远就听到叮当遍响，抬头远眺，见前面一座大山，有百多丈高，已劈了半边，山上向下看起来像万丈悬崖，山脚堆满石块。

尹老板说："这是采矿场，外面堆着的是选出的不含铁的石头，现在打炮眼的地方石头里才含铁，但含量越来越少了，不到两成。这石头非常坚硬，一炮炸不了几百斤石头，然后将大块的改小，以利选矿，把那些没有含铁量和含铁量太低的，堆在废石堆里，废石堆已占了四五亩地宽了。将含铁矿石运到高炉边，他们两人一组，轮流挥锤掌钎，上午一炮下午一炮，包选包送到高炉边。"

毛百斤边听边看，看到他们挥锤的和打铁挥大锤的一样，打铁挥大锤的打几下就停了，让师傅修边出样，他们这里没有停歇，那掌钎的每打一锤要拨动转向，震动力很大，双手的虎口都震破了，大多数都包着布。在强烈的阳光下，石头很烫，干活的个个光着臂膀，上晒下烫，晒得黑不溜秋，汗流浃背，冲着满身灰尘流出条条蚯蚓爬痕，看起来比打铁还要辛苦。

选矿石稍微轻松一点，大石块有的边角锋利如刀，有的尖利如锥，手脚多有被划伤刺痛者，他们的手都有厚厚的茧，手指没有一个不破皮的，都包着布。尤其要专心细致地看，没有含铁或含铁量少的石头，不能入炉，炼不出铁浪费焦炭人工。也是个最细致最艰苦的工作，担着比采矿更重要的责任。

矿区没有宽畅的道路，将矿石送到高炉边，有两三里路，他们担着重担，穿着草鞋，打起飞脚，飞汗如雨，走在坎坷的田间小道上，身上没有一根干纱，那是何等的辛苦！看完采矿场，来到炼铁炉边，那炉高两丈，大约二十人牵手难围。尹老板说："这炉内是耐火砖砌的，外面是青砖砌成，这座风炉是两人牵手难围的大树做的，树来自永州四门山，八尺长，当时是二十人拖回来的，这风炉很重，一个人拉不动，两人才能拉动，四人轮流拉，一点火三天三夜不能停。"

只见那炉杆有碗口粗大，当头连着横杠，一边一人，套着脚步，一拉一推要走四五步，大风入炉发出隆隆的响声，两人都光着臂膀，穿着裤衩，汗水冲着炉灰，一摸如泥墙一样，一块揩脸的帕子，都是黑的。

尹老板说："这一座大炉是初炼，底层是引火柴焦炭，上面是一层焦炭一层矿石，一炉要五千斤焦炭，可装一万多斤矿石，可出粗铁千来斤，从出铁到冷炉要六七天时间，第二座炉小一点，将粗铁和焦炭，还要加几样元素再炼，出来后是生铁，只能做翻锅鼎等用，第三座炉再炼才成熟铁，还要炼一次，将铁水灌入模子里，冷却后是一块块铁锭，就是纯熟铁了，从矿石炼成熟铁要五个流程，一万斤矿石，含量百分之二十，只有两千斤多熟铁，卖一万多文钱，我们五十多人最低工资都发不出，铁的含量越来越低了，不加价我们吃饭的钱都没有了，就是加到两千文钱一百斤，也维持不久了，含量再低就不炼了。"

毛百斤看完炼铁过程，听完介绍，又看到对面堆得像大山的铁渣，已有几亩地宽，说明铁和矿渣的比例相差好远，收入去除成本利润不多了。

毛百斤对尹老板说："尹师傅，谢谢你百忙中陪我们参观，你这次的铁价突然翻了一番，确实太难接受了，我们的成本太高了，能不能减少一点，让我们也弄口饭吃。"

尹老板说："我们也没办法，这个没有商量余地，含量再低我们就要停产了。辛苦你们了，招待不周，请您原谅，你们不知道，我们这个项目风险好大，时而有被铁水烫伤和被石头砸伤的风险，我们现在还养着两个被石头打伤的人呢。"

毛百斤对尹老板很同情，办这个炼铁厂太不容易了，由衷地感到敬佩和同情。于是说："你们有你们的难处，那就算了，感谢你的热情招待，告辞！"

尹老板说："实在对不起，请你们多多谅解，二位慢点走。"双方拱手而别。

毛百斤和徐善秋，当夜赶回了毛家栗山，一进屋，香莲说："昨天将价公布后，进货老板坚持只付原价，大家一直不卖，没有一个开摊，进货老板都在旅店等你回来。"

第二天，毛百斤吃完早饭，就来了十几个进货老板，毛百斤和香莲热情接待，一一送上茶，安排座位。毛百斤说："各位老板，让你们久等了，我昨天到野鸡坪铁厂里，他们的铁从原来一千文钱一百斤涨到两千文钱一百斤，我看了他们的生产，看了他们的铁，要求他们降一点，谈了一天都未谈成。他们的铁价加了一倍，我不加价就连吃饭的钱都没有了，我们在原来的基础上只加得一点点。没有翻倍。你们的销售价也可以提高一点，你们向客户说明成本高了，这是没办法的事，这个价格我们不能减，我也想降低成本，还派了人到涟源去找铁源，那边路途遥远，就是有铁成本也不会低，请你们多多谅解。"

一个进货老板说："毛师傅，我们这些人都是老主顾，这么多年来都在这里进货，也要降一点嘛，我们老远而来，这一次就不加了吧。"

毛百斤说："铁价上个月就加了，我们现在才加价，上个月我们都亏了，再也不能等了。"

有个老板说："那我按原计划没带那么多钱来。"

毛百斤说："那就少进些货嘛。"

另一老板说："那能赊账吗，赊一部分，下次还你。"

毛百斤说："生意场上向来是一手交钱一手交货，不赊账的，请原谅。"

另一老板说："走！我们到别的地方去进货，天下总不只有你这里有货。"说着起身走了。

毛百斤说："大家都要养家糊口，请便！"

进货老板纷纷走出毛百斤家。毛百斤对香莲说："你到市场上去告诉大家，千万不能降价，也不要赊账。"

香莲立即到市场上跟大家打了招呼，大家都按新价收款，也不赊账，进货老板没法，只得少买些货回去了。

第三天，去涟源的彭美勇和杜正中二人回来了，回来就对毛百斤说："涟源的铁万千，价格一千五百文钱一百斤，不过拉一趟货来去要四天时间，我们带了两块样本回来，你等一会去试用一下，如果铁好的话，到那里去买也可以。我俩到那里去看货，他们非常高兴，如果买得多，长期进货，也许还可以便宜一点。"

毛百斤说："好。野鸡坪铁矿的含量太低，可能那个铁厂办不长久了，我们就到这里去进货。二位辛苦了，你们用了多少路费，请记住到公家报销。"

杜正中说："我们只在来去途中吃了两餐饭，在涟源他们很客气，吃住都是他们负责，两个中餐，那点小钱自己出算了。"

毛百斤说："好，你们辛苦了，至于工资下次商定了一起算给你，总不能使你辛苦人吃亏吧。"

由于铁货老板都坚持新价，进货老板不得不照价付款，市场还是稳定，进货老板未减，经营照常运转。

毛百斤从野鸡坪回来后，回想在野鸡坪的历程，感慨万千，钱是黄柏树，不苦不成财！条条蛇咬人，看到他们采矿的，个个黑不溜秋，一身汗一身灰，个个手指缠布，受日晒雨淋，还要防飞石袭击。那炼铁的捅炉看火候的，喷出的铁液比打铁溅出的火花更吓人，那抬铁水注铁锭的，在千多度高温中操作，稍有闪失，轻则烫伤，重则致残致死，风险多大啊！那拉风炉的两人一组，轮流换班，上百斤重的拉杆，两人套着脚步，行走如飞，飞汗如雨，身上没有一根干纱。炼铁的比我们打铁的更辛苦，风险更大，不亲历其境，有几个知道？

农夫手中的锄头，妇女手中的剪刀，石匠手中的锤子、钢钎，厨师手中的锅铲、菜刀，将军手中的刀枪、弓箭……哪一样不是铁制？哪一样不是血汗铸造?! 其中的辛酸几人知晓?!

要知后事如何，请他下回分解。

第二十回

看守反而成盗贼
亲戚竟然变冤仇

常言"滴水之恩，当涌泉相报"。民有谚云："碗米养个恩人，石米养个仇人。"昔有"一饭之恩"之故事：一名鲁彪之齐国人，在落难饥饿之中，得一名士李维待以酒饭，并荐其从军。鲁彪从军后，作战勇猛，善于用兵，屡立战功，升为将军。后李维为补充兵源，亦投军鲁彪麾下，不幸战死。鲁将李之骨灰带在身边，自此鲁代李孝敬父母，养育其子，直至病危，死前托部下信告李子，李子急赴军营，方知其父早已离世，数十年来，所收薪金，均为鲁之俸禄。一饭之恩，以终生回报，义士也！遂拜为义父，运其遗体回乡，与父亲骨灰并葬，终生祭拜。此事传为千古佳话。

古有一餐饭养个恩人，以终生来回报。今有侯坤恩将仇报。侯坤乃香莲继父之子，继父死后，侯坤虐待后母，香莲得知后，将母亲接回自己家里赡养。

一日，香莲母亲想起其大伯子之恩德，欲前往答谢，毛百斤和香莲非常孝顺，遂满足母亲愿望。这时香莲已有三个孩子，大儿子光明已有六岁，二儿子三岁，小儿子不到一岁，无法陪母亲前去，毛百斤只得停下手中功夫，陪岳母前往。

毛百斤陪岳母来到官桥铺，直入侯老伯家中，老伯已年老力衰，不能出门了，见香莲娘和侄女婿来了，出来说："弟妹，你们百忙中还来看我，还拿这么多东西来，我乃将死之人，如何受得起啊!"

毛百斤将大包小包礼物送上,说:"小小心意,难报你老大恩之万一,请笑纳。"

老伯说:"香莲姑爷,弟妹,你们太客气了。"

香莲母亲说:"大伯,没有你老人家,我早就骨头可以打鼓了,哪里还有今天,此恩此德,岂能忘记?"

此时香莲继兄侯坤,将一切看在眼里。心想:看样子,继妹夫毛百斤打铁发了财,继母在他家过得很好。见他们两人穿着恭敬,满面红光,将大包小包都送进了大伯家,心里非常嫉妒,于是就过来说:"不知母亲前来,有失远迎,请原谅。妹夫,谢谢你照顾母亲,令我心里惭愧。母亲,你老近段身体好吗?"

香莲娘说:"我很好,吃穿无忧,从来没人骂我,我很开心。"

侯坤红着脸说:"母亲,那时儿不懂事,请原谅,你离去后,堂前无人教诲,方知有母之福,儿惭愧不已,后悔不已。"

又对毛百斤说:"妹夫,谢谢你关照母亲,为兄我感激之至!今天来了,岂能麻烦伯父老人家,我已与内人商量好了,请母亲、妹夫和伯父到我家去,已备好粗茶淡饭。"

毛百斤见侯坤变了一个人似的,讲话很有礼貌,特别热情,这是何意?于是说:"时间尚早,我们立即回去,不在此吃饭啦,家里香莲一个人带着三个小孩,还要照顾生意,忙不过来,不能在此久等。"

侯坤说:"娘,妹夫,你能到这里来看伯父,就是看得起我,伯父年纪大了,当然在我家吃饭呀,时已近午,到毛家栗山还有二十里路,哪能让你们饿着肚子回去,我还是人吗?伯父,你老带头走吧,陪我娘和妹夫喝杯淡酒。"说着上前扶伯父出门。

伯父见侯坤今天一片诚意,于是说:"弟妹、毛先生去吧,免得坤嫂在家里等得着急了。"

于是香莲娘不得不随伯父来到侯坤家。那坤嫂正在煮菜,见香莲娘和毛百斤来了,非常高兴地说:"妈,回来了,先去看伯父，你老仁义太好了，伯父是我们一家之主，你老去了妹妹家后，一切大事只有他老人家把握得住，比父亲还关心我们。"

坤嫂讲话好乖巧，将责怪的话说得堂而皇之。那伯父也不示弱，一针见血地说："弟妹，我今天搭姑爷的洪福，也来麻烦贤侄媳，不好意思了，毛先生那就请吧。"

坤嫂说："伯父，什么麻烦不麻烦的，都是可以共鼎锅吃饭的人，只是没有你老家里那么丰厚，陪姑爷喝杯淡酒而已。"

毛百斤见他俩唇枪舌剑，心里感觉坤嫂不是省油的灯，今天这么热情定有目的。

侯坤将酒烫好，将已煮好的菜端上桌子，摆好碗筷，就扶伯父和娘坐在上头，毛百斤坐在陪席，斟上了酒，说："娘，伯父，边吃边煮，我们喝酒。"

毛百斤说："嫂子，不要煮了，煮多了也吃不完，一起来吃吧。"

坤嫂说："姑爷，我们乡下不比街上，有钱无处买，何况也没有钱，都是自家种的蔬菜养的鸡，你放心吃吧。"接着端上了炖鸡，又有腊肉，又有油炸小鱼，特别香，颇为丰厚。

毛百斤说："嫂子你太辛苦了，煮这么多菜，再也不用煮了，快来吃吧。"

坤嫂也能喝两杯，香莲娘说："我不喝酒，我吃饭陪你们。"

坤嫂立即放下酒杯说："娘，你不动，我帮你装饭来。"立即送上饭来。

坤嫂喝了三杯酒说："姑爷，我娘家院子里洪利元，搭帮你发迹了，学到了手艺，娶上了老婆，生了孩子，还建了房子。听他们说，你只在他家住了一夜，你就帮他那么大的忙，你太重仁义了。难怪你在毛家栗山赫赫有名，德高望重，处事有方，说一不二，唯你是从，大家都沾你的光呀。"

毛百斤一听此言，知道她翘起尾巴要拉屎了，为她的目的探路了。于是说："嫂子过奖了，我只是为洪利元指条路而已，都是他吃苦耐劳得来的。"

坤嫂说："想侯坤快四十岁了，泥里走，土里待，盘到口莫盘到身，一事无成，你见多识广，又广结善缘，也给他指引指引，滴水之恩自当涌泉相报。"

毛百斤想：这嫂子了得，主意比侯坤强，侯坤愚钝，绝不会有如此主意。于是说："嫂子真聪明，男人志在四方，应当自强自立，海阔任鱼跃，天高任鸟飞，世界海阔天空，瞄准自己的目标，吃苦耐劳，锲而不舍，定会有所成就。"

坤嫂说："姑爷满腹经纶，主意繁多。他没读过书，也不会经商做工，请帮他指条合适的路吧。"

毛百斤想，洪利元和我非亲非故，我都带他发迹了，侯坤和我还沾点瓜藤扯柳叶的亲，不带他出来，情面上过不去，毛家栗山的铁匠，多一个少一个没关系，于是说："我有什么能耐？我是个铁匠，如果愿意打铁，就跟我去，那是非常辛苦的事。"

伯父说："打铁虽然辛苦，是门好手艺。"

侯坤没有说话，坤嫂说："打铁也好，就跟你去学打铁。"

侯坤说："妹夫，你们铁货市场那么大，除了打铁另外有事做吗？"

毛百斤说："另外无事做，要么你去开店子做生意？"

侯坤说："做生意一来无本钱，二来我也不懂怎么做。"

坤嫂说："不识字，不会算账，不是做生意的料。你一个男子汉，就是怕吃苦，打铁有什么不好？姑爷满腹经纶，文质彬彬也能打铁，你就不能？"

侯坤说："好吧，那就去打铁。"

毛百斤说："学徒三年，还要帮一年工，你去就不要你帮了，只要你刻苦学习，一年能学成都可以，就让你出师，开炉让你自己经营。"

饭已吃完，师傅谈妥，侯坤已三十八岁了，结婚十年都未生育，耕作佃田，也无盈余，心想攀上毛百斤，以后就有依靠了。

大伯说："择日不如撞日，今天中午就是拜师饭，侯坤你俩带好各自的衣服被帐，就跟毛先生去毛家栗山，如何？"说完看着毛百斤。

毛百斤不得不说："好哇，那你俩就住楼上，刻苦三五年，就可建自己的房子和铁铺了。"

于是，毛百斤、侯坤夫妇陪着香莲娘一路来到毛家栗山。侯坤就帮毛百斤打大锤，一天下来，手痛肩痛全身都痛，一身骨头像散了架，第二天就不去打了。毛百斤明白，第一天到五天全身都痛，就是以后有时也会痛，因为打铁的运动量太大了。学打铁要有相当强的耐力。侯坤看来吃不得苦，不会打铁了。

洪氏劝了几天，侯坤不愿再去打铁了，在毛百斤家里坐吃了几天，不想回去，总想寻找轻松事。坤嫂对毛百斤说："姑爷，侯坤年纪大了，学打铁已不行了，请你想想办法，帮他找个轻一点的事做。"

毛百斤说："毛家栗山就靠打铁，不打铁钱从何来？我师傅六十多岁了还打铁，在这里除了打铁，确实寻不到适合他的事。"

坤嫂说："能不能在市场上多安排一个人？"

毛百斤说："这是大家选定的，我没有权力叫别人回去，让侯坤来管，增加一个人的工资从何而来？他不识字，也不适合。"

坤嫂说："姑爷，那你一定要想办法，帮他寻个事做，你不帮他谁帮他呀。"

侯坤两人没事做，坐在毛百斤家里又不回去。时已半个月了，当夜毛百斤和香莲商量，让侯坤到老家去管着田庄，每年收收租谷，不要下地干活，除他俩生活开支外，每年可收回几百担租谷。

香莲说："这办法好，只要他愿意去，那是个好事，不然的话，他坐着吃现成的又不肯走，催又不好催，拿他实在没办法。"

第二天毛百斤说："坤哥，有一个不用干活的事，你去不去？"

侯坤说："什么事不用干活？"

毛百斤说："我祖传有一百二十亩地在赵国太行山下，有十多个佃户，他们除了田赋，每亩可收四石租谷，一共可收四百八十石租谷，除你俩开支外，可交我租谷两百石，我父母及家人的坟墓也由你看管。你愿意去吗？"

坤嫂说："愿去、愿去。"

侯坤没有说话，担心离家千里之外，无熟人，怕别人欺侮，担心谷不好卖。

毛百斤说："你愿不愿去？每年可收八百石谷，你只给我四百石，按市价帮我卖掉，折成钱给我就行了。"

坤嫂说："去呀，去呀，怎么不说话？"

侯坤说："去吧，我去！"

毛百斤说："那我们明天就去，只带个人的衣服，明天各骑一匹马，此去千多里，骑马你们怕不怕？"侯坤没有说话。

坤嫂说："我们不怕！"

第二天，毛百斤带上衣物和钱，将侯坤夫妇扶上马，说："抓住缰绳坐正，你要它走，就喊'驾'，用双脚向它肚皮一夹，它就会走，要它停就喊'吁'，将缰绳拉紧，它就停下来，每天喂料时，在它脸上摸一摸，用梳子将它的毛梳一梳，它会格外听话。"

坤嫂说："记住了。"

于是就出发了，一路日夜兼程，十天就到了，来到陶老伯家，将马拴在外面，进屋就喊："陶伯伯，在家吗？"

陶伯伯说："谁呀？我在家。"出来见是毛百斤，说，"毛国金，你回来了，这两位是……"

毛百斤说："这是我妻兄，叫侯坤，这是嫂子。"

陶伯说："快进屋，千里迢迢，辛苦了。"

毛百斤说："老伯家里有马料吗？三匹马饿坏了，卖些给我。"

陶伯说："买什么，我安排人喂就是。"于是吩咐他儿子喂马去了。

毛百斤说："谢谢你，你老为我家操尽了心，这一次又要来麻烦你，一路上没什么卖，小小心意请笑纳。"说着将一串五百文钱递与老伯，陶伯推让了一阵后接收了。

陶伯说："你太客气了，我没为你家做什么，如此大礼受之有愧。"

毛百斤说："谢你和佃户们一起帮我把父母及家人的坟墓修好了坟圈，还每年扫挂祭祀。明天还要麻烦你将十二个佃户请来，后天在你家商量交租办法，由我内兄夫妇来管理，你当地的田租怎么交法？"

陶伯说："我们这里一般按出谷三七分，也有三五、六五分的。"

毛百斤说："前段感谢大家对我家的帮助，那我的田租四六分。按麦子算，每亩可打六石，每亩我收三石六斗，你看行不行？"

陶伯说："你已让利多年，现在比别人的又要少，应该大家会感谢。"

毛百斤说："好，你明天帮我去请他们，后天在你家商量，还要麻烦你帮我准备两桌酒菜，我内兄初来乍到，以后还有很多事要麻烦你。"

当夜住在陶伯家，第二天由陶伯去请佃户，毛百斤陪侯坤夫妇去看他的老屋，只见围墙柴门还在，里面院子里的断墙残壁也在，黑乎乎的，家具、柱梁都烧变了形，有的成了木炭。看了之后又到后山看了家人坟墓，一共是十一个墓圈，都是石砌的，其中父母的墓屋修得特别雄伟。

毛百斤说："爹、妈，儿来看你了。"说着跪地哭拜，侯坤和坤嫂也不得不跪拜。接着看了周围的山水，背山向前看，是一望无边的平原。侯坤说："你原来是个大财主，为何还去打铁？"

毛百斤就将老祖父是毛遂，父亲毛颖，及家庭被强盗所害的整个情况说了，最后说："强盗黄飞虎不死，我不敢回来，怕他斩草除根，杀我灭口，以除后患。现在黄飞虎死了，再也不怕了。"

坤嫂说："哦！原来如此，那你现在可以回来了呀？"

毛百斤说："现在我在毛家栗山人缘好，他们不让我走，我也不想走了，尤其魏贵强已被人打残，他父母双在。他们年事已高，又是我的师傅师母，是香莲和我的救命恩人，我能走吗？他们老来谁来供养？我要报他们的救命之恩，孝敬他们，帮助他们两个孙子长大成家。"

坤嫂说："你是个大好人，老天会保佑你长寿，大富大贵。"

毛百斤说："贤嫂，你聪明贤惠，你俩帮我管好佃户，我不会亏待你，你在这里一年，帮你在家乡买一亩地，看管十年就是十亩，回家养老绰绰有余了。"

侯坤说："此话当真？"

毛百斤说："君子一言，驷马难追，我在毛家栗山说一不二，这么多年来，谁个不知？哪个不晓？何况你是我的亲戚？"

侯坤说："好，我一定看管好土地，收回租谷。"

第二天，佃户十二个准时来到陶伯家里，大家与毛百斤见面，非常高兴，寒暄一阵后，毛百斤说："各位叔伯大婶，我今回来是为了感谢大家，帮我把父母家人的坟墓修复一新，坟圈修得很好，我非常感谢！第二件事是管好祖业，从今年起，我安排了我的内兄侯坤先生、嫂子洪大秀二人来管理，收好租谷，人家按产量三七分，我为了感谢大家，做五五分成，一亩最少可打六石麦子，我就固定下来，每年每亩收三石麦子，田赋每年几斗麦子就由你们交了，大家意下如何？"

一佃户说："那前十年要不要补交？"

毛百斤说："前十年大家都帮我看家管好地，帮我祖坟修好坟圈，就抵租谷，如果不够，还缺多少，由我补给你们。如果有剩余算是你们的辛苦费，你们内部去衡量清楚，那我就不管了。"

陶老伯说："毛少爷的意思是，前面多少清楚了，从今年起，每年每亩交三石麦子。"

有一个人说："这样好是好，免得你到各家各户去清算了，如果碰到天旱虫伤，造成严重减产，或颗粒无收，我们到哪里去寻谷交？"

毛百斤说："如果遇到上述年景，就免交租谷或减交租谷，具体按实际情况定。"

陶老伯说："这样我们说是灾，你们说是人为的，没管理好，无人来界定，是否每年每亩只交两石，不管你天旱虫伤都要交？"

佃户齐道："我们同意，每年每亩交两石麦子。"

毛百斤说："不管天旱虫灾，每亩每年交租两石麦子。那也可以。"对陶伯说，"我家房屋现在无法修复，我内兄夫妇暂租房子住，请你帮我租两间房，房租抵交租谷，或另交房租。"

陶伯说："一间房子多少麦子一年？"

毛百斤说："由你们定吧。"

陶伯说："每间一石麦子一年，两间两石麦子，谁家有多余的房子？"

没人回答。

毛百斤说："陶伯，就住你家，离老屋和坟山近，方便照看。请你腾两间屋出来，谢谢了。"

陶伯说："房屋不太好，你愿意吗？"

侯坤夫妇说："这房子可以，麻烦你腾一下吧。"

中午在陶伯家办了两桌酒席招待大家，大家高兴之至。

第三天，毛百斤另抄了一份佃户名册，带着侯坤夫妇骑马走了一圈，一家一户对了田地亩数，十二户，每户十亩。毛百斤对侯坤说："一百二十亩，可收二百四十石麦子，你打围子堆放，或卖掉，折作钱。你只需交一百二十石麦子的钱给我，另一百二十石麦子做你俩的工资，你俩生活开支不过二十石麦子，还余一百石，可以到家乡买上一两亩田，十年后回乡养老，就是一个小富翁。"

侯坤说："谢谢老弟大恩大德！"

坤嫂说："你的大恩大德我们没齿不忘，来生变牛变马相还了。老天保佑你二老一百二十岁，儿孙满堂，荣华富贵，世代荣昌！"

毛百斤说："嫂子真会说话，谢谢你的祝愿，你俩以后天天骑马到地里看看，与佃户多多联系，这里的人比南方人直率，最重仁义，好打交道，你待他一尺，他会敬你一丈，好自为之吧。"

毛百斤陪他俩到每个佃户走了一趟，确实他们都很热情。第四天，待侯坤安好家后，毛百斤骑马回毛家栗山了。

自此，侯坤夫妇吃穿不愁，闲来无事骑着马游山玩水。到了六月开始收租谷了，每亩收两石麦子，连打了几个大围子，都盛满了，开始卖麦子了，此地价格很低，一石麦子五十文钱，只有几把菜刀钱，但毫毛算成捆数，二百四十石麦子可卖一万二千文钱，他大量低价出售，卖了一万文钱，八月底就卖完了，他俩每个人身上带些散钱，骑马回毛家栗山了，一路上游山玩水，半月后才到毛家栗山。

侯坤说："妹夫，今年麦价不高，五十文钱一石，全部卖光卖了只有一万文钱，给你五千文钱。"说着将钱给了毛百斤。

毛百斤说："哥，你可去买上一二亩田了。"

侯坤："只买一亩，其他做生活用。"

坤嫂说："只能买一亩田，大概要三千文钱，其余办衣服、过年用，买多了会引起人家怀疑钱的来路不明。"

毛百斤说："嫂子说得对。现在有钱了吃好一点，穿好一点，再也不要做出那副穷样子。"

冬天北方很冷，两人只得在家乡过了年才去，每年五月份去，九月份回，每年五千文钱。毛家栗山家里一亩田每年可收四石租谷，有三石米，每亩比北方多一石米，洪大秀想，如果将北方的地变成南方的田，每年百亩田可收四百石谷，那多好哇，想到这里她有了新的主意。

第二年来到陶伯家后，坤嫂迫不及待地问陶伯："大伯，你们这里一亩地可卖多少钱?"

陶伯说:"我们这里地很贵,每亩卖得三千文钱,好的地可卖四千文钱。"她想,将北方的地卖掉,到南方去买田。一亩可买一亩,但租谷每亩可多收两成,交毛百斤只要五千文钱一年,我只要几年工夫就会胜过毛百斤。于是就和侯坤商量,将这里的地全部卖掉,到南方去买田,每年可多收一倍租谷。

侯坤说:"这地是毛百斤的,怎么能卖?"

洪氏说:"毛百斤每年只收五千文钱,我每年有钱给他,他怎么知道地卖了呢? 就是知道了也不要紧,地从北方迁到南方,有利管理,每年还多收几千文钱,他应该会高兴呀!"

于是到处发信毛氏土地出卖。当地大户虎视眈眈,毛百斤在此低价收租,严重影响他们租谷的收取,恨不得一口将他的土地吞并,于是以三千文钱一亩买去一百亩,卖得三十万文钱。还有二十亩不卖,被陶伯留着耕种,免租为毛家看管祖坟。

侯坤回到家乡后,首先建了一个大院子,一正两横,十几间,外有围墙柴门,柴门堂屋都是翘角飞檐,金碧辉煌,众人议论纷纷,没有十万文钱修不起。侯坤又在周围物色好田,出高价买下,头一年就买了三亩,不敢放手大买,几年后,一共买了良田五十亩,每年可收租谷两百多石,每年向毛百斤交五千文钱,还要余五六千文钱,加上建房子买田还余十万文钱,一下成了当地的大富翁。心想要买到一百亩田,就停下来享福,娶妾生子。侯坤这几年对毛百斤特别好,每年的租钱五千文钱及时缴纳,毛百斤毫不怀疑。

直至五年后,毛百斤已生下第四个儿子,大儿子叫光明,二儿子叫光亮,三儿子叫光辉,最小的儿子叫光鲜。恰逢老祖父毛遂满百五十岁冥寿,回到家乡坟前去祭祀,求老爷爷保佑儿子健康成长。带着十五岁的大儿子来到家乡,首先来到陶伯家。

陶伯大惊,说:"毛百斤,你来得好,把我的眼珠子都望出来了,唯恐我等不到这一天了,你的一百亩地全被你内兄卖了,他说是你要他卖的，我霸住了二十亩不准他卖，以照顾祖坟。他共卖了三十万文钱，回去后五年没来了。"

毛百斤听了气得七窍生烟，跪倒父母坟前痛哭，求父母保佑一定夺回田地。立即带儿子上马急回，七天日夜兼程，来到侯家，只见到了侯大伯，将侯坤盗卖他祖传土地一百亩，得三十万文钱，回来五年没去了等情况说了。

侯大伯说："侯家出此忘恩负义，恩将仇报之徒，对不住你，难怪在对面建个大院子，非十万文钱建不起来，听说还买了五十亩田。"

毛百斤说："那他还有十万多文钱没花完。"

侯大爷说："那他会给你们吗？他和我早就结了怨，这几年都无往来，这个不讲天良的东西，他没有这么大的胆量，都是洪泼妇的主意，你一定要设法拿回来，这还了得！"

毛百斤辞别老伯，来到侯坤家，见房子修得金碧辉煌，侯坤在家里，毛百斤说："侯坤兄，修建如此大院，也不告诉一声，我应前来恭贺呀。"

侯坤非常紧张，脸涨得像红纸一样，说："还不是搭你的洪福，我哪有能耐……"

毛百斤说："你将我家祖产一百亩地卖了三十万文钱，你好大的胆，三十万文钱哪去了？将钱还给我，我们还是亲戚，否则就莫怪我了。"

侯坤说："妹夫，那里冬天很冷，卖了到南方再买田，比北方强得多。"

毛百斤说："那是我的祖地，你有什么权力卖！"

侯坤哑口无言，这时洪大秀出来了，说："姑爷，有话好说，你和我们有言在先，每年交五千文钱给你，这几年每年都给了你呀！"

毛百斤说："我的土地呢？哪去了？看在亲戚分上，地我不追究了，你将卖地的三十万文钱还给我就算了，否则你们去坐牢吧!"

洪大秀说:"三十万文钱没有了,以后每年交五千文钱对得你住了,你找天王老子来也枉然!"

毛百斤说:"忘恩负义,恩将仇报,夺我土地财产,天地难容,走着瞧!"言罢离去。

洪大秀说:"不怕你读了几句书,不怕你学了几路拳,老娘怕你毛小子!老虎怕你线毛狗!"气得毛百斤七窍生烟。

欲知毛百斤怎么对付洪大秀夫妇,讨回公道,且听下回分解。

第二十一回

◆

纵欲狂贪心无底
为非作歹法不容

古人云："世上本无事，庸人自扰之。"大千世界，无奇不有。有不顺己意便敢犯众怒者，得寸进尺、贪得无厌者，沉迷不悟、贪图酒色者，不择手段、牟取权力者，玩世不恭、唯恐不乱者，逆来顺受、甘当奴隶者……这些人给社会造成多少麻烦？也有人说他们是聪明人，何庸之有？其实庸非无能，其心中无法，不知进退，缺仁少德，唯利是图，有才不谋正事，往往聪明反被聪明误，不是庸人是什么？

像侯坤之辈，听信老婆之言，毛百斤那样优厚待他，他竟敢将毛百斤的祖业一百亩地盗卖，私吞三十万文钱，这是贪得无厌。毛百斤虽然善良，但心中有度。有人云"可以善良，但别软弱可欺"。他知书达理，足智多谋，难道这个道理都不懂吗？那他不也是庸人了？他能让你欺骗，能受如此大辱吗？

毛百斤从侯坤家回来后，将侯坤盗卖毛家祖业一百亩地，私吞三十万文钱，回家建个豪华大院，买了五十亩良田之事。告诉了香莲母女，气得香莲母女捶胸顿足。香莲母亲说："作孽呀！见他死皮赖脸不肯走，寻份事让他做，创造家业，没想到是个过河打渡子，绝无良心的人，将来一定没有好下场！"

香莲说："那现在怎么办？你找他没有？他怎么答复？"

毛百斤说："我已找到了他，我要他交还卖地的三十万文钱就算了，侯坤说他建了房子，买了田，没有了。洪大秀说，她每年交我五千文钱，那土地从北方迁到南方是好事，说我每年坐收五千文钱，还有什么话说，把我的地变成她的了，真是气死人。"

香莲说："一定是洪大秀这个泼妇的主意，侯坤没有这个能量，也没有这样的胆量。你现在怎么打算？"

毛百斤说："我去找官桥铺亭长，劝侯坤将三十万文钱退还给我就算了，谁要我们是亲戚呢？"

香莲说："如果交不出三十万文钱怎么办？"

毛百斤说："那我就去向郡府告状，这比强盗还毒辣！决不能让她逍遥法外。我连祖业都守不住，怎么对得起列祖列宗，我还有脸在世上为人吗？！"

香莲说："如果向郡府告状，他将要受到何种处罚？"

毛百斤说："没收所有家产，劓鼻、剃足或发配边关，永不归乡。"

香莲说："但愿他能赔偿我的财产，减轻他的苦役。"

毛百斤再也无心打铁了，心里如猫抓一样，见到铁钳锤子就乏力，见到熟人如同陌生，失去信任，对铁货市场毫无兴处，陈窖家酿，不知何味，白饭面条，味同嚼蜡，牙床锦被，如睡针毡。唯此事如一团乱麻总难理清。他想，我毛百斤以礼待人，以利让人，以诚交人，为何总有人将我的心视为牛肝马肺？尽心尽力不讨好，前有魏贵强、陆铁匠，今有侯坤夫妇，他们无德无能，施虐若狂，欺侮我懦弱，我岂能受如此大辱，岂不枉读诗书，愧对祖宗圣贤，枉为毛遂子孙，在毛家栗山何以树我名威？！他决心收回祖业，严惩侯坤夫妇，不达目的誓不罢休！

第二天，毛百斤备了一份厚礼，来到官桥铺，找到官桥铺刘亭长，刘亭长号长清，年近不惑，与毛百斤年龄不相上下，中等个子，相貌清秀，原来姓魏，系高祖赐姓得官。见毛百斤提着礼物进来，于是上前拱手迎道："先生从何而来？来寒舍有何见教？"

毛百斤说："久闻刘亭长清正廉明，视民如子，小人毛百斤特来拜会，小小意思不成敬意，请笑纳。"

刘亭长说："久闻大名，如雷贯耳，毛家栗山的俊杰，名骋赵楚的英雄，屈驾寒舍，令我满堂增辉，请进！"二人进得堂内，分宾主坐下，有人送上茶来。

刘亭长说："请用茶。"

喝了一口茶，毛百斤说："刘亭长，小人有要事麻烦你了。"

刘亭长说："请问有何要事？凡我力所能及的事，理当效劳。"

毛百斤说："贵亭有个侯坤，是贱内的继兄，到毛家栗山求我指条发家之路，我一个铁匠，无非是收他为徒，学门手艺而已，谁知他打了一天铁就不打了，说奈不何，夫妻二人赖在我家半个多月之久，最后我安排他们到我老家太行山下，帮我看管祖业一百二十亩土地，每年收收地租，可收一万文钱一年，只需交五千文钱给我，其余五千文钱为他俩工资，他俩除生活开支外，每年在家乡可买一两亩田，帮我看管十年就会变成富翁。岂知他人心不足蛇吞象，将我祖业一百亩地盗卖了，得三十万文钱回家建了个大院子，买了五十亩良田。我本月到家乡才得知此事，回来向他讨回三十万文钱，不追究土地了。他老婆说，'这几年每年给了你五千文钱，你还有什么话说？'我的祖业变成他的了，真是比强盗还狠毒，此事烦你出面，只要他还清我三十万文钱就算了，如果告到郡守位下，他将受到灭顶之灾。你看如何处置？"

刘亭长说："难怪他在家建了个大院子，又买了田地，大家都怀疑财路不明，原来盗卖了你家的祖业，真是恩将仇报的强盗！这还了得，你放心，我一定劝他将钱还给你，不过可能剩余不多了，可能要分期偿还。"

"小人一天不打铁就没饭吃，我为此事一个多月没打铁了，麻烦你现在就和我去他家讨个说法，将剩余的钱还我，将所买的田和建的新房给我，将所欠钱写下字据，限期归还，能行就此办理，不行我就到郡府告他。"

刘亭长说："那行，我们就去。"说完两人出门。

来到侯坤家里。刘亭长说："侯坤，建这么好的房屋，也不告诉我一声，我好前来恭贺呀。"

侯坤见毛百斤也来了，就说："刘大人、妹夫进来坐。"

二人进得屋里，洪大秀送上茶来，说："刘大人来了，姑爷也来了，侯坤，你去买些菜来。"

毛百斤说："嫂子，不用了，我们问你夫妇一句话就走。"

洪大秀说："什么事这么急，饭还是要吃的。"

刘亭长说："你们都坐下，你们是不是将毛先生的祖业一百亩地卖了，得了三十万文钱？"

洪大秀说："刘大人，是这么回事，姑爷好心要我帮他管祖业，管好一百二十亩地，收回租谷，在他家乡和佃户当面算定，每年租金可收一万文钱，我俩的工资五千文钱，给姑爷五千文钱，这几年我都给了，今年年底还没到没有交，我不过是将北方的地换到南方来，好管理些，北方冬天太冷，我们不习惯，我每年五千文钱照交，我觉得并未亏你，有何不可呢？"

刘亭长说："他请你俩高薪看管土地，你们将他的地卖了据为己有，还说是一样，你这是强卖人家财产，是犯法的，他现在只要你归还三十万文钱，其他不追究了。你俩听清楚，如果不归还卖地的钱，他就向郡府告你，轻则坐牢，重则劓鼻、剐足，或发配边关，永不归乡。"

洪大秀说："在北方每年交你五千文钱，在南方也交你五千文钱，完全是一样的。"

毛百斤说："那我的地哪去了？就这么变成你的房子，变成你的田了，你还有点良心吗？"

刘亭长说："洪大秀，现在毛先生只要你交还三十万文钱，如果交不齐，将没用完的给他，将房屋和所买的五十亩田移交他的名下，如果还少了，就写下欠条，以后限期归还，这样就免你俩受罪了。"

洪大秀说："我辛辛苦苦建的房子、买的田为什么给他？那做不到，请你们原谅。"

毛百斤说："侯坤，你是一家之主，你怎么打算？是愿意去坐牢，还是将钱还给我？"

侯坤说： "我每年五千文钱不少你的，几十年后还不还清了？"

刘亭长说："那是他的地每年的租金，他的地到哪里去了？"

侯坤不好回答。洪大秀说："要我的房子和田，死了这份心吧，我不会给的。"

毛百斤说："刘亭长，辛苦你了，我们回去。"

刘亭长临走时说："你俩准备坐牢吧！"说完拂袖而去。

毛百斤回到毛家栗山后。将侯坤夫妇盗卖祖业土地的情况，详细地用白绢写成了诉状。第二天，飞马送往荆州，交予姚万里，姚万里看后大惊，竟有如此大胆的监守自盗。迅速使人将侯坤夫妇抓来归案。

衙役来到侯家，将侯坤夫妇带上木枷，将侯家搜了个遍，搜出十万文钱，将门贴上封条，交刘亭长看管。然后押着侯坤和洪大秀上路了。洪大秀和侯坤戴着几十斤重的木枷，每天行三四十里，衙役不断用鞭子抽打，脚板已走出了水泡，破了皮，流了血，每举一步，如刀割一样，肩上扛着木枷，双手锁入木枷内，行起路来何等吃力，汗水从身上流下，浸入脚板血泡里，犹如针扎，他俩从来没受过如此折磨，泪水如断了线的珠子，流淌不止。想起毛百斤安排他俩看管祖业，收收租谷，每日骑着马游山玩水，逍遥自在，吃香喝辣，每到佃户家里，待若上宾。每年有五千文钱的收入，日用之余，每年可买一亩良田，十年即成富翁，坐享荣华，老来无忧。而今落到如此地步，更加可怕的是不知要判何罪，如判发配边关，终生不归家乡，受无穷之苦。若劓鼻，一生何以见人？如砍一足，日后如何度过残生?！因而后悔不已。侯坤埋怨洪大秀，洪大秀怪侯坤没有主张，两人一路争吵，一路哭泣。洪大秀怪毛百斤不讲仁义，这点小事都去告状，害得他俩水深路远，不得好死。衙役见他俩特别伤心，也不催他，走走停停，走了十多天才到荆州，关进牢房。牢里黑咕隆咚，只有一个小窗送点光亮，没有床和被褥，一堆乱草，霉气臭气熏人。衙役打开枷锁，取下木枷，将他俩推了进去，两人累极了，倒入草堆里就睡，睡得正香时，被跳蚤臭虫咬醒了，全身瘙痒，双手抓不赢，再也无法入睡了，时有老鼠脚前乱窜，相互撕咬，叫个不停，令人心悸。地上潮湿，夜寒袭来只得相偎一团，坐等天明。心里想着公堂上怎么样回答郡守，按常规对簿公堂对罪犯要打三十杀威棒，谁能受得了，两人又痛哭起来，后悔死了。

第二天衙役提着桶，每人舀了一碗汤，那名之曰汤，就是清水放了点盐，看不到一点青菜，没有一点油腥，还有一股怪臭味，那馒头既黑又粗，不知是什么面做的，哪里吃得下去。

早餐后，来了四个衙役，将侯坤和洪大秀押上公堂，见公案后坐着一个威严的大官，戴着官帽，穿着官袍，公堂两边站着八个衙役，每个手握刑棒，威武雄壮，怒目圆睁。毛百斤早已跪在右侧，衙役将他俩推在地上，慢慢跪好，不敢抬头。只闻那大官惊堂木一拍，说："原告何在？"

毛百斤说："小人在。"

毛百斤将诉状递给衙役，衙役递给姚大人，姚大人大声念道："状告侯坤、洪大秀盗卖我祖传土地一百亩，私吞卖地钱三十万文……"将毛百斤如何安排侯坤、洪大秀看管祖遗土地一百二十亩，每年收回租谷，每年侯坤、洪大秀可得五千文钱的高薪，可侯坤、洪大秀人心不足蛇吞象，竟将一百二十亩地，盗卖了一百亩，得三十万文钱之巨的详细情况念了一遍。

大官问："被告侯坤！"

侯坤说："小人在。"

大官又问："洪大秀何在？"

洪大秀说："民妇在。"

姚大人说："刚才原告毛百斤所告之事，你们都听到了，属不属实？"

侯坤没有作声。

洪大秀说："大人，状告不实。这两年每年给了租金五千文钱，我以后每年照交五千文钱就是，不过是北方地变南方田而已。"

大官说："每年五千文钱，是什么钱？"

洪大秀说："是我帮他收的租金。"

大官说："以高薪请你们管理土地，你将一百亩土地卖了，得三十万文钱，是不是属实？"

洪大秀没有回答。

大官问："是不是？"

洪大秀说："我是想将他的地卖了，到南方来买田，租金比北方高得多。"

大官说："你经过原告同意吗？"

洪大秀说："我每年照样交五千文钱就是了。"

大官怒道："狡辩，那他一百亩地哪去了？大刑伺候，拖下去打三十大板！"衙役如狼似虎将洪大秀按住，着两人打起来。洪大秀痛得喊天叫地，直至痛昏过去，三十大板才打完，只见血已透了裙裤。侯坤吓得身若筛糠，拜道："大人，我知罪了，我俩企图瞒天过海，我想每年将租金交了，毛百斤不会知道地卖了，私吞三十万文钱属实，小人愿意退还。"

大官问道："三十万文钱还在？"

侯坤说："我建了个院子，买了五十亩田，只余十万文钱了，昨天已被差官没收。"

姚万里判道："主犯洪大秀伙同从犯其夫侯坤，盗卖主人毛百斤祖遗土地一百亩，得三十万文钱，盗窃财产巨大，罪大恶极，判处主犯洪大秀从犯侯坤发配边关，永不还乡。判处被告所建宅院和所买五十亩良田归还毛百斤所有，所收赃款十万文钱归还毛百斤。退堂！"

姚万里派公差来到官桥铺，与刘亭长一道来到侯家，启开封条，将牌匾改为"毛宅"，并将五十亩田的佃户请来，将五十亩佃田改为毛百斤所有。

刘亭长说："侯坤、洪大秀盗卖毛百斤祖业一百亩地，得三十万文钱，经荆州郡守审理此案，侯坤供认不讳。其严重违法，罪大恶极，判处侯坤、洪大秀发配边关，永不归乡。将这座宅院和侯坤所买五十亩佃田及查获的十万文钱判还给毛百斤，今天请大家来知道此事。"

毛百斤说："感谢郡守大人英明，明察秋毫，将侯坤夫妇绳之以法。各位佃户，我的田侯坤定为三七分成，我现在改为四六分成，你四我六，希望你们将田耕作好。"

佃户齐道："谢毛老爷，你的大恩大德我们永远不忘，我们一定将田耕作好。"

毛百斤在新院子里办了三桌酒席招待大家，毛百斤陪官员坐一桌，佃户两桌，席上大盘小碟，摆满一桌，荤素齐全，酒有陈酿老窖，桂花状酒，幽香扑鼻，席间觥筹交错，笑语频传，毛百斤一一敬酒。

餐后，佃户对毛百斤赞不绝口，毛百斤将他们和官员一样对待，还逐一敬酒，还将田租减少一成，这样开明的老爷，天下难寻！佃户一个个谢恩而回。

毛百斤送走佃户后，将刘亭长和荆州郡守的官差留下，每人送了一包钱，说："感谢父母官对小民的关爱，一点差旅费和微薄的工资请笑纳。"

刘亭长说："毛先生，你太客气了，受之有愧。"

毛百斤说："小民在你的照应下，以后还望多多关照。"

荆州来的差官说："毛先生真是大仁大义之士，今天见你对待佃户之举，令我佩服，真是爱民如子，先生满腹经纶，不应打铁，埋没了你的雄才大略，如能从政，应是国家栋梁，难怪姚大人常常夸你，今日一见，我佩服得五体投地！"

毛百斤说："大人过奖了，小人就是一个铁匠。"二位收下钱，起身告辞，毛百斤依依相送。

家产总算收了回来，毛百斤回家后，与香莲母女商量决定，由大儿子毛光明带着弟弟到新屋去住，管理好新屋和田庄。请一个先生，专门教毛光明、毛光亮、毛光辉、魏大龙、魏小龙读书，另请一个厨娘为他们洗衣做饭，工余种种蔬菜。

这样既管好了房屋田庄，又能让小孩正规读书，减轻毛百斤的负担，香莲带着小孩子还要关照摊位生意，实在太累。两个岳母年事已高，再也不宜带小孩了，让她们轻松度过晚年。

魏师傅说："毛百斤，谢谢你对孩子的关心，希望他们都成为有用之人，我们就放心了。"

欲知后事如何，且听下回分解。

第二十二回

◆

赵健雄假货挨罚
火厂坪铁钉畅销

　　毛百斤花两个月时间，才将侯坤盗卖祖遗土地的官司打赢，收回了田地和宅院，请先生教小儿读书，才将心定下来。才有心思起炉打铁，刚生起炉火，就来了两个货主，要求退货，赔偿损失。

　　毛百斤拿起剪刀和菜刀一看，上面都錾了"毛"字，问道："老板，你是哪个摊位买的，还记得吗？"

　　老板说："还记得，是赵老板摊上买的。"

　　毛百斤说："买了多少，什么价钱买的，要讲真话，经得起对质，查出来要赔偿你损失，还要打他的包饭。"

　　那老板说："是按老价买的，剪刀十文钱一把，菜刀二十五文钱，我每一样买了两百件，可以对质。"

　　于是毛百斤和进货老板找到了赵老板，赵老板名赵健雄，毛百斤和进货老板找到赵老板对质，并对了登记簿，果然是老价出售，各二百件。

　　毛百斤说："赵老板，你的货向来质量符合标准，这些货为何差得很？"

　　赵老板说："毛师傅，你也是做手艺的，吃饭也有粒谷呀，在所难免。"

　　毛百斤将他的货粗粗看了一遍，发现有两种样式，而且数量不少。于是说："赵师傅，这些货不是你个人打的，内行人一看就知道，你要讲实话，有些货是谁打的？这样严重影响毛家栗山的信誉，一粒老鼠屎打坏一锅汤，严重影响'毛'字招牌。"

赵老板想，这事逃不脱内行人的眼光，只得实话实说："毛师傅，我实在没有办法，这些货是我内弟打的，他火厂坪也打铁，见三刀比其他赚钱快，也打了一些，要我帮他代卖，所以按原价卖了些。"

毛百斤说："赵老板，你向进货老板怎么赔偿损失，你们自己去商量。明天准备十五桌包饭，你一是滥价经营，二是帮别人卖假货，损坏'毛'字声誉，你也吃过人家的包饭。"

赵老板说："毛师傅，能否轻一点处罚？"

毛百斤说："赵老板，无规矩不成方圆，你知道毛家栗山的招牌是如何树起来的吗？你不但滥价，还以次充好，帮别人卖次货，大家会容许吗？"

毛百斤立即喊来市场管理员，徐善秋、张盛帮、郭荣声等四人，对他们说："你们四人要加强监督，赵健雄滥价销售别人的次货，你们没有发现，现在进货老板找上门来了，你们来按规矩处理一下。"

四人立即将他的次货清理出来，帮助他与进货老板达成赔偿协议，并要他交出了两千文钱的包饭钱，当夜交与毛百斤，说："毛师傅，现在的铁匠不止十桌，哪些来哪些不来？"

毛百斤说："都来，通知赵健雄将他火厂坪的内弟喊来，办二十桌，我出五千文钱，我老家的家产被侯坤卖了，得了十万文钱，为了打这场官司，两个多月没管市场，罚我五千文钱吧！"说着从内房里拿出五千文钱交给徐善秋说："你到街上去选个饭店，地方要宽敞，明天来进货的老板也留下一起吃饭，让他们知道我们的规矩有多严，扩大我们的知名度。"

徐善秋知道他有钱，自愿捐五千文钱也就接了。于是说："好，我一定办好。"

第二天，在一个大饭店里办了二十桌，所有铁匠都来了，包括火厂坪赵老板的内弟，来进货的外地老板有一桌，非常热闹。

席间，毛百斤对大家说："各位师傅，外来进货的贵客，请停杯一下，我有几句话要说，毛家栗山铁货市场几十年来，由十几个铁匠发展到近两百个，市场摊位越多，我们的质量越好，声誉也越高了。但也经历了魏贵强收'保护费'，放松了质量和滥价经营的时期，造成贱价竞争，大家辛辛苦苦差不多利润都没有了，质量越来越差，好多客户走失了。后经过整顿，稳定价格，提高质量，市场才得以兴旺，质量是市场兴旺的命根子，稳定价格是市场的魂魄，谁不保证质量，谁滥价经营，必须按规矩处罚。今天是赵师傅帮他内弟滥价销售次货，进货老板来退货了。经过对质检查以次充好属实，罚他包饭两千文钱，这两个月我因与侯坤打官司，没有管理市场，也罚我五千文钱。下一次如果有人违规，要罚两千五百文钱了。我们欢迎大家监督，也欢迎大家入市，像魏家桥的铁瓢一样，现在销售量越来越大，欢迎火厂坪的钉子、小铁货、铸件来入市，会吸引更多顾客，生意一定会好，希望大家发财！"

毛百斤的话说完后，迎来一片喧哗，有的说毛百斤说得对，质量是市场的命，价格是市场的魂，我们一定要遵守。

有的说毛百斤这是大公无私，自己没管好也罚款五千文钱，他无有报酬，为市场操尽了心，帮助铁匠排忧解难，耐心处理各种矛盾纠纷，耽误了他多少时间，还听了多少闲话，受了多少冤枉气。他宽宏大量，从不计较，真是天下的大好人！

外来进货的老板听了他这一番话，又看到今天这个处罚场面，想着难怪他们的质量越来越好，有如此严格的规矩，他们的质量可以放心了。尤其是赵健雄的内弟听了后，非常激动，他想：姐夫为帮我销货挨罚，我一定要与他共担，不能让姐夫吃这么大的亏。特别是听到欢迎火厂坪的钉子、小铁货进入市场，非常高兴，火厂坪的铁货销路就越广了，以上铁货家家要用呀，于是决定请毛百斤到火厂坪去看看。

赵健雄的内弟叫廖明生，酒席散后，他找到毛百斤，说："我就是赵健雄的内弟，我叫廖明生，听了先生一席话，茅塞顿开，火厂坪的铁匠很多，打钉子，打小铁货，还有各种铸件，请你随我走一趟，指导我们哪些货可以入市，像你们的三刀一样，销往全国。"

毛百斤说："好哇，欢迎你入市，把市场扩大，让大家有货卖得脱，共同发财，我明天就去看看。"

第二天，毛百斤和廖明生来到火厂坪，首先看了几家铁铺，他们除了打农具外，还打日用小百货，如铁夹、铁锁、蚂蟥钉等小铁货可算应有尽有，问了他们的销售价格，销售方法，主要是坐销零售，也有的行销送到外地去，外地进货老板来得很少，他们靠薄利多销，价格很便宜。毛百斤想，这一类小铁货潜力很大，可适当提高价格，在毛家栗山设摊有顾客。

又看了打钉子的铁匠，这些人不要跟师傅学，大多数是自学的，他们利用打铁剪下来的边角废料，废铁丝，不用大火煮，稍烧红一点就打起来，一锤一翻，三几下就成了方形尖尖，在钢錾上一锤就成了方钉，像耍戏法一样，这么快的手法，冰冻三尺，非一日之寒，没有三五年的功夫是练不出来的，这是软橡皮钉，建房子钉橡皮用的，还有楼板钉，楼板钉的打法复杂些，首先打成两头尖的方形铁条，逢中烧红，在一个平板方条上打一锤，中间变成薄又平的薄板，再逢中錾断，再将平板头捣一锤就成了掩板，一次打两个钉子，楼板钉比软橡皮钉价高一半，成品用篾篓子装好，一篓大约五斤，橡皮钉二十文钱一篓，楼板钉三十文钱一篓，都是坐销零售。还有小钉子比软皮钉还小，是圆的，都用废小铁丝打的，打起来更快，一根铁丝捅进炉里就红了，拔出来三两锤就打成了，錾断就是钉子，是用来做家具用的，每篓价格和橡皮钉差不多。毛百斤想，哪里都要建房子，哪里都要做家具，这钉子也有市场，毛家栗山重在三刀，工艺精，难打些，它仅仅是日常生活中的少数用具，这些小铁货简单易学，日常生活中大有用场。如果进入市场会吸引更多顾客。

毛百斤看了很高兴，对廖明生说："廖师傅，这些小百货大有市场，如果在毛家栗山开个摊位生意一定会很好。"

廖师傅茅塞顿开：我何不到毛家栗山去开个摊位，给这些小铁货打开销路，何必去打三刀呢？于是说："我一定去开个摊位，专卖小铁货。"

接着看了火厂坪的铸铁，这里铸铁厂有好几家，每一家都有个熔铁炉，一个大翻沙车间。那很细的沙子又黑又润，用手一捏就凝结不散，想捏什么模型就是什么模型。有的工人在筛沙子，里面不能有一点杂质。有几个工人拿模子用黑沙装模造型，用黑沙封好留一个口子，有两个工人抬着铁水，将铁水慢慢地灌入所留的口子里，直到灌满为止。冷却后工人们将黑沙扒开，取出铸件，只见一个个香炉、磐子、犁头……翻了出来。他们用铁刷子刷去沙子，稍做打磨就可出售了。

看起来容易，做起来非常复杂，要几十道工序才能完成，道道不能马虎，稍有差错，就翻出废品，前功尽弃，既是辛苦工又是技术工。

毛百斤对廖明生说："谢谢你陪我看了火厂坪铁铺和铸造厂，使我大开眼界，我原来是井底之蛙，大量生活铁器用具都在这里，这里大有市场。你可将大家组织起来到栗山铺去开摊卖货，将火厂坪的小铁货销往全国。"

廖明生说："好，我一定将这个想法告诉大家，管他来不来，我一定首先来开个小铁货摊。"

当夜毛百斤在廖明生家过夜，第二天回到毛家栗山，心想，如果火厂坪的铁货都来设摊，铁器货物更多，进货客户会越多，市场将会更大。

第三天廖明生的铁货摊棚打起来了，第五天就摆出了各种小铁货。进货老板看到钉子都是一篓一篓地卖，外地大钉子数个数，小钉子用秤称，比这里贵好多倍，于是钉子一天就抢购一空，廖明生非常高兴。

消息传出，火厂坪的小铁货摊一下就增加十几个，他们以廖明生为首建立了小铁货管理委员会，统一了价格，统一了质量标准，也不准滥价和赊销，不准用不正当的手段拉客，搞好摊前卫生。违者按毛家栗山铁货市场的规矩处罚。

火厂坪的小铁货进入市场后，进货的顾客越来越多，毛家栗山铁货市场越来越大，毛百斤的事也越来越多，自己根本没时间打铁了。正在这时，毛百斤第五个儿子出生了，毛百斤非常高兴，将他取名毛光远。消息传出，铁匠们奔走相告，为感谢毛百斤给大家的帮助和关怀，自发组织铁匠们携重礼前来恭贺，毛百斤为感谢大家的盛情，在饭店里办了二十桌酒席，毛百斤请魏师傅一家和自己坐一桌，自己家里包括先生和厨娘一桌，香莲抱着婴儿向魏师傅夫妇拜了四拜，以示感谢，全场都来向魏师傅夫妇敬酒，感谢他们收留毛百斤，才有了毛家栗山的今天。

酒宴非常热闹，毛百斤一一敬酒，以示回谢，欢笑声在毛家栗山上空久久回荡。

酒席散后，毛百斤到小铁货摊去了解情况，廖明生高兴地说："小铁器卖得很好，特别是钉子好卖，其他铁夹、锤子、铲子等也卖得可以，大家都很高兴。"

毛百斤说："看样子你也是生意老手，你先前还做过什么？"

廖明生说："我是苦命人，做过很多名堂。耕田、打铁，还跟舅父在外面卖过锅子。"

毛百斤说："听说卖锅子都是唱着卖，到底怎么唱法，唱的什么？"

廖明生说：

卖锅子和百姓讨价还价都是唱。主要是唱锅子质量好，尽是吹牛：

我的锅子天上造，

任你打来任你抛。

我的锅子含了铜，
煮饭炒菜香味浓。
我的锅子含了金，
敲打起来好声音。
我的锅子含了钢
经久耐用响当当。

边唱边敲，并提起锅子抛上去跌下来，这是要有技巧的。没有选好地点和掌握技巧，就会打烂。还有劝买的：

大哥大嫂买个锅，
价钱一百八十多。
多人共买价更低，
每个锅子一百一。
几个要买一齐来，
不准个人做生意。

若有人提出赊账，并不直接反对而是委婉地唱道：

赊账买锅也省钱，
三年再来收锅钱。
三年利息算一点，
还要来回算盘缠。
加上工资和利息，
一个锅子二百七。

唱是这么唱，其实就是不赊账。如果锅子生意做成了，还有好多祝福的话：

大嫂买了我的锅，
煮饭炒菜方便多。
一家老小身体好，
六畜兴旺财源多。
大娘买了我的锅，
儿多孙多福气多。

含饴弄孙到百岁，
五世同堂好太婆。
大哥买了我的锅，
大嫂见了笑呵呵。
白天三餐菜饭好，
晚上缠绵好快活。
还有很多我没有学到。

毛百斤说："你们将锅子擦得又黑又亮是什么擦的？"

廖明生说："有两种办法，一种是先在锅子上喷些水，再将一种粉子抹上擦匀就亮了。另一种是用锅石反复擦，越擦越亮，格外抢眼，其实锅子都是在当地锅厂买的。这个生意其实就是靠吹、骗、劝、哄弄钱。"

毛百斤说："这是你们的技巧，你们的智慧。"

廖明生说："对外除了吹、骗、劝、哄外，还有一套行话。叫作讲'錾子'，猪叫'再电老'，牛叫'丑老子'，鸡叫'毛头'，狗叫'地羊'，男人叫'老毫拍'，女人叫'九子'，吃饭叫'冲庙'……还有很多，有了这一套行话，内部说事外部人就听不懂了。"

毛百斤听了笑起来，说："这就是前辈人的智慧！"

突然，魏贵强打着双拐一步一扭过来了，说："毛百斤，发财了，不用打铁了，在这里闲聊，害得我到处找你。"

毛百斤说："什么事，我们到家里去说。"说着就往家里走，毛百斤想，他那难以入耳的话不能在市场上说，魏贵强不得不跟在后面。魏贵强自从残疾后，经常打着双拐到毛百斤家里来吃饭，现在大概听说毛百斤打赢官司收回十万文钱，得到五十亩良田和一个大院子，又来要钱了。毛百斤进屋就问："师兄，你有何事？"

魏贵强说："妹夫，特来感谢你，感谢你将两个孩子带走，让他们能够读书，将来像你一样有个好出息。但我现在没饭吃了，你要给我些钱去买米。"

　　毛百斤想，师傅年老了，打不出好多货了，生活是有点困难，但不至于没钱买米。于是说："你两个小孩现在吃我的穿我的，还有读书开支都不要你管啦，你和父母三人生活应该没问题了。"

　　魏贵强说："父亲现在不能打铁了，你要让他累死，每月要给我五千文钱。"

　　毛百斤说："师兄，我现在事情太多，也打不出货，我有十多个人吃饭，哪里有钱给你？每月给你两千文钱。"

　　魏贵强说："两千文钱我三人怎么生活？"

　　毛百斤说："你三人两千文钱，父亲每月还可以打些货，进五千文钱没问题。我有十个人吃饭，我每月能弄多少钱？我每月都要吃老本。你节约一点吧，我也没有办法。"

　　魏贵强说："你管市场，别人的事能管，我的事你从来不管，什么人打我现在还没查出来，查出人来我就不找你了。"

　　毛百斤说："这都是你自作自受，咎由自取，谁要你去收'保护费'，谁要你去嫖娼害死人？你现在要我负责，我两千文都不给，你自己无事，天天去找吧。你得罪那么多人，还害死人命，你不怕死就直接去找吧！"

　　魏贵强无话可说了，但赖着不动，毛百斤什么事都做不成，不得不拿五千文钱给他。

　　魏贵强出门后，回过头来说："以后每月五千文钱，一文都不能少！"

　　毛百斤只是摇头，香莲说："何时是尽头啊！"

　　欲知后事如何，请听下回分解。

第二十三回

◆

一枝独秀不是春
百花齐放春满园

人性有很多"恶"，最致命的是见不得身边的人好。他们宁愿看到外人好，宁可看到离得远的人好，就是容不得自己身边的人比自己好。

对离自己远的人，或者远远胜过自己的人，他们就羡慕、崇拜；对离自己近的人，或稍微胜过自己的人，他们就嫉妒、仇视，或对身边的人忽然超过自己而感到痛苦，从不因为自己平庸而痛苦。

宁可生在活在一个不如自己的人群里，宁可被连累，被扯后腿，相互踩挤，也不愿看到身边有人飞黄腾达。

生活在远不如你的人群里，和生活在都比你厉害的人群里，显然后者才对你更有利，因为你永远都在借势，甚至被捎带进步。

这样的人一遇有利的好事，就想独吞，唯恐身边的人知道，分散了利益，不知道一花独放不是春，百花竞放春满园的道理。

在毛家栗山铁货市场发展过程中，就有这么一个人，最终受到挫折，才回归群众，教训是非常深刻的。

"伍陆生的铁货摊关门两天了，到哪里去了？"

邻摊贾铁匠说："伍陆生要结婚了，在家准备办酒。"

"哦，原来如此，女的哪里的？"

"听说很远，是他的一个亲戚做媒，是围塘铺的，是一个铜匠的女儿，铁匠和铜匠开亲，那真是铜锣配当当，相当相当了。"

"这个伍铁匠，儿子结婚不告诉我们一声，扒灰还怕别人知道，要打他的包饭!"

"又要打谁的包饭，你口馋了。"

"老伍来得好，砌灰屋，有灰扒了，不告诉一声，该不该打包饭?"

"鸭公生白毛，家家都有，你吃得赢吗?"

"到底哪一天当扒灰公?"

"你们哪个屋里要我去扒灰，我随时可以当扒灰公。"

"老家伙，你扒你的灰，我们不嫉妒，到底哪一天?"

"你知道扒灰是什么人吗?"

"不知道，扒灰有固定人吗?"

"不知道你乱叫什么，扒灰都是读了很多书的人。有个私塾先生，中年丧妻，讨了个年轻漂亮的儿媳，总想设法搞到手。一天儿子出去劳作了，儿媳在煮饭，他去帮儿媳烧柴火，他上前说：'我来帮你烧火。'他知道儿媳读了书，就将灶膛里的灰扒平，用铁夹写道：'对面大丘我要卖，卖了大丘讨个妻。'反复写。儿媳看在眼里，想在心中，中年丧妻的爹怎么不想女人呢？如果把大丘卖了，一家人吃饭靠什么？怎么办？于是就说：'爹，让我来烧。'老先生将铁夹交给了儿媳，站到一边看。只见儿媳将灰扒平，写道：'对面大丘不要卖，日做婆来夜做媳。'老先生看了微笑着频频点头。这时儿子回来吃中饭了，儿媳怕丈夫看到那些字，就说：'爹爹爹爹快扒灰。'这就是扒灰的来历。"

众人听了哈哈大笑，说："扒灰老子扒灰还有理由。我听说不是教书先生，是个姓伍的铁匠。"

又迎来一场大笑，最后伍铁匠拱手说："二十八日，就是后天晚上，请大家来喝杯淡酒。"

"为何是晚上，还要我们守着你扒灰吗?"

"因为围塘铺到这里五六十里，中饭赶不上，只得晚上办酒了。"

二十八日下午，毛家栗山所有的铁匠都去了，酒席办得非常热闹，酒菜丰盛，都是双打双出，根本吃不完，那新媳妇叫罗春香，个子高挑，鼻梁挺秀，眼睛迷人，瓜子脸上荡着微笑。伍陆生和她临桌敬酒，非常大方，大家都夸他俩是男才女貌，天生一对。

最为吸引眼球的是那些嫁妆与众不同，木具的边角都用铜包了，莲花床架子上嵌了铜框镜子，看起来金碧辉煌，好多用具都是铜的，铜脚盘、铜脸盘、铜茶壶、铜烟壶、铜酒壶、铜锅铲、铜饭匙……还有梳妆工具都是铜的，都闪着金子般的光芒，格外抢眼，整个洞房的摆设，显得珠光宝气，焕然一新，不愧是铜匠女儿的嫁妆！

两日后伍陆生带新婚妻子到围塘铺回门，走到黄昏才到围塘铺，来到岳父家，当夜请来亲戚作陪，热闹非常。席间谈到毛家栗山铁货市场时，伍陆生说："岳父，毛家栗山的铁货市场一开始只有几个铁匠，是毛百斤一手一摸搞起来的，由肩挑、背负、马驮到外地去卖，慢慢地引来客户到毛家栗山买货，从到各家各户去买到建立铁货市场。统一价格，统一质量标准，由于质量过得硬，进货的来自大江南北，路子越来越广，现在发展到一百多个摊位了，生意一直很好。大家都夸你老的铜货好，我看很有市场，如果您老愿意到毛家栗山去开个摊位，把各种铜制家具摆出来，按道理比铁货生意还要好。"

罗铜匠说："谢贤婿推介，就由你夫妇经营，我供货，你俩一个铁货摊，一个铜货摊，更让顾客青睐，明天将家中余货全部驮去，开摊试销，如果销得快，我在屋里赶货来，千万不能让其他铜匠知道了。"

伍陆生说："好，我觉得生意一定会好。"

第二天围塘铺赶集，伍陆生请岳父陪同去看看铜货铺。

罗铜匠说："去看可以，千万不要提毛家栗山开摊的事。"

伍陆生说："为什么？"

罗铜匠说："贤婿，赚钱的好事不能告诉别人。"

伍陆生说："哦！我知道了。"

罗铜匠陪伍陆生看了七八个铜匠铺，都很忙碌，每个铜匠铺都摆满各种铜器，各种日用工具，还有很多叫不出名。

罗铜匠说："这是乐器，名叫编钟，敲起来特别好听，是宫廷、官府唱歌跳舞用的。"

伍陆生说："真是大开眼界，铜器不逊于铁器，应用更广，还可做装饰物，使家中满堂增辉。"

围塘铺中真的有个大塘，有三四亩地宽，塘的周围都是铺面，是圩场最热闹的地方，还有一条长街相连，比毛家栗山大得多，这里是连接西南的要冲，盐商的主要通衢，没有官府驿站，到处有"中火安宿"牌子，米店、布店、盐店、杂货店、木器店、铜铁货店，星罗棋布，这里又是圩场，逢三六九赶集，今天正逢集日，人们从四面八方赶来，街上人山人海，卖蔬菜的、卖柴的、卖肉的、卖鱼的、卖木器篾货的，应有尽有，还有外来耍猴、卖艺的，五花八门，令人目不暇接，一片繁华，一片喧嚣，好不容易挤出街口。街外有个牛场，水牛、黄牛，头上都扎着红绸。场中膻气熏人，交易中的人都将手伸入对方衣袖里抓手指，打着哑语，只见点头摇头，没有大声说话的。通过捏手指、摇头、点头反复数次后，双方点头，脸露笑容之后，即已成交，颇具神秘色彩！在整个圩场看了一圈，伍陆生感到特别新奇，一步一惊，特别兴奋。

罗铜匠说："毛家栗山赶集吗？"

伍陆生说："毛家栗山不赶集，但常有人拿东西到市场里来叫卖。"

罗铜匠说："那也比较方便。"

伍陆生说："时间不早了，我们回去将你的铜货打点好，下午就回去，把铜货摊建起来。"

罗铜匠说："早已打点好了，吃了中饭就动身。让桐生跟你一起去，让他知道路径，以便以后送货。"

伍陆生说："好，您老想得很周到。"

回到家岳母早已摆好碗筷，进屋就吃饭，美酒佳肴不在话下。

饭后，伍陆生夫妇、罗桐生牵着驮货马出发了，太阳下山才到毛家栗山。

第二天，伍陆生陪同罗桐生来到毛家栗山铁货市场，找到了毛百斤，伍陆生进屋就说："毛叔，这是我的内弟罗桐生，他带来些铜货，想在这里开个铜货摊，你看能行吗?"

毛百斤说："行，大家看到你家里那些铜货嫁妆，都说很有市场，一定会有顾客。"

伍陆生说："那我就建篷屋摆摊了。"于是立即买来木料，请木匠打起棚子来，三天就成功了，摆了块大案板，将那些铜货摆出来，只见金光闪闪，满棚生辉，立刻吸引很多顾客，他们问价，问这颜色会不会褪色，伍陆生夫妇应接不暇。

尤其是伍陆生媳妇，生得眉清目秀，唇红齿白，开言先笑，声似铜铃，格外引人注目，与她攀谈的人更多。她热情耐心地一一介绍，言谈风趣，举止大方，时而拿铜货晃一晃，拿棍子敲一敲，大家看之顺眼，听之开心，都夸这是生意场上的老手。

听了她的介绍，看了她的表演，个个心动，不买也想买了。那天带来的货，一天就卖完了。伍陆生非常高兴，立即要内弟回去装货来。于是罗铜匠就请人在家里日夜赶货。他儿子就赶着马往返送货。毛家栗山百多个铁货摊，只有一个铜货摊，货物哪里供应得了，每次一到货就抢购一空。

围塘铺的铜匠铺十多家，他们无不相互了解。有个周铜匠见罗铜匠家里日夜赶货，还请了几个人帮忙，他儿子赶着马隔一天送一次货出去，他就暗地跟踪，要看罗桐生到底送到什么地方，跟了半天，来到毛家栗山，发现这里原来有个这么大的铁货市场，他数了一下，有百多个摊棚，只有罗春香一家铜货摊，只见铜货摊前围满了人，不出一个时辰，罗桐生驮来的货就卖光了。心想：这个罗铜匠有这么好的市场不告诉我们，想个人独占，太不讲义气了！于是就问一个老板说："请问你们这里摆摊可以随便进来吗？"

那老板说："我也不清楚，你去找毛百斤吧。这个铁货市场的规矩都是他为主订的。"

周铜匠问："毛先生住哪里？请你告诉我。"

那铁匠说："你出了市场往左拐，就会有人陪你去。"

周铜匠拱手说："谢谢！"

来到市场外一打听，有人说："你是新来的进货老板吧？"

周铜匠说："我是本地的铜匠，想来开个铜货摊。"

那人说："那是好事，请随我来。"

不多远来到毛百斤家，他正在打铁，见周铜匠来了停下了锤子，解下围裙说："二位请坐，你们有什么事吗？"

周铜匠说："我是围塘铺的铜匠，我姓周名冬生，想来这里开个铜货摊，不知有何规矩，请你介绍一下。"

毛百斤说："哦，围塘铺来的，你们围塘铺罗春香的铜货摊铜货落地不得，都是抢着购买，生意太好了，先生也想来开个摊？我们热烈欢迎，把你们围塘铺的铜匠都引来，生意一定会好，市场越大，经营项目越多，顾客就越多，生意就越好，市场就会越旺。"

周铜匠说："我明天就来，还有十多个也会来，有些什么规矩，请明示。"

毛百斤说："是有个简单的规定，一是保证质量，二是稳定价格，不准滥价经营，三是搞好各自摊前的卫生，四是每个摊位每月交百义钱的管理费。"

周铜匠说："好，规矩我们一定遵守，明天就来择地搭棚。"

毛百斤说："你们十多个摊棚应放到一起，一起来，我来帮你们安排地盘。"

周铜匠说："谢谢指点，告辞！"

周铜匠连夜回到围塘铺，将围塘铺的铜匠喊来，在他家商量此事，他说："罗铜匠无情无义，独吞生意。"于是就将跟踪罗桐生到毛家栗山的过程说了一遍，并把找到了毛百斤了解情况之事统统说了。大家听了都说罗铜匠太不仗义了。一致同意到毛家栗山去开个摊位。并通过商量，成立铜货会，由周铜匠为会长，定出了内部管理办法，定出了统一的价格和统一的质量，违规者交毛家栗山市管办打包饭二十桌。并商妥各种铜货规格，以便统一成本核算，并立字成文，一式两份，交一份给毛家栗山铁货市场管委会。

第三天，十二个铜匠赶了个大早，中午就赶到了毛家栗山，毛百斤接到他们十分高兴。立即陪他们看了地盘，划定了间数，定出了号子，十二人抓阄定好了位置。第四天，各自买好木料请木匠打起棚子来，五天后，十二个棚子齐刷刷地建起来了，第六天就摆出了各种铜货，满棚金光闪闪，同时开业，爆竹声惊天动地，进货的、看热闹的人山人海，非常热闹，毛家栗山平添了靓丽的风景。

大家都来观看，看后赞不绝口，尤其当地的妇女们，买厨房用具和闺房用具的特别多。外来进货客商看到一下增加十多个铜货摊，各色各样的铜货看花了眼，再不着急抢购，到每个摊位上看看，挑选最如意的货，下单子订购，一时间这里人头攒动，只闻讨价还价声，敲打铜器声，欢笑声，妇女惊叫声，小儿哭喊声，让道呼喊声，一片嘈杂，忙碌半天，卖货老板有的笑了，货卖光了，还订了大量订单，有的哭了，混乱中有的货被人偷了，收漏钱了。

一连数日，罗春香店里无人入门了，也过来看，她想，先没有告诉他们，围塘铺的铜匠怎么都来了，铜货既多又齐，价格略低一点，顾客当然会过来。待他们的货卖光了之后，才有人来她摊前，价格不得不与他们一样。岂知好几天都是这样，等到那十二个摊位的货卖完了买家才到她这里来，她心里很不是滋味，不得不与周冬生商量，搬到一起去。周冬生说："这要与大家商量，围塘铺的铜匠成立了铜货会，要看大家意见同不同意你加入。"

罗春香说："那请你们快点商量。"

罗春香天天来催，周冬生总是说大家意见不一，有的同意有的不同意，罗春香知道父亲先前做得不对，同行多嫉妒，总怕好了别人，只得向周冬生道歉。

周冬生说："这要和大家一起说，跟我一个人说没有用。"罗春香是个聪明人，只得办了两桌酒席，请十二个铜匠，毛百斤和四个管理人员吃了一餐，在餐桌上，周冬生将铜货会的规矩重述了一遍，罗春香点头承诺后，大家才同意她入会，搬到一起经营。

由于毛家栗山的铜货供不应求，围塘铺的铜匠越来越多，日夜赶货，为了市场需要，铜器项目也越来越丰富，供应面也越来越广，技术也越来越高，精益求精，铜货也迅速销往全国，甚至销往长安。由于市场的需要，毛家栗山的铜货摊已增加到二十家。

后来还带来了锡货的发展，锡货店里的锡酒壶、锡盘等用具也琳琅满目。还带动了金银首饰的发展，生意也特别好。毛家栗山由"三刀"为主的铁货市场变成了金、银、铜、铁、锡制品远近闻名的五金市场。

欲知后事如何，请听下回分解。

第二十四回

◆

一厢情愿成泡影
两意相投缔良缘

话说毛百斤专门请先生在家里教毛光明、毛光亮、毛光鲜、毛光远、毛光辉、魏小龙、魏大龙读书，还专门请来厨娘为他们洗衣做饭。

先生叫仇三元，年近天命，是地方颇有名气的塾师，生得中等个子，和颜悦色，留着长须，须发半白。教书耐心细致，颇得学生们尊重。他根据武帝"罢黜百家、独尊儒术"的旨意，专门教授《诗》《书》《礼》《易》《春秋》等儒家著作，首先教《诗经》，教他们边读边写。毛光明最大，年已十六，魏大龙、魏小龙十岁，毛光亮十二岁，毛光辉十岁，毛光鲜八岁，毛光远六岁。都来到毛宅，毛百斤夫妇在毛家栗山可安心打铁了。

毛光明既读书，又要协助先生和厨娘管理好弟弟们，七个年龄不同的孩子，都生得活泼可爱，但贪玩、爱生事，经常相互打闹，手脸都是黑的，尤其衣服难洗，厨娘王三娘特别辛苦。毛光明转眼成了高个子，一双眼睛格外明亮、灵活，从小就能言善辩，记性特别好，过目不忘。很得先生喜爱，穿着儒装，纶巾飘拂，风度翩翩，早就有媒婆踏破门槛了。

毛百斤一个都没有答应。一来儿子在读书，不能结婚，会影响他的学习。二来儿子尚未成年，不会想男女之事，一般女子他看不上。毛百斤是开明的，打破婚姻父母做主、媒妁之言的旧习，由儿子自己选择。

十八岁那年，刘亭长托人为他女儿做媒，毛百斤觉得这门亲事不能一口回绝，就对黄媒婆说："黄妈，你辛苦了，刘亭长的女儿长得怎么样？今年多大了？"

黄媒婆说："毛大爷，他女儿生得好，你看到都会做梦。她叫刘腊梅，今年十六岁。生得眉清目秀，有双会说话的眼睛，两条恰是新月的眉毛，既黑又细；高鼻梁小巧玲珑，瓜子脸荡着两个酒窝，一张樱桃小嘴，唇红齿白，开言先笑，声似铜铃；身材苗条，腰细臀肥，穿什么衣服都好看；步履轻盈，如轻风摆柳。尤其她母亲是个大家闺秀，教女有方，腊梅现在纺纱织布，织麻缝衣，绣花做鞋，样样精通，捏手生花。聪明贤惠，是个好管家娘，定能相夫教子，孝敬翁姑，可算得百里挑一的好姑娘。能娶上她福分不浅，与令郎相配真是天生一对，地配一双！"

毛百斤说："她读过书吗？能否习文断字？"

黄媒婆说："这个我倒不清楚。毛先生，女人要读书做什么？只要能相夫教子，孝敬翁姑就行了。"

毛百斤说："不读书怎么会通情达理？不读书怎么能懂得做人的道理？儿子还小，等几年再说吧！"

黄媒婆说："常言'男子十五离父体，女子十五管家娘'。至于读书问题，这个容易，要她父亲教她就是。"黄媒婆立即将毛百斤的话转告了刘亭长，刘亭长一心想将女儿嫁到毛家，于是就请先生在家里教女儿读书。

再说那毛宅有十来个人吃饭，每天买菜煮饭，王三娘一个人实在忙不过来，还要洗那么多衣服和被褥，打扫那么多房间，于是就求毛百斤增加人手，王三娘说："毛先生，现在十多个人吃饭，买菜、种菜、洗衣、煮饭、打扫屋宇，我一个人实在忙不过来，请你另增一个人帮忙。"

毛百斤想，三娘一个人是忙不过来，另请男人难就适，请女人好与她相处，工价也低些。于是说："三娘，你辛苦了，你就请个女的吧。"

三娘说："毛先生，你说得对，请男人工价高，又不太方便歇宿。我有个女儿十六岁了，在家无事，她来帮我，自己的女儿好使唤，又不要另增房间，工价随你给，不给光吃饭也行。"

毛百斤很同情她，她为人老实，做事扎实刻苦，就说："三娘，你女儿来帮忙可以，我给她一百文钱一月，就叫她来帮你吧。"

王三娘丈夫有病，靠她微薄的工资维持生活，女儿叫王秋桂，生得身材匀称，相貌清秀，中等个子，家庭贫寒，虽然粗布遮体，但难掩那天生丽质、突显那腰细臀肥的壮实体魄。手脚灵活，行动敏捷，从小随母亲言传身教，家务女红，样样都会。尤其天生好记性，父母之言，说一次则能永记，大小事物，见一次过目不忘。

秋桂来到毛家，见房子金碧辉煌，室内明亮宽敞，堂屋神龛上香烟缭绕，课堂里书声嘹亮，有七个桌子，桌旁坐着高矮不一的学生，她走到门边看了一下，见个个向她投来不友好的目光，有的还转过身来指指点点。那先生戒尺敲得山响，她吓了一跳，不知是赶她走还是威震学子，只得离开，朝住房走了一圈，见室内非常整洁，都是高架床，雪白的蚊帐，每个房里都有书案烛台，案上叠着书卷，还有笔架墨砚，她知道那是学子的房间。隔壁一间墙上挂着字画，她知道这是先生的房间。来到厨房，灶台既高又大，大小锅灶四五口，一块很宽的案板，上面放着刀具和蔬菜，真是大户人家，确实与众不同，处处显示出大样。秋桂帮母亲扫地、洗菜、洗衣服、种菜，样样都干。她想读书，每次洗衣将洗衣盆和水搬到学堂门外，一面洗衣服，一面听先生教弟子读书，先生教读时，就停止洗衣，专心听记，学子们分大班、小班，她就跟小班学，白天学到的诗句，晚上反复背记。她比那几个小少爷还记得快些。一天秋桂边洗衣服边背《关雎》，学堂里的学子和先生都听到了，都很惊讶。

毛光明出来问道："秋桂，你也读过《诗经》?"

秋桂不好意思地说："毛少爷，我是跟先生学的，他教你们一句，我就跟着记一句，就读熟练了，没有书，我不认得字，你能借卷书给我吗？"

毛光明说："好，送卷给你。"说着就送了一卷《诗经》给她。她如获至宝，立即小心翼翼地送回房中。白天要做事，晚上再来读。到了晚上，她不知哪句话是哪一行字，自己不好意思去求先生，就对母亲说："娘，我想读书，我跟着他们学会了先生教的诗，但不知哪一句是哪一行字，请你陪我去请先生教我。"

王三娘说："秋桂，女儿读书有什么用？男儿读书是为了求取功名，为国办大事的，女儿只要把家务做好就行了，常言男管外、女管内，做好内当家，相夫教子，孝敬翁姑就是好女人。"

秋桂说："娘，女人不读书怎么教子？不识字不会算数，怎么能管好家？"

王三娘觉得女儿说得有道理，担忧女儿不小了，男女授受不亲，在男人中间，难免萌生异端。于是说："秋桂，你现在大了，不要让人家有闲言闲语。"

秋桂说："先生比我父亲还老，你陪我去，请先生教我一杯茶久就回来，我会把一天教的东西记下来，陪我去吧，我求你了。"

王三娘拗不过女儿，只得陪女儿来到先生房中，对先生说："先生，打扰你了，秋桂想读书，毛少爷送了卷书给她，她不认得字，求你教教她。"

先生很同情，白天已听到了她在读诗。于是说："秋桂，你记性很好，白天我已听到了你背的《关雎》，你把书拿来，我教你认字。"

秋桂就打开书卷，先生指着关雎两字说："这就是'关'，这就是'雎'字。"

秋桂非常聪明，于是说："先生，我知道了，这首诗我已能背出来，那么按顺序一路对下去，我就知道字的读音了。"

先生非常惊讶，觉得这秋桂太聪明了，如果是个男孩多好哇！于是说："你真聪明，就这样读，不过每一句中的字形都要记住，离开句子每一个字也要认得，书就是这样读。"

秋桂说："谢先生指点，我知道了。"收起书卷说："娘，我们回去，不打扰先生了。"说完"万福"而去。

秋桂按照先生的指点，回去把背熟的《关雎》，一句一字地对照，将字音字形结合记牢。深夜才睡。白天她帮助母亲打扫屋宇、洗衣，边做边背诗。她想：这诗怎么写出来的，应该首先要学会写字，难怪先生要每个学生天天写字，我也要学会写字。

次夜又来到先生房里请教，先生写了几个字让她认，她认出来了，而且讲出了此字在什么句子中，先生很惊讶。说："你记性好，不错。"

秋桂说："先生，这字怎么写法，我也想学会写字。"

先生想，这小女儿生在富人家里，是个男儿就好了，于是说："你想学写字？"

秋桂说："对，我想，单独学会认不会写有什么用？"

先生说："好，写字不难，先学会握笔。"说着就拿出了毛笔和竹片，将毛笔递给秋桂，说："抓毛笔靠手指尖的合力，手心要空。"立即做出示范，秋桂一学就会，先生又教她横、竖、点、弯钩、提等笔画的开笔运笔法。说："字就是这些笔画组成的，开笔写字先横后竖，从左到右，左右结构的字，从左边写起，上下结构的字从上面写起。"

秋桂说："谢谢先生，我写几个字，你帮我指点。"于是就写了几个字。

先生看了说："不错，就这样写。不过还没有掌握笔画粗细的安排，我写两片字样让你临着写，掌握横、撇、捺的样子，临摹一会再照着写。"说完写了两片字样，并送了一套笔墨给她，秋桂接过字样和笔墨和竹片，万分感谢而退。

秋桂想：他们家有钱，专门读书，我穷，只能夜里写读，我一定发奋学习，和男人一样能写文章和算账，这些小事绝不依赖男人。回来后她就照先生的字样摹写，掌握笔画的大小和开笔顺序，再照着《关雎》一个字一个字地照着写，每夜深夜才睡。母亲劝她休息，她坚持每夜将《关雎》写完一遍。

一天，先生要毛光辉、毛光鲜、毛光远默写《关雎》，有意让秋桂也参加。收卷后，毛光辉错了两个字，毛光鲜错了五个字，毛光远错了八个字，秋桂一个都没错。先生表扬了秋桂和毛光远，毛光远只有七岁。那些学子先看不起秋桂，现在刮目相看了。尤其是毛光明特别惊奇，将她从头到脚看了一遍，觉得站在面前这个姑娘特别漂亮，若非学堂见，会向月下逢，觉得嫦娥来到面前。看得秋桂面红耳赤，转身对先生说："先生过奖了，谢先生教导。"说完"万福"而别，去做她的事了。

自此，先生以秋桂为榜样，激励学子们发奋读书。毛光明更加发狠，读完《诗经》，进一步读《吕氏春秋》，了解治国之法，学习《易经》懂得韬略。毛光明内心世界发生很大的变化，夜里多梦，白天时刻想看到秋桂的身影。秋桂为了听课方便，每次洗衣都搬到学堂边，先生教读了，就停下手中的活，专心听记，当先生教完，学子们自己写读时，毛光明不由自主地来到堂外，看秋桂洗衣的动作，走路的姿势，回头一笑的羞涩，直看到她进入厨房。

再说那刘亭长的女儿也在读书，刘亭长要黄媒婆告诉毛百斤，他请来塾师在家里专门教女儿，要求把亲事定下来。毛百斤告诉黄媒婆，他要和孩子商量再定。

黄媒婆说："自古以来，是父母做主，媒妁之言。你怎么还要和孩子商量？"

毛百斤说："婚姻是大事，是孩子一生的事，既然要父母做主，我就要为孩子负责，如果孩子不愿意，会影响他一生的幸福，还会影响后代，这也是为我自己负责，所以要与孩子商量。"

黄媒婆说："毛大爷说得有道理，那你父子何时商量好？我什么时候来问信?"

毛百斤说:"十天后再来吧,辛苦你一趟。"

黄媒婆去后,毛百斤确实到家里问了毛光明,毛光明提出了很多问题,一是要当面看,当面考试文才,没有文才再美他也不要。十天后黄媒婆再来问毛百斤,毛百斤说:"黄妈,你辛苦了,我儿子调皮,他要当面测试文才,还要知道她能做些什么,身体好不好。你去问刘小姐敢不敢接受考试。"

黄媒婆立即将情况转告了刘亭长,刘亭长对女儿说:"腊梅,毛光明虽然是铁匠的儿子,他祖辈都是读了很多书的,他父亲毛百斤也能文能武,祖训'读书不出仕,习武不从军'。甘做平民百姓,毛百斤对子女要求也很严,人人都要读书,你要进他家门,也必须读书,他大儿子毛光明确实聪明,他要当面考你的文才,还要看你能做些什么,测试后才能定这门亲事,你敢不敢接受测试?如果你觉得此人可以,你就发奋读书,还要跟母亲学会女红功夫,样样能做,你敢不敢?"

腊梅说:"父亲,谢你为我操心,虽然有点惶恐,但我愿意接受测试,儿会努力学习的。"

刘亭长对先生说:"有劳你老了,务必将《诗经》教完,让她读得滚瓜烂熟,经得起对方的测试。"

先生说:"老爷,你放心,只要小姐愿意读,我一定全部教会她。"

毛光明思想行为的微妙变化,先生都看在眼里记在心中,觉得毛光明与秋桂很般配,但不是门当户对,难成眷属,他父亲娶香莲时两人都是落难之人,同病相怜,顺理成章,现在毛百斤家是小富翁,在毛家栗山赫赫有名。而秋桂家里贫寒,父亲多病,两个家庭天壤之别,怎么能相依相处?!

那秋桂见毛光明当初送书给她,见他生得眉清目秀,个子高挑,说话和气,平常对自己母女也很关心,近段常见他捧书出来外读，窥看自己。是不是我到书堂前来洗衣影响了他的心情？他是不是觉得我在对他有奢望？造成他有这种误会，自己是鸡，他是凤，怎么能扰乱他的心情呢？必须远离。

毛光明见秋桂不再来教室外洗衣了，每当自读时出来看不到秋桂，心里空荡荡的，好像丢了什么东西，是自己的行为让她怀疑了。秋桂确实是个好姑娘，聪明、贤惠，做事扎实，待人有礼貌，先生经常夸她，她也能将《关雎》全部默写出来，而且字也写得工整，应是女中龙凤，能娶上她亦是幸福……

秋桂已学会了好几首诗，只跟着读熟写熟，诗中含义弄不清楚，她跟毛光辉、毛光鲜、毛光远是小班，还没有通解，总想懂得诗义，当夜去求先生。先生觉得毛光明对秋桂有意思，有意让他俩接触接触。于是对秋桂说："我很忙，你去找毛光明告诉你吧。"

秋桂说："他不是先生，我怎么好意思去找他呢？"

先生说："他虽不是先生，他已全知诗的内容，他会告诉你的。"

秋桂说："先生，那就算了，我怎么好意思去找他呢？！"

先生说："秋桂，别走，我陪你去。"说着就拉着秋桂来到毛光明房里。

毛光明很惊讶，说："先生，你这是……"

先生说："毛光明，秋桂想知道《关雎》的诗义，我没空。你给她解释一下吧。"

毛光明红着脸说："先生，我讲不清楚，还是你来讲吧。"

先生说："大胆地说吧，你会讲清楚的。"

秋桂也红着脸说："毛少爷，辛苦你了，你讲吧，我会懂的。"

先生另拿了把椅子来让他俩挨着坐，就出去了。

毛光明说："这一首诗第一段是写一个男子，看到一个美女在河里拔荇菜，就想娶她为妻。"秋桂想：难怪他看我洗衣。

毛光明说："第二段八句，写那男子睡不着的情景，第三段八句，写那男子决心娶她，要和她度过美好的时光。"

秋桂问："窈窕淑女，君子好逑是何意？"

毛光明说："窈窕淑女，是美丽的女子，君子好逑，就是男人想娶她的意思。"

秋桂又问："那寤寐求之和悠哉悠哉什么意思？"

毛光明说："那寤寐求之，悠哉悠哉，就是夜里在床上想呀，想呀，想了很久的意思。"说着两人的脸都红了，心跳加快，血往上涌，秋桂再也抑制不住激动，看了毛光明很久，看得毛光明不好意思了，扭转了头，秋桂立即收起书，她知道自己失态了，站起来说："谢谢毛少爷，告辞。"速速离去。

回去后，在床上翻来覆去睡不着：他看我洗衣服是不是想"好逑"呢？这诗写得多好哇！把自己不好直说的东西写出来，让人知道，多有味道！

毛光明待秋桂走后，也是好久睡不着，白天想看到她，今晚她能与自己坐在一起，那女人迷人的特有香味扑鼻而来，令人心跳，令人向往，令人彷徨，令人激情难抑，秋桂虽非窈窕淑女，但好学精神可嘉，善良勤劳，身材匀称，腰细臀肥，是能经风雨、吃苦耐劳的女子。黄媒婆说的女子什么样呢？能经得起测试吗？他在床上翻来覆去好久才睡去。

那刘亭长怕这门亲事攀不上，问先生，女儿能背《诗经》几首诗了，问女儿能否经得起测试。他好催媒婆通知毛光明前来。在他的再三催问下，先生和腊梅不得不同意让毛光明前来测试。过了一年多了，毛光明已二十岁，腊梅也有十八岁了。双方父母都觉得可以结婚了，黄媒婆得到刘家消息，可以前去测试了，来到毛家栗山告诉毛百斤，毛百斤陪媒婆来到毛宅，见过先生、厨娘，了解儿子们的情况，最后喊来毛光明说："光明，今天黄妈陪你到刘亭长家去测试他的女儿，你要有礼貌，只要女子一般就行，愿意就跟黄妈说，不愿意不要在他家久待，立即回来，对刘亭长表示歉意。"

毛光明说："儿知道了，父亲，你放心吧，绝不会给你丢脸。"

毛百斤将带来的礼物给了毛光明，毛光明提着礼物，就跟着媒婆去了。

来到刘亭长家，刘亭长早已等在门外，毛光明上前施礼说："刘伯伯，您老好，侄儿前来打扰了。"说着将礼物送上。刘亭长说："快进屋，来了还带这么多东西来，太客气了。"急叫用人上茶。

黄媒婆说："恭喜你，刘亭长，刘大娘，快叫小姐出来。"

从里屋出来一个老先生，毛光明立即起身拱手说："老先生，久闻大名，今日得见，真是三生有幸，请坐！"

先生见毛光明生得眉清目秀，个子高挑，穿着儒装，纶巾飘拂，落落大方。心中有忧，刘小姐恐怕难以应试。先生坐定端起茶，对毛光明说："毛少爷，真是一表人才，定有满腹经纶，听说你要测试文才定亲，你要测试什么？"

毛光明说："请问先生你已教了她什么？"

先生说："《诗经》。"

毛光明说："请大小姐出来，就在这里当面测试《诗经》。"

这时一个丫鬟扶着小姐出来了，小姐生得清清秀秀，孱孱弱弱，打扮得花枝招展，向老师做了万福，对毛光明说："毛少爷要测试我什么？请出题。"

毛光明说："请丫鬟将笔墨拿来，请小姐将《关雎》默写出来。"

丫鬟拿来了笔墨竹片，并磨好了墨，刘腊梅非常紧张，写了一部分就不写了，低头而退。她的先生也没想到毛光明会出这一招，毛光明立即起身，拱手说："刘伯伯、伯母、先生，打扰了，告辞。"

刘先生拦住说："毛少爷，我知道你满腹经纶，你能默写出来吗？"

毛光明说："先生要考我，我只得班门弄斧了，请问先生要我写哪一首?"

先生说:"就写《关雎》。"毛光明二话不说,捋袖挥毫,笔走龙蛇,一气呵成,一字不错,那漂亮的运笔,格外抢眼。放下笔说:"献丑了。"拱手而去。

先生不敢再拦,只是脸青一阵紫一阵,看着毛光明的背影发呆。那黄媒婆边追边喊:"毛少爷,慢点,我有话说。"追着去了。黄媒婆一直追到毛宅,问毛光明说:"毛少爷,你愿意还是不愿意,怎么不说清楚就走?"

毛光明说:"我母亲四十多了还和父亲打铁,我娶个要人侍奉的人回家,对得起母亲吗?再漂亮再好看有什么用?"

黄媒婆说:"你问人家读书没有,人家专门请了先生教她读书。"

毛光明说:"她那是为了应付而读书,不是为了使用,读书要能认、能写、能使用,写都写不出,那是读什么书?!"

黄媒婆说:"她现在还只读得一年多,你可以提出来要她怎么做嘛!"

毛光明说:"黄妈,你为人做媒,要门当户对,我们是靠劳动糊口的人家,她能和我去打铁吗?她会算账、计数、写文章吗?在她家我能当面说她吗?我一刻都不到就走了,还要我当面说我不愿意吗?黄妈,她那高贵之身,我养不起,我配不上,谢谢你对我的关怀。"从身上摸出百文钱递给黄妈说,"小小心意,请笑纳。"

黄妈见毛光明说得如此透彻,收下钱说:"毛光明,你比你父亲更有能耐,将来了不起,谢谢了,告辞。"

黄媒婆想,亏了刘亭长请先生教女,亏了刘亭长将女儿打扮得花枝招展,亏了刘亭长做了丰厚的宴席准备,结果大失所望,脸面丢光。想到这里,她还要去找毛百斤劝劝他的儿子,看有没有挽回的希望,好在毛光明没有当面表态。来到毛百斤家,对毛百斤说:"毛先生,你儿子了不起,刘亭长和先生赞不绝口,你有个好崽!"

毛百斤说："怎么样？愿意吗？"

黄媒婆说："他当面没有表态，看小姐写了一下字就走了，年轻人有点害羞，当面不好说吧。"

毛百斤心里明白，就说："那就是没有愿意。"说着在身上摸出五十文钱说，"黄妈，你辛苦了。"

黄媒婆接过钱说："那太不好意思了，媒未做成，还要你破费。我一定给你找一个门当户对，比刘小姐更漂亮、更聪明、更贤惠的姑娘。"说完高兴而去。

先生仇三元见毛光明没有相中，回来照样读书，见他对厨娘和秋桂更亲切，秋桂不到学堂前洗衣后，毛光明常向门外看，先生明白，就对秋桂说："你白天做你的事不要到学堂门口来听了，要读书每天晚上到毛光明房里去，他一定会教你。"

秋桂说："他会教吗？不会影响他的学习吗？"

先生说："不会，你大胆去吧。"

秋桂说："好，我一定去试试。"心想，毛光明这次相亲大概未成功，黄媒婆跟着少爷回来说了很多话，先生又要我晚上到少爷房里去学习，这多不好意思，孤男寡女，莫非先生已跟少爷说了，他同意教我，莫非他对我有意思？唉！不会，刘小姐他都看不上，怎么会看上我呢？当夜，秋桂揣着猛跳的心，来到毛少爷房里，说："谢谢你送给我这卷《诗经》，我已学了一部分，先生没空，要我请教你。"

毛光明说："请坐，你现在学到哪一首来了？"

秋桂说："读到《周南》的第九首诗《汉广》了，诗中有个别字不认得，不懂其诗意，请你解释一下吧。"

毛光明说："你先读来听听，哪些字不认得。"

秋桂就读起来，毛光明纠正了几个字，说："读得不错，你已记得很多字了。"

秋桂说："这首诗反复重复，每一段只改换个别字，这是什么意思?"

毛光明说:"这是一个男生,看到汉江有个女子在游泳,心里想娶她,怎么想得到呢,用重复句子表示反复在想。"讲到这里,两人的脸都红了,两人都有各自的想法,毛光明觉得秋桂专挑这一首诗太有意思了,好像在投石问路,是不是她已察觉到自己的心思?真是个聪明的人。秋桂想,他讲到那个男子想汉江上的女子时,脸就红了,就不自在了,莫非他对号入座了?他真有此心吗?他会看上我这个穷女儿吗?想到这里,秋桂脸也红了,心跳得咚咚响,两人静坐了一会,毛光明说:"时候不早了,你回去读吧。"

秋桂说:"好,谢谢少爷指点。"合卷而去,回去后,再也睡不着了:莫非他真的对我有意?莫非先生早就看出动机,特意安排我俩这样见面?先生真是有心人!

毛光明送走秋桂后,想:先生为什么叫秋桂到我这里来,要我给她解释?莫非先生已看出我的心思,要我和秋桂多接触,多了解?谢谢先生的良苦用心,秋桂读书不是为我而读的,不像刘腊梅,是难违父命,为得到乘龙快婿而读。听厨娘说,秋桂是为了今后生活方便,能写文字,能计数算账,不依赖男人,可以独立管好家。女中这样的人少之又少,这样的女子想学什么都会学到,这是主动学习。不像刘小姐为应付父命而被动学习。古人云"有志者,事竟成"。像秋桂这样有主见、有志气的女子,有能力做好自己想做的事,她能在工余时间来学习,比起我们兄弟来,要艰难多了,我要帮助她,从明天起,让她上午与我们一起读书,听先生讲解,免得她每夜到我房里来,让别人来说闲话,工薪不减她的,父母一定会同意,先生年薪不加,他也不会有想法。

第二天,毛光明对先生说:"先生,您安排我每夜教秋桂,这样不好,一来我无能教她,二来孤男寡女在一起会招来闲话。从明天起让她与我们一起学习,上午读书,下午劳动。她这样想读书，女中难寻，我们应该帮助她，麻烦你尽点义务。我要求对她的薪金不减，先生意下如何？"

三元先生说："光明，你如此大度，如此开明，应是国家栋梁，将来定会是忧国忧民的好官，我支持你，我一定义务教她。"自此，每天上午秋桂就和毛家弟子一起读书了。

光阴似箭，日月如梭。转眼又是一年，毛光明二十一岁了，秋桂也已十八岁了，一天毛百斤来看望儿子们，看完后，先生将毛百斤喊入他房里说："毛先生，你五个儿子都很聪明。大儿子毛光明胸怀大度，眼界广阔，智慧过人，心怀慈悲，前途不可估量。我见秋桂是个奇女子，不怕家庭贫寒，不悲自己是个女性，立志读书，是个有才华、有能力、吃苦耐劳的人，大少爷已看上了她。现已男大女大了，我来做媒，他们可以结婚了，你再问毛光明一次，如果愿意的话，就马上结婚。"

毛百斤说："谢谢先生，请将他喊来，只要他点头就马上结婚，他从刘亭长家回来后，媒婆又讲了几个他都不愿意，原来他心中已经有人。"

毛光明来到先生房中，说："父亲、先生叫我来何事？"

毛百斤说："我和你母亲为你的婚事实在难回媒婆的话了，先生为你做媒，你与秋桂相处已久，对她应该了解，如果愿意的话，马上结婚，免得媒婆将门槛踏破了。"

毛光明说："我愿意，她家庭贫寒，她父亲多病，你和母亲愿意吗？"

毛百斤说："只要你愿意我们就愿意。"

毛光明说："秋桂和她母亲愿意吗？"

先生说："我已和她母女说了，她们说从来不敢有这个奢望，能嫁给少爷是秋桂的福分，她们非常高兴。"

毛百斤说："那就请先生择个良辰吉日，在这个新屋里举行婚礼。"

先生说："就定下月初八吧，我去通知她母女做好准备。"

毛百斤说："她家贫寒，不要她办任何嫁妆。"

初八那天，毛宅张灯结彩，洞房里的一切，毛百斤早已办齐，不用王三娘操心。王三娘带女儿回到家中，只将女儿打扮一番就行，她家的亲戚听说秋桂嫁给毛家，都来恭贺，资助她办了花烛酒，出亲时倒也热闹。

毛家来吃喜酒的特别多，铁匠、铜匠、亲友、进货老板，除刘亭长外，连佃户都来了。午时，花轿进屋了，唢呐惊天，锣鼓动地，非常热闹。毛光明骑着高头大马，穿着崭新的衣帽，胸戴大红花，下马后，频频向客人拱手行礼，新娘下轿了，头戴红盖头，上穿红袄，下穿八幅罗裙，步履轻盈。将新娘接入堂屋，先生喊礼，为毛光明和秋桂举行了拜堂仪式。

先生喊："一拜天地！"二人对外一拜。

先生喊："二拜高堂！"二人对父母一拜。

先生喊："夫妻对拜！送入洞房！"于是一条红缎子一头递与新娘，新郎牵着入了洞房。

爆竹一响，开席了，在书堂和客厅摆了三十桌，桌上摆满五斋五荤，还有蔬果点心，陈酿醇厚，满堂飘香，只闻觥筹交错，笑语喧天。毛光明和新娘出来敬酒了，见新娘眉清目秀，面带微笑，落落大方，毫无忸怩之态，两人临桌敬酒，婚宴进入高潮……

欲知后事如何，且听下回分解。

第二十五回

汉武帝算缗征税
魏贵强浑水摸鱼

话说景帝驾崩后，景帝中子刘彻即位，号称武帝。登基后，方知国库空虚，因前几十年连年抗击匈奴，加上浩繁的宫廷开支，财政极其困难，而这时商人却拥有大量财富，又不能解国家之忧，决定进行改革。

元狩二年（公元前121年）三月五日，召开全臣大会，商讨改变国策，武帝登上宝座，群臣山呼礼毕。

武帝说："众爱卿平身！"

群臣齐道："谢万岁！"分文武侍立两旁。

武帝说："各位爱卿，因连年抗击匈奴，宫内开支繁多，国库亏空，朕心不安，决心改革旧制。一、撤销商人不得为吏的禁令，任用大盐商东郭咸阳为大农丞，大冶铁家孔仅为大农令，领盐铁之事，任命洛阳商人桑弘羊主持计算；二、将盐铁收归国家经营，利润归国家所有；三、开征商贩、手工业赋税；四、禁止私人造币，由国家统一铸造'五铢钱'。妥否，请众爱卿商讨。"

卫青出班奏道："启禀万岁，历年抗击匈奴，既和亲又打仗。匈奴乃无信之国，不时侵我边关，杀我边民数万，占我国土。如此下去无了日。依下官之见，建立几十万雄兵，灭了匈奴，绝其后患，需大量资金养兵和打造兵器，万岁此举，可解燃眉之急，还可长期使用。"

东方朔出班奏道："启禀万岁，增收商贩、手工业赋税，会伤民意，会说刮民膏脂，以肥官府，必生众怒，有失民心也，还望三思。"

董仲舒奏道："启禀万岁，增收商贩和手工业赋税，合情合理，农耕者何等辛劳，且收入远低于商贩，耕者纳税，商者更须纳税。国家兴亡，匹夫有责，工商者缴纳赋税，天经地义。"

司马迁奏道："启禀万岁，盐铁收归国营，禁止私人铸钱，除任用巨贾为官外，还需制订刑法，对违背上述规定者，要严厉打击。依法治之，谓之皇法。以慰与治双管齐下，方得规范。"

武帝说："爱卿所言极是，准奏。众爱卿还有何高见?"

群臣说："陛下英明，臣自当遵命!"

武帝说："董仲舒!"

董仲舒说："臣在。"

武帝说："命你两月内，订出《盐铁国营法》《赋税算缗法》《统一货币法》。"

董仲舒说："臣领旨。"

武帝说："司马迁!"

司马迁说："臣在。"

武帝说："命你出使巴蜀，视察、安抚百姓。"

司马迁说："臣领旨。"

武帝说："卫青爱卿!"

卫青说："臣在。"

武帝说："命你调查铸铁、煮盐情况。"

卫青说："臣领旨。"

…………

群臣领旨而去，各执其事。两月后，董仲舒写出了《盐铁国营法》《赋税算缗法》《统一货币法》。凡私自铸铁、贩盐者剁左趾，没收器物。将原各郡国所铸钱币收归国有，交与水衡都尉的属官钟官、辨铜、均输三官，铸造"五铢钱"，盗铸货币者死罪。凡商贩、手工业者向地方算缗机关申报所得，每两千钱纳税一算，即百二十钱，一百钱算六，轺车一乘一算，商人轺车加倍，船五丈以上一算。并写出了《告缗法》，即有关偷漏税赋的奖罚办法，不报或少报所得者罚戍边一年，没收资财，告发者奖励其资财的一半。

经过卫青的调查，全国有铸铁业者四十多家，盐业三十多家，于是设立了"铁官""盐官"管理盐铁事务。

如此一来，国库日益充盈，就告缗一项，国库得财物数以万计。以上四法在执行过程中，反抗力相当强大，处罚严重违抗者数万人，才得以贯彻到底。尤其算缗涉及各县，乃至乡、亭，需大量的人力物力。

算缗官来到毛家栗山，成立毛家栗山"算缗临时公署"由算缗官和乡、亭长组成。首先他们到各家各户去换钱，再不用旧币收付，都用"五铢钱"，发动大家将家里的旧币，全部换成铜钱。算缗官到各个摊位和进货老板中去宣传，要他们立即将旧币换成铜钱，阻力很大，大家认为铜不值钱，不知怎么计算货物价格，又担心不久又要变换。算缗官就规定不用铜钱不准交易，于是就张榜公布，限期将家里的旧币换成铜钱，超过月底作废，不准再做钱用，还是无人来换。

魏贵强知道毛百斤家里有几万文旧币，就向亭长告密说："毛家栗山最有钱的是个大坏蛋、恶棍、地头蛇，他在此地说一不二，他家的旧币不换谁也不会换。"

亭长说："他是何人？"

魏贵强说："他就是毛百斤！"

亭长说："他怎么是坏蛋？大家都说他是毛家栗山第一好人，这个市场都是他搞起来的。你对他有隔阂吧？"

魏贵强说："他家有几万旧币不换，谁都不会换。"

亭长说："我不相信。"

魏贵强说："我说他有他就有，如果在他家搜出旧币怎么奖励我？"

亭长说："这旧币兑换铜钱没有奖，不换到期作废了。"

魏贵强说："你们将他抓来，严刑拷打，他就会来换。"

亭长说："有点道理，谢谢你。"

第二天，亭长和算缗官来到毛百斤家，开门见山地说："毛先生，你在毛家栗山是德高望重的人，统一货币，是皇上的旨意，在全国实行，听说你家还存有几万旧币，过了月底就作废了，多可惜呀，你还是换了吧。带个头，下个月旧币就要没收交国库了，给大家带来损失。"

毛百斤说："国家兴亡，匹夫有责。国家取消私人铸钱，统一货币，充实国库，确实是上上之策，有国才有家，国强家才安。我换，可换多少铜钱？"

亭长说："可换二十万个铜钱。以后你们的铁货价格就依此推算。"

毛百斤说："我换，我卖祖业土地还有旧币，你们拿二十万个铜钱来吧。"

亭长和算缗官非常高兴，当即将他的旧币换了。一下就轰动了毛家栗山，三天工夫就将各家各户的旧币兑换完毕。

魏贵强就找到亭长说："亭长，此次兑换货币，小人功不可没，总得有点奖励吧？"

亭长和算缗官商量，见此人可怜，给了他十个铜钱。

魏贵强又来到毛百斤家里，对毛百斤说："师弟，听说算缗官抓你，要打板子，我缠着亭长和算缗官苦苦哀求，他们才没有打你。"

毛百斤知道魏贵强是织布梭子，两头尖，织着他的美梦。于是说："师兄，谢谢你的告密，他们好客气，他们亲自将二十万个铜钱送到我家，好重啊，他们一个个累得汗流浃背，还千恩万谢于我，他们没有打我，你心里高兴吧？"

魏贵强脸青一阵，紫一阵，说："高兴、高兴。"

毛百斤说："得了多少赏钱？"

魏贵强说："妹夫，你说什么我不懂，我是听他们说要打你板子，我担心呀！"

毛百斤说："常言道'病从口入，祸从口出'，这样的心还是少操点为好。"

魏贵强讨了个没趣，灰溜溜地走了。

货币统一后，开始算缗了，亭长和算缗官请毛百斤召集铁匠开了个大会，宣布了皇上的《算缗法》和《告缗法》，每两千钱交一百二，即一百个铜钱交六个钱税金。要求大家自报每月所得，主动纳税。如果被人举报偷漏税金，将全额没收，举报者得所报金额的一半。漏税数额巨大者戍边一年。奖罚分明，非常严格。

亭长说："各位师傅，国家兴亡，匹夫有责。我们国家连年遭匈奴侵犯，匈奴杀我边民数万，占我大片国土，武帝登基以来，决心消灭匈奴，雪我国耻，除我后患。要扩军几十万，需大量军费添置武器。因此，国家决定商贩和手工业者开征税赋。请各位师傅自报所得，从下个月开征。"

算缗官说："你们根据以往收入情况，实事求是，是多少报多少，明天起，十五天内报完。"

下面一片哗然，议论纷纷。有一个人大声说："我们做工的没有土地，为什么要交税？"

算缗官说："国家兴亡，匹夫有责。农夫耕地比你们辛苦，收入比你们少，他们历代交田赋。工商比农夫得利丰厚，理应纳税，国家之事，有责共担。"

亭长说："安静，有什么想法，请派一个代表来说。"

大家议论一番后，推举毛百斤为代表讲话。

毛百斤想，近段统一货币，马上开征税赋，好多进货者都在观望，生意淡薄，如果按以前的所得报，以后长期缴纳，要吃大亏。于是说："报告二位大人，国家征税，为国为民，农夫历来要交田赋，我等交税也是理所应当，只是我们生意无法固定，有淡旺之分，报多了自己吃亏，报少了你们不会相信，我建议你们缓一个月，测两个摊位，逐日登记，就清楚了，请二位斟酌。"

大家心里明白，这一个月在算缗和换货币之中，生意淡薄，收入最低，毛百斤真聪明。大家内心佩服，都说同意。亭长和算缗官觉得合理，双方都无话可说。

于是算缗官决定坐守毛百斤的货摊，吃住毛百斤家里，毛百斤因事务多，打的货比别人都少。大家以他家货摊为例，不会吃亏。毛百斤每日好酒好菜招待，他们守着货摊，有时一天都未开摊，其他摊位老板告诉进货老板，毛百斤摊位是测算纳税的点，要他们不要去进货。算缗官守了半个月，已不耐烦了，说："就按这半个月推算，每月收入五百六十个铜钱，应纳税三十三个铜钱。"自使用新币后，货币的价值与旧币大不相同了。

那魏贵强上次兑换铜钱，算缗官赏了他几个铜钱，见试算点设毛百斤的摊位，觉得机会来了，对毛百斤孝敬师傅师母的五百铜钱给师母不给他一事，怀恨在心，千方百计刁难毛百斤。他对算缗官说："你们的测税点定毛百斤的货摊，不准确，他事务多，打的货少，他为人家办事，人家有钱给他，他的实际收入比别人多，另外早有人通风报信，告诉进货老板不要到他货摊上去进货，你们测得准吗？"

亭长的测试点是罗铜匠的货摊，也是如此，来进货的很少。他们两人一商量，后半月另测个点，专抓通风报信者，并暗地鼓励魏贵强积极举报。举报一个奖励五十个铜板。魏贵强得到算缗官的奖项承诺后，非常高兴。他恨毛百斤，但继续举报他，人家不会相信，于是就借机会报复洪利元和魏相和，报夺妻之恨，又可得到一百个铜钱。于是就秘密告诉亭长和算缗官，说："二位大人，我知道通风报信者，你们会怎么处理他们？"

亭长说："轻则打板，重则戍边一年。"

魏贵强说："这两个人只是报了一次信，并未偷税，请打板子罚款，不要去戍边了，若答应我就告诉你。"

亭长说："可以只打板罚款。"

魏贵强说："你们不能告诉任何人是我说的，而且一百个铜钱就交给我，我就告诉你两个名字。"

亭长和算缗官一商量，觉得不找两个典型难办成。于是说："可以，一百个铜钱就给你，你说吧。"说着给了他百个铜钱。

魏贵强接过铜钱说："是洪利元和魏相和。"言罢离去。

第二天，来了几个兵，不容分说就将洪利元和魏相和抓了去，送进县衙牢房，真是人在家中坐，祸从天上落！第二天开堂审理，县令登堂，惊堂木一拍，说："带人犯！"

洪利元和魏相和被押上堂来，抬头一看，县令怒目圆睁，皂隶分立两边，非常威严，又见亭长和算缗官立在右边。

县令喝道："原告何在？"

亭长和算缗官说："我是毛家栗山亭长，叫何怀远，这位是算缗官廖尚武。"

县令说："递上诉状。"

亭长将诉状递与皂隶，传与县令，县令看完后问："谁是魏相和？"

魏相和说："小人是魏相和。"

县令又问："谁是洪利元？"

洪利元说："小人是洪利元。"

县令说："你俩知罪否？"

洪利元和魏相和莫名其妙，齐说："青天大老爷，我们没有犯罪。"

县令说："现正在执行皇法，算缗征税，你俩向客户通风报信，要进货商不到设的算缗点上去进货，严重破坏算缗征税，该当戍边一年！"

魏相和说："青天大老爷，我们根本没有报什么信，这是冤枉啊，是谁诬告我们？"

县令说："你问得名字还要去报复吗？"

洪利元说："报复不敢，我们根本没有报什么信呀。"

县令说："见你们只报信一次，各打三十杀威棒，交五百文铜钱罚款，从轻处理。退堂！"

二人被打得皮开肉绽，拖入牢房。魏相和、洪利元两家不得不交清罚款，才求得官府将二人放回家，真是天降横祸！

确实再也没有人报信了，通过四个摊位结合核算，平均每个摊位每月营业收入为六百个铜钱，每月应纳税三十六个铜钱，两百户，每月应纳税七千二百个铜钱。

县令决定在毛家栗山设立"算缗所"，由当地招聘算缗员，算缗员享国家俸禄，由算缗官出题测试，当地有点文化的人都参加了考试，经算缗官和县令阅卷筛选，毛光明和王秋桂考得最好，县令和算缗官知道他俩是夫妻后，更加高兴，决定聘任毛光明为毛家栗山算缗所的算缗员。消息传开后，铁匠们很高兴，多亏毛百斤的好主意，测出的税金最低。又是他儿子任算缗员，更是喜上添喜，大家都来恭贺。毛百斤办盛宴招待了县令、算缗官、亭长和前来恭贺的铁匠们。

魏贵强此举，得到了一百个铜钱，两个夺妻仇人得到惩罚，他心里特别高兴。又想：可恨毛百斤每月供奉我父母的一千文铜钱不给我，令我每月用钱要向父母去讨，总要让他吃点苦头。于是他既做觋公又做鬼，跑到魏相和家里说："相和兄，我知道是谁诬告你，使你吃如此大苦，还损失五百个铜钱，相和兄，天下一笔难写两个魏字，我心里实在不平，平常满口仁义道德，竟做出这样缺德的事来，太可恨了！"

魏相和知道魏贵强来看彩了，知道就是他借公报复的。于是说："谢谢你的好意，令我领教不少，知道什么是人什么是鬼了，做此事的人确实太可恨，他会短命死的，他会断子绝孙的。"

魏贵强听了脸青一阵紫一阵，说："你想知道他是谁吗？"

魏相和知道他又要诬赖好人了，于是说："你怎么知道是谁？干这样的事是鬼呀，难道你也是鬼，与鬼有交往？"

魏贵强说："岂止有交往，他是个忘恩负义的家伙，他就是毛百斤呀，我看见他和亭长私语了很久，第二天官兵就来抓你了，你看不是他是谁？"

　　魏相和说："呵！怎么是他呢？常言道，'来说是非者，就是是非人。'那我以后要注意了。"

　　魏相和不相信，魏贵强又补一句，说："毛百斤不做此事，他儿子能当上算缗员吗？就是踩着你的肩膀上去的，他如今变了，醒醒吧，告辞。"他挨了一顿骂，灰溜溜地走了。

　　魏贵强来到洪利元家，对洪利元说："你好点吗？听说你俩吃了大亏，哪个丧天良的，烂舌根的，像癫狗一样乱咬人，你知道是什么人吗？"

　　洪利元说："谢你关心，这样的人不得好死，他会断子绝孙的，说知道不知道，说不知道也知道，毛家栗山像癫狗一样乱咬人的只有那个别人，哪个不知道？你心里最明白呀！"

　　魏贵强说："你说得对，为人做亏心事反正要遭报应的，是谁密告你我最清楚，你根本想不到，说出来也无人相信。"

　　洪利元说："你说是谁？和我想的是不是一个人？"

　　魏贵强说："此人就是毛百斤，你想不到吧？"

　　洪利元说："我不相信，他是我恩人，收我为徒，助我建房，帮我成家，绝不可能。"

　　魏贵强说："我知道你不会相信，我是亲眼看到毛百斤和亭长秘密商量什么，第二天官兵就来抓你了，你知道恩人是什么人吗？有仇不报是恩人，有恩不报是仇人。你讲他是你恩人，你报了恩没有？常言滴水之恩当涌泉相报，给你一尺恩，必须一丈还。我父母对他有恩，他现在每月供五百个铜钱，这是知恩图报，难道他施的恩就不图报吗？"

　　真是歪理邪说，说得洪利元云里雾里。将信将疑，神魂颠倒，一句话也不说了。

　　魏贵强见洪利元不说话了，进一步说："赶快去报恩吧，不然大灾还在后头！"言罢出门而去。

魏贵强和洪利元的对话，洪利元的母亲听得清清楚楚，见魏贵强走了，她对洪利元说："利元，你千万别相信魏贵强的话，他是什么人你应该知道。他唯恐天下不乱，常言'来说是非者，就是是非人'，这次你和相和的事，就是他诬告的，他这是借公报复你俩，你娶了他老婆，相和娶了他的妾，他能不恨你吗？"

洪利元想：他做的坏事嫁祸毛百斤，太狠毒了，一箭三雕，我差点上当了。

经过一个多月时间，毛家栗山的货币统一了，《算缗法》得到落实，定出了铁货摊、铜货摊的纳税标准。

欲知后事如何，且听下回分解。

第二十六回

打军刀锤声动地
庆功酒笑语惊天

几年后，武帝已完成了盐铁国营，统一货币，加收工商赋税等一系列经济改革，国库丰盈，财帛山积，百姓富裕，为消灭匈奴打下了牢固的经济基础。

武帝消灭匈奴心切，即召开群臣商议，登上宝座，群臣山呼礼毕。

武帝说："众爱卿平身！"

群臣齐道："谢万岁！"起身分立两边。

武帝说："现已国库充盈，朕欲出兵消灭匈奴，各位意下如何？"

司马迁出班奏道："启禀万岁，欲御外敌，必先内强，尤其要统一人心，加强皇权。废除封侯，建立郡县制，尚未完成。平叛后的七国，人心尚未安定，臣以为条件尚未成熟，请明鉴。"

武帝说："爱卿言之有理，朕命你前往各地，将诸侯子弟安排为郡守、县令，以安抚刘氏家族，树立皇族威望。"

司马迁说："臣领旨。"

董仲舒出班奏道："抚慰皇族，建立郡县制，加强皇权固然重要，但国人心思难以统一。常言'十年树木，百年树人'，要统一国人之心，从教育开始，树立国人正统思想，要'罢黜百家，独尊儒术'，专门教读《诗》《书》《礼》《易》《春秋》五种儒学经典。官吏必须出于儒生，正统思想才能形成。十年之后，再灭匈奴，不为晚矣。请明鉴。"

武帝不语，思考再三。

司马迁奏道："万岁，董大人言之有理。十年不长，只要人心一齐，必能所向披靡，势不可挡。"

武帝说："董爱卿，此事重大，由你举办。"

董仲舒说："臣领旨。"

董仲舒征得武帝同意，在长安兴建子弟学校，名为太学，学成后由郡县选用，充当基层官吏，还鼓励郡县办学，号召百姓读书，以树立正统思想。

为选拔人才，更换陈旧官吏，还实行察举制，举孝廉一科成为士大夫仕进的主要途径。凡被举的孝廉，多在郎署供职，由郎迁为尚书、侍中、侍御史，或外迁为刺史、太守、县令。

数年后，从各级官吏到百姓都形成儒家思想，正统思想已经形成。

武帝登上宝座，群臣山呼礼毕。武帝说："众爱卿平身！"

众臣说："谢皇上。"群臣起来侍立两边。

武帝说："各位爱卿，多年来，匈奴侵扰边关，杀我边民数万，占我大片国土，多次和亲，年年侵犯，是个凶残无信之邦，必须将他们灭了，雪我辱国大耻。现国库丰盈，人心统一。匈奴内部大乱，灭绝匈奴时机已到，朕决心已定，出兵消灭匈奴，绝我后患。"

卫青奏道："万岁，微臣推荐一人。"

武帝说："何人，请讲。"

卫青说："荆州郡守姚万里，此人骁勇善战，足智多谋，只用几十人潜入荆州，不用动刀，智取了荆州，活捉了刘戊。平叛后官复荆州郡守，微臣想请他来做副将，请恩准。"

武帝说："准奏，速请来京，你俩要广招地方勇士，为国效力。"

卫青说："遵命。"

卫青得武帝旨意，奔荆州而来，他是山西人，来到楚地荆州，见此地山清水秀，一片稻田，绿浪滔滔，河流水渠纵横交错。南方风和日丽，气候宜人，难怪楚地富饶。来到荆州城外，高高的城墙上，城楼雄伟挺拔，吊桥悬空，护城河水深且清，足有十余丈宽。他站在护城河外大喊："城上将军听着，我乃朝中特使，请放下吊桥。"

楼上将军问："有无圣旨或通关文书？"

卫青将圣旨一晃，楼上迅速放下吊桥，并下来两人，拱手说："请问大人贵姓，从何而来？"

卫青说："我乃卫青，皇上召姚大人进京，速同我前往京城。"

卫兵闻是卫青，皇上召姚大人进京，不敢怠慢，速领卫青来到衙门外，门卫向里通报，姚大人急忙出来迎接。

卫青见衙门不大，室内敞亮舒适。

姚万里说："大人请坐，"急有衙役送上茶来，"大人从何而来，来鄙郡有何见教？"

卫青说："武帝要消灭匈奴，命我广招勇士，备办刀枪，粮草军需。先生平叛有功，足智多谋，英勇善战，几十人不用刀枪，智取了荆州，活捉了刘戊，成为平叛佳话，皇上请你赴京，助我消灭匈奴。"

姚万里说："臣何德何能，敢蒙皇上征召、将军抬爱，自当披肝沥胆，为国效犬马之劳。"

卫青说："先生宝刀不老，正是为国出力之际，前途无量。"

当夜两人抵足而眠，特别投缘，齐家治国、领兵打仗、攻防韬略谈到深夜，两人相见恨晚。第二天，两人骑马进京，日夜兼程，半月即至长安。当夜住进公馆，第二天姚万里随卫青进宫赴早朝，见皇上登上宝座，群臣齐跪，山呼礼毕。

武帝说："众爱卿平身！"

群臣说："谢万岁！"言罢分立两边。

卫青奏道："启禀万岁，荆州郡守姚万里来京。"

姚万里出班跪道："荆州郡守姚万里参见皇上，吾皇万岁万万岁！"

武帝说："姚爱卿平身。"

姚万里起身退于一旁，武帝见姚万里一表人才，虽逾天命，倒像个书生，心想要试试他的才能。于是说："姚爱卿平叛为国建了功勋，都夸你文武双全，足智多谋，出奇制胜。匈奴不比藩军，个个勇猛，屡犯我边关，数十年来，和亲不断，征战不止，不可终日。爱卿有何良策？"

姚万里说："启禀万岁，匈奴骑射娴熟，剽悍勇猛，我等应避其锋芒，捣其后院，迫使返回，其锋芒必成颓势，再前后夹击，其主力必灭。改造兵种，练就一千'铁衣军'，防其飞箭，手持'钩马枪'专钩马腿，进可刺杀，马倒杀其骑士。这一千'铁衣军'，要有精忠报国、视死如归的勇士之心，必须认真挑选，此乃一方。二方曰'陷马阵'，夜里在阵前每三尺远挖一个两尺深，两尺宽的坑，成梅花形设布，上盖篾搭子，敷上草皮，插上标记，我军诈败，引敌军冲来，我军按标记行走，敌马一踏入陷马坑，因为惯性，都会翻跟斗，马前腿就会别断，骑兵不死即伤，失去战斗力，我军可返回刺杀落马敌军。微臣浅见，见笑了。"

武帝听完，喜道："果然是将才，众爱卿觉得如何？"

众臣说："万岁明鉴，可以一试。"

武帝说："封你为副将，与卫青将军操练兵士，打造军械。三个月后，出兵消灭匈奴！"

姚万里说："臣领旨。"

退朝后，姚万里、卫青、李息等将军共商练兵之事。卫青说："兵将将急增十万，长矛短刀需急增五六万支，从何而来？靠长安军工打造，半年难以完成，如何是好？"

姚万里说："启禀将军，可将军械分散打造，楚地毛家栗山有铁匠数百人，小人曾在此打造马刀，其刀削铁如泥，刀口不卷不缺，非常好用，可分军刀一万把，钩马枪一千支到此处打造，三月内可以完成。"

卫青说："姚将军，若如你所说，倒也可以，如质量不符合，或三月内不能完成，贻误军机是要杀头的。"

姚万里说："我敢立军令状，有误军机，提头来见。"

第二天早朝，卫青禀报皇上恩准，由李息与姚万里前往毛家栗山打造军械，并派李延年前往监督。次日启程，三骑日夜兼程，历时十天，来到毛家栗山。找到毛百斤，毛百斤见好友来了，还来了两位大官。就陪他们住进最好的旅馆，并设宴款待。

席间姚万里介绍说："这一位是李息将军，这一位是李延年大人，本人得皇上洪恩，升为副将，在卫青将军麾下当差。"

毛百斤说："各位大人，都是京官，来到穷乡僻壤，招待不周，敬请原谅。"

姚万里说："贤弟说哪里话来，只要仁义好，喝口水也甜，何况你设美酒佳肴款待，还有地方美味，实在难得，不胜感激。"

毛百斤说："我与你相交已久，相互了解，你粗茶淡饭已成习惯，只是苦了二位大人初来乍到，受此薄待，实在是心有不安，还请多多包涵。"

李息将军说："毛先生，你太客气了，我们入乡随俗，能吃上先生安排的盛宴，感到特别新鲜，真是难得一遇。"

毛百斤说："谢大人夸奖，三位大人来我穷乡僻壤，定有要事，请不吝赐教。"

姚万里说："皇上要扩充军队，消灭匈奴，保我汉朝江山。三月内要制造五万把军刀，一千支钩马枪，京师军工忙不过来，下官向皇上推介你处，我已立下军令状，两月之内，要你处打造一万把军刀，一千支钩马枪，你要千方百计完成，价格从优，军刀五十个铜钱一把，钩马枪六十个铜钱一支。能否完成？"

毛百斤说："谢大人抬爱，还记得我毛家刀好，我们共有两百多座炉，两个月恐难以完成，军刀非为儿戏，第一要保证质量，马虎不得，能否宽限一个月，三个月保证完成。"

三人你看看我，我看看你，最后都点了头，李息将军说："就三个月吧，一定要保证质量。有什么困难尽量提出，共商解决办法。"

毛百斤说："钩马枪是何种式样，请大人明示？"

姚万里说："就是长矛后面连着一个月牙形弯刀，可钩马腿，又可刺杀。"

毛百斤说："我们只打出枪，那长木柄你们自己去装，路途遥远，不好运输。"

姚万里说："可以，就到长安去装木柄，由我们负责。"

李息说："还有难处吗？"

毛百斤说："没有难处了。请三位大人放心，请早点休息，明天我与铁匠们分工，后天陪你们到铁货市场看看。"

姚万里说："麻烦你了，请老板帮我们喂好马匹。"

第二天，毛百斤将所有铁匠全部请来，在铁货市场大坪里开了个大会，将任务分到每个铁匠。最后毛百斤说："这是军刀，姚大人和皇上签了军令状的，如果质量不符合，要杀头的，不是儿戏，大家一点都不能马虎。"

有人问：那钩马枪怎么打？什么样子？

毛百斤说："就是长矛后面带个月牙形小刀，进可刺杀，退可以钩马腿，等我打个式样出来，他们认定之后，大家再打。所有刀枪在两个半月之内完成，验货合格后给付现钱。"

铁匠们非常高兴，毛百斤真了不起，结交这么宽，先为平叛打了军刀，今又揽下了皇上的军刀，而且价格特别高，大家跟着他发财了，没想到一个落难孤儿有这么大的能耐，他能文能武，足智多谋，结交这么广，将这个小小的栗山铺变成了大街市，连名字都姓毛了，真是一人得志，万人有福！

第二天，毛百斤陪姚万里、李息、李延年参观了铁货市场，见外来进货的老板络绎不绝，谈生意的、选货的、装货的、结算付钱的，比比皆是，一派繁华，一片热闹。

姚万里问毛百斤："毛先生，这些进货人来自哪里？"

毛百斤说："他们有远有近，有本郡的，远的来自越、吴、齐、赵……到处都有。别看这小小的毛家栗山，已驰名大江南北。"

李息将军说："顾名思义，你们都姓毛吧？"

毛百斤说："就是我一家姓毛，这毛家栗山名字有个来历，那是我打的刀上錾了个'毛'字，以示区别，我的钢火过得硬，我的招牌树起来后，大家的货都錾上了'毛'字，我发现后，并不责怪他们，要他们保证质量，后来我的招牌就变成了这个地方的招牌了，外人认为铁匠都姓毛，就将栗山铺喊成了毛家栗山了。

李息将军说："哦！原来如此，你的胸怀可容天了！"

毛百斤说："谢大人夸奖。"

姚万里说："毛先生胸怀岂止容天，还可纳地，他为众人排忧解难，广招客商，处理矛盾纠纷，从来不计较个人得失。在客商中口碑载道，都说他是天下第一好人。"

一路看来，李延年一言不发，来到铜货摊前，各式金黄的铜器，使他大惊，金光闪闪，格外耀眼，走近摊前，拿了一根小铜棍将挂着的编钟敲敲，然后将有些位置挪动，敲出了美妙动听的《孟姜女》曲调。立刻吸引很多人来听，全场鸦雀无声。李延年接连敲了几曲后，问老板说："这编钟多少铜钱一个？"

周铜匠说："八十个铜钱一个，四百个铜钱一套。"

李延年大喜，价格比京城便宜一半，于是说："我定十套，按我这样宫、商、角、徵、羽五音排好，你懂吗？"

周铜匠说："我懂，好久要货？"

李延年说："两个月能制出来吗？"

周铜匠说："可以制出，你得交一半定金，这成本太高。"

李延年二话不说，交了两千个铜钱定金，并和李将军买了铜酒壶、铜茶壶之类的铜货。他们非常惊喜，感慨良多，这里有个京城都没有的五金市场。

第三天，毛百斤将钩马枪的式样打出来了，前面是矛，挨装木柄处出一个弯形钩刀。姚万里三人看了，觉得可以，就照这样打。第四天，毛百斤安排大儿子毛光明陪同三位大人玩了一天。第五天，已打出了很多军刀和钩马枪，姚万里他们看了后，非常满意。第六天姚万里三人到荆州洞庭湖去看看，玩了十几天又回到毛家栗山，看了已打成的刀，试了刀的质量。

姚万里说："就照这样打，我们到三月底来取刀，你要保证质量，按时完成。"

毛百斤说："你们这次带多少钱来，这批货成本太大，要三四十万个铜钱，你们先付给成本吧，请你们理解，请你们同情。"

李息将军说："带的钱不多，先给你们三十万个吧。"说完将铜钱付给毛百斤。

毛百斤说："谢将军支持，我先写个字据给你。"说着写了字据给将军。将军三人回了长安。

还有两个多月，铁匠们日夜赶制，打得快的一座炉每天可打五六把刀，一天收入两三百个铜钱，越干越有劲，人人感谢毛百斤。还要打三刀，以供应市场所需，因而大家都很忙碌。毛百斤更加忙碌，要检查质量，又要调解矛盾纠纷，自己的刀任务也要完成，常常忙到深夜。经过两个多月的奋斗，一万把军刀，和一千支钩马枪已经完成，按要求每个麻袋装二十五把，全部装好扎牢，等李息将军和姚万里来验货。

就在非常忙碌的时候，魏贵强来到毛百斤家里，对毛百斤说："贤弟，恭喜你发大财，一下接了三十万个铜钱，今天也要分点给我吧，至少要一千个铜钱。"

毛百斤说："这是一万把军刀的本钱，已分到各个铁匠手中。你为什么要一千个铜钱？你父亲应得的成本已经拿去，你又不打铁，哪来的钱给你。"

魏贵强说："毛百斤，你有今天是谁给的？没有我父母收留，又传你手艺，你有这么风光吗？你害得我被人打残，半死不活的，我度日如年，害得我老婆改嫁，害得我孩子没了母亲，害得我母亲累死累活，眼泪不干，我要请人做事，让母亲过几天舒心日子，没有万个铜钱能成吗？"

毛百斤说："岳父母恩重如山，我没齿难忘，自当孝敬，我会一如既往地照顾他们。你说我害得你被人打残，害得你老婆改嫁，这能怪我吗？我按你的要求，安排你管理市场，谁要你去收取'保护费'，破坏市场规矩，能怪我吗？你恋着翠兰，结婚后你暗地养妾，还与寡妇偷情，被翠兰亲自抓获，翠兰能够容忍吗？她改嫁能怪我吗？我每月供奉一千个铜钱给师傅师母，现在看来不能给你了，我要亲手交给他们，你到父母手里去拿吧。"

魏贵强说："父母的给父母，我的要给我。"

毛百斤说："我为什么要给你，我要孝敬你吗？我现在供养你父母，供养你两个孩子读书穿衣吃饭，我难以养家糊口了，我哪有钱给你？就是有钱也不能给你，回去问你父母要吧，我还要打铁，我没时间和你扯淡，回去吧。"

魏贵强说："我不回去。"毛百斤没有办法，他是残疾人不好强行推拉，听之任之。毛百斤岳母见魏贵强不走，不得不多煮些饭菜。吃饭时大家不理不睬，魏贵强自己装饭吃，这种饭吃起来实在没味，不得不回去了。

一天，毛百斤送一千个铜钱给师母，说："师母，师傅年老了，不要打铁了，我每月供一千个铜钱帮助你，前几个月都被师兄拿去了，我不知他派何用场，以后每月送给你，免得他上门来拿，影响我的功夫。"

师母说："毛百斤，谢谢你，我现在还能维持生活，不要你的钱，你家里十多人吃饭，多不容易，这钱你拿回去。"

毛百斤说："您老一定要收下，这是我应该孝敬您二老的，务必收下。"说完拱手而别。

师母明白：魏贵强拿了钱不交于我，这样明不明暗不暗，如今每月交给我，心里踏实了。

光阴似箭，日月如梭，三个月期限很快就到了，一天突然来了百多匹马，姚万里、李息和李延年来取货了。毛百斤和市管会徐善秋等人热情接待，来人将毛家栗山所有的饭店都住满了，毛百斤早就将刀枪用麻袋装好，标上姓名数量，堆放在市场大坪里。第二天毛百斤陪同姚万里、李息、李延年验了货，将余款二十六万个铜钱结清。军官们将货装上马背，浩浩荡荡回京城去了。

毛百斤和众铁匠拱手相送。第二天毛百斤将余款分到每个铁匠手里，众人万分高兴，尤其是周铜匠高兴得跳了起来，说："你们每人得二千八百个铜钱，十多个铜匠中，我的收入最多，我得了四千个铜钱，这是有史以来最大的一笔生意，我出五百个铜钱请大家喝酒。"

毛百斤说："二十多桌要四千个铜钱，大家高兴，应该庆贺，我也出一千个铜钱。"

徐善秋说："各位师傅，毛师傅引来这笔大生意，他为我们操尽了心，耽误了多少时间，这次打的货最少，收入最低，我们每人应该出点操心费给他，弥补一点损失，怎么还要他出钱呢？既然大家都得利，要庆贺一下，每个只要出二十个铜钱就够啦，周师傅收入最多，愿意出五百个铜钱也可以，共四千五百个铜钱，二十五桌酒席，大约四千个铜钱，剩余五百个补给毛师傅，大家意下如何？"

大家齐道："应该、应该！"

毛百斤说："大家的心意我领了，这钱我不能要，有难大家帮，有钱大家赚，我没耽误什么工，余钱留作以后的公益费吧。"

周师傅说："这五百个铜钱，小小心意，难以弥补你的损失，你不收下我们心里不安。"

毛百斤说："我有个不情之请，与大家相榷。"

众人说："请讲。"

毛百斤说："这五百个铜钱救济一个既可恨又可怜的人，一家五口，靠一个七十岁的老人来养活。"

徐善秋说："大家有目共睹，魏贵强虽然做过恶事，他也是个铁匠，现在太可怜了，毛师傅出于善心，做这件善事，我觉得可以。"

大家心里同情，而且帮魏贵强实际也是帮助毛百斤，于是说："我们同意。"

当天中午，在一个大饭店里办了二十五桌，全铁货市场的人都来了，大家纷纷举杯感谢毛百斤，只闻觥筹交错，欢笑声、酒令声、相互敬酒声，久久地回荡在毛家栗山的上空！